Wiedźmin
猎魔人

精灵之血 | 卷三 修订本

[波兰]安杰伊·萨普科夫斯基 著

乌兰 小龙 译

KREW ELFÓW
BY ANDRZEJ SAPKOWSKI

重庆出版集团 重庆出版社

KREW ELFÓW
Copyright © 1994 by Andrzej Sapkowski
Published in agreement with Andrzej Sapkowski c/o Patricia Pasqualini Literary Agency,
through The Grayhawk Agency Ltd.
Simplified Chinese translation copyright © 2020 by Chongqing Publishing House Co.,Ltd.
All rights reserved.

版贸核渝字（2020）第23号

图书在版编目（CIP）数据

猎魔人. 卷三，精灵之血 /（波）安杰伊·萨普科夫斯基著；乌兰，小龙译. — 修订本. — 重庆：重庆出版社，2020.8
书名原文：KREW ELFÓW
ISBN 978-7-229-15142-3

Ⅰ. ①猎… Ⅱ. ①安… ②乌… ③小… Ⅲ. ①长篇小说－波兰－现代 Ⅳ. ①I513.45

中国版本图书馆CIP数据核字（2020）第118998号

猎魔人　卷三：精灵之血（修订本）
LIEMOREN JUANSAN: JINGLING ZHI XUE (XIUDINGBEN)
[波兰] 安杰伊·萨普科夫斯基 著　乌兰　小龙 译

联合统筹：重庆史诗图书信息咨询有限责任公司
责任编辑：邹　禾　方　媛
责任校对：郑　葱
封面绘画：陈越林
封面设计：谢颖设计工作室

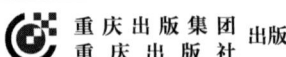
重庆出版集团 出版
重庆出版社

重庆市南岸区南滨路162号1幢　邮政编码：400061　http://www.cqph.com
重庆出版社艺术设计有限公司 制版
重庆豪森印务有限公司 印刷
重庆出版集团图书发行有限公司 发行
E-mail:fxchu@cqph.com　邮购电话：023-61520646
全国新华书店经销

开本：890mm×1230mm　1/32　印张：10.75　字数：245千
2020年8月第1版　2020年8月第1次印刷
ISBN：978-7-229-15142-3
定价：72.80元

如有印装问题，请向本集团图书发行有限公司调换：023-61520678

版权所有　侵权必究

Krew elfów
精 灵 之 血

目录 Spis treści

第一章	....	1
第二章	....	43
第三章	....	78
第四章	....	116
第五章	....	175
第六章	....	224
第七章	....	276

须知，剑与斧之时已近，其为寒狼风雪之纪元。白霜与白光之时将至，其为疯狂与轻蔑之时代：Tedd Deireddh，终结的时代。世界将于寒霜中死去，并于新日下重生。那亦是 Hen Ichaer——上古之血——撒下之种重生之时。此种不会萌芽，却将燃起烈焰。

Ess'tuath esse！此为必然之事！留意征兆！欲知征兆为何，且听我一言：首先，Aen Seidhe——精灵之血——将淹没大地……

——《Aen Ithlinnespeath》

女先知伊丝琳之预言

第一章

城镇一片火海。

通往护城河与沿岸台地的狭窄街巷喷出浓烟与灰烬,烈火吞没了紧簇的茅屋,舔舐着城堡外墙。西边的海港城门处传来尖叫与恶战的喧嚣,攻城槌撞击城墙的闷响也愈发洪亮。

袭击者出人意料地包围了他们。三五士兵、一小撮手持长戟的镇民、几名来自商人公会的弩手组成的防线被轻易冲破。对方的战马佩着迎风飘扬的黑色马饰,如妖灵一般跃过防线,骑手寒光闪闪的利刃将逃亡守军的头颅尽数收割。

希瑞感到身后的骑士猛地一踢马腹。她听到他大喊:"抓紧了。抓紧了!"

其他身穿辛特拉服色的骑士也赶了上来,与尼弗迦德人缠斗,且战且退。希瑞用眼角余光瞥到战斗的一幕——黑色与金蓝两色的斗篷在钢铁洪流中疯狂旋动,刀剑砍在盾牌上发出金铁铮鸣,战马厉声嘶吼……

还有喊杀声。不,不是喊杀,是尖叫。

"抓紧!"

我害怕。每一阵颠簸,每一下拉扯,马儿每一次腾跃,双手都会传来疼痛,而她又必须攥紧缰绳;双腿被磨得生疼,却找不到马镫踏脚;双眼被浓烟熏出了眼泪;搂紧她的胳膊令她窒息,让她喘不过气,肋骨也被压得隐隐作痛。尖叫声不绝于耳,她从没听过如此高声的尖叫。他们到底做了什么,能让男人叫成这样?

我害怕。怕得无以复加,怕得浑身乏力,怕得声音哽咽。

金铁交鸣声再度传来,还有马匹的嘶鸣与鼻息。房屋在希瑞周围旋转不停,突然间,她又看到窗户喷出烈焰,而在前一刻,那儿还只是条泥泞的街道,散落着尸体和居民逃亡时丢弃的财物。与此同时,她身后的骑士突然喘息着咳嗽起来。鲜血洒在攥紧缰绳的双手上。更多尖叫声响起,箭矢呼啸飞过。

马倒了,她摔在地上,盔甲砸得她死去活来。沉重的马蹄从她身旁踏过,马腹和磨损的肚带掠过她头顶,然后是另一匹马的马腹及飘动的黑色马饰。一阵吃力的吭吭声,活像伐木工正在劈木头,但这儿没有木头,只有彼此撞击的金属。一声呼喊,喑哑而低沉。一个庞大的黑色物体砰地倒在她身旁的泥浆里,鲜血四溅。一只套着护甲的脚在痉挛、在踢打,硕大的靴刺戳进地面。

一下拉扯。有人用力拉她起身,让她坐上另一副马鞍。抓紧了!又是足以让骨头散架的狂奔,发疯似的疾驰。她的双手和双腿拼命寻找支撑。马儿人立而起。抓紧了!……可她找不到支撑。找不到……找不到……摸到的只有鲜血。马又倒了。她跳不开,躲不过,没法挣脱裹着链甲、将她牢牢抱紧的手臂,更没法避开淋了她一头一肩的热血。

一阵颠簸。烂泥啪啪作响，人和马猛地撞在地上，狂奔这么久，突然停下反而更让人发毛。马儿发出痛苦的喘息和嘶鸣，试图站起。不远处有马蹄铁咚咚踏过地面，距毛一闪而过，还有黑色的马饰和斗篷。有人在呼喊。

街道熊熊燃烧，仿佛咆哮的红色火墙。一个身影映火而立，那是个身形庞大、比燃烧的屋顶还高出一头的骑手。他的战马罩着黑色马饰，昂首阔步，发出一声嘶鸣。

骑手俯视着她。希瑞看到，他的巨盔像一只振翼的猛禽，双眼在盔缝中寒光闪烁。她还看到他低垂的手中握着一把阔剑，宽宽的剑身反射着火光。

骑手目不转睛。希瑞动弹不得。她身后的骑士已经死去，但双臂仍紧搂她的腰，浸满鲜血的沉重身躯压在她的大腿上，让她倒在地上，无法起身。

恐惧冻结了希瑞的身体：强烈的惧意令她肠胃翻腾，听不到伤马的嘶鸣、烈焰的咆哮、垂死之人的哭喊和响亮的鼓声。唯一存在的、唯一重要的、唯一有意义的便是恐惧。恐惧化为头戴羽翼盔的黑色骑士，在肆虐的红色焰墙前现出身形。

骑手催马袭来，头盔上的羽翼随风舞动，犹如飞翔的猛禽，而他无助的猎物早因恐惧而全身麻痹。那只鸟——或者说那位骑士——发出骇人、残忍而又得意的尖啸。黑色战马、黑色盔甲、飞舞的黑色斗篷，还有其身后的火焰。一片火海。

我害怕。

黑鸟尖鸣，翅膀拍打，羽毛扫过她的脸。我害怕。

救命啊！为什么没人来救我？我孤单、虚弱又无助——无法动弹，无法用绷紧的喉咙求救。为什么没人来救我？

我好害怕！

羽翼巨盔的眼缝中闪出灼人的目光。黑色斗篷遮蔽了一切……

"希瑞！"

她醒了，全身麻木，大汗淋漓。她的尖叫声——这尖叫把她自己都惊醒了——仍在空气中回荡，仍在她的身体里、胸骨下震颤，让她干涸的喉咙火烧火燎。她抽痛的手指攥紧毛毯，后背隐隐作痛……

"希瑞，冷静点。"

夜色漆黑，风声阵阵，周围松树的树冠发出平静悦耳的沙沙声，枝干嘎吱作响。没有骇人的火海，没有尖叫，只有这轻柔的摇篮曲。身旁的营火发出温暖和光亮，马具的搭扣反射着火光。有把剑斜靠在地上的马鞍旁，裹着皮革和金属带的剑柄被火光映红。没有其他火焰，也没有其他铁器。贴着她脸颊的手有灰烬和皮革的味道，但没有血腥味。

"杰洛特……"

"只是个梦。噩梦而已。"

希瑞猛地打个寒战，紧紧蜷起四肢。

梦。只是个梦。

营火渐暗。桦木枝烧得发红，不时噼啪作响，绽出蓝色火苗。男人将毛毯和羊皮裹在她身上。火光映亮了他的白发，剪出他鲜明的侧影。

"杰洛特，我……"

"我在这儿。睡吧，希瑞。你需要休息。我们还要赶很长的路。"

我能听到音乐，她突然想到。沙沙作响的林木间……有乐声响起。

是鲁特琴的琴声。还有歌声。辛特拉的公主……命运之子……上古血脉之子，精灵之血的后裔。"白狼"利维亚的杰洛特，以及他的命运。不，不，那只是个传说，是诗人编造出来的。公主已死。她企图逃脱，却在城镇的街道上被杀……

抓紧了……抓……

"杰洛特？"

"怎么了，希瑞？"

"他对我做了什么？发生了什么？他对我……做了什么？"

"谁？"

"那个骑士……头盔上有羽翼的黑色骑士……我什么都不记得了。他朝我大喊……还看着我。我不记得发生了什么。我只知道我很害怕……我怕得……"

男人俯下身，营火的光芒在他眼中闪烁。那是一对古怪的眼睛，非常古怪。希瑞曾经很怕那对眼睛，也曾不喜欢他的目光。但那是很久以前的事了。很久很久以前。

"我什么都不记得了。"她低声说，握住他像树干一样坚韧粗糙的手，"那个黑骑士……"

"只是个梦。好好睡吧，它不会再来骚扰你了。"

希瑞也曾听过类似的安慰。每当她从梦中尖叫着惊醒，总有人向她重复这番话。但这次不同。这次她深信不疑。因为说这话的是利维亚的杰洛特，是白狼，是猎魔人。他是她的命运，是她命中注定之人。她被战争、死亡和绝望包围时，是猎魔人杰洛特找到了她，带走了她，并答应她：二人永不分离。

她握紧他的手，沉沉睡去。

吟游诗人一曲唱罢,微微侧首,用鲁特琴重弹一遍副歌部分。琴声优雅轻柔,音调只比学徒的伴奏高出少许。

没人说话。除了渐弱的乐声,还有高大橡树的枝叶随风摇曳的轻响,周围一片寂静。古橡树周围停着一圈马车,突然,一只拴在车上的山羊"咩——咩——"地叫了起来。仿佛听到信号一般,围成半圆的听众里,有个人站起身。他肩披镶着金边的亮蓝色斗篷,僵硬而庄重地鞠了一躬。

"感谢您,丹德里恩大师。"他声音不大却十分浑厚,"请允许我——牛堡的莱德克里夫,魔法奥秘大师——为您精湛的技艺献上感激与赞美,相信在场的诸位也会赞同我的观点。"

巫师的目光扫过众人——听众的数量远超百人,有的坐在地上,有的坐在马车上,有的干脆站着,在橡树下围成个紧密的半圆,彼此点头,窃窃私语。有几个开始喝彩,另一些则举起双手向歌手致意。女人们被音乐触动,一边轻声抽泣,一边用手头的东西擦拭眼睛,具体用什么则取决于她们的身份、行业和富有程度:农妇用胳膊和手背,商人的妻子用亚麻手帕,精灵和贵妇人用上好的棉布手绢,威利博特男爵的三个女儿则在随从的陪同下,用高雅的翠绿色羊绒围巾响亮地擤着鼻子——男爵一家取消了鹰狩,专程赶来欣赏知名诗人的表演。

"毫不夸张地说,"巫师续道,"您深深打动了我们,丹德里恩大师。您促使我们思考并反省,您触动了我们的心。请允许我表达感激与敬意。"

诗人站起身，鞠了一躬，时髦帽子上的苍鹭羽毛拂过膝盖。他的学徒也停止弹奏，咧嘴笑着鞠躬。丹德里恩严厉地瞪着他，压低声音骂了几句。男孩垂下脑袋，继续轻柔地拨弄鲁特琴弦。

周围恢复了先前的嘈杂。商人们窃窃私语几句，将一大桶啤酒推到橡树下。巫师莱德克里夫跟威利博特男爵专注地低声交谈。擤完鼻子后，男爵的女儿们将爱慕的目光投向丹德里恩，但诗人对此毫无觉察，他正专心致志地呲着牙，冲一群骄傲而安静的流浪精灵微笑眨眼——尤其是一位黑发大眼、戴着小巧貂皮帽的精灵美女。他还有不少竞争者，那位精灵凭着大眼睛和漂亮的貂皮帽吸引了人们的注意，有好些骑士和年轻学徒正对她眉目传情。精灵美女显然很享受这样的关注，她抚摸着直筒连衣裙的蕾丝袖口，睫毛忽闪。其他精灵则将她团团围住，毫不掩饰对那些仰慕者的鄙夷之情。

巨橡树"伯琉赫里斯"下方的林间空地是众所周知的旅人休憩处，也是流浪者的聚集之地，以开放和宽容闻名遐迩。德鲁伊对这棵古树保护有加，称这里为"友谊之地"，欣然迎接每一位来客。但即便在世界知名的吟游诗人演出期间，旅人们还是不忘各自划清界限。精灵跟精灵待在一起。矮人工匠聚在自己的同胞周围——他们经常武装到牙齿，被商队雇去当护卫——最多只能容忍侏儒矿工和半身人农夫在附近扎营。所有非人种族都与人类保持着距离，反之亦然。而且在人类内部，同样也有小圈子。贵族望向商人和行贩的目光明显带着鄙视；士兵和雇佣兵尽量远离牧羊人和他们臭烘烘的羊皮；为数不多的巫师及其门徒不愿跟任何人扯上关系，并对所有人都表现出同样的傲慢；农夫们人数众多，却安静地聚在不起眼的黑暗角落，他们背上的耙子、草叉和连枷组成了一道茂密的树林，但各色人等都对他们视而不见。

唯独孩子除外，这点一如既往。他们在吟游诗人表演期间被迫保持安静，现在终于自由了，于是大喊着冲进森林，兴致勃勃地玩起游戏。已经告别童年时光的成年人永远都无法理解孩童的世界。而精灵、矮人、半身人、侏儒、半精灵、四分之一精灵，以及那些身世未知的孩子们，他们也不懂什么叫种族和社会差异。至少暂时还没意识到。

"没错！"空地上有位骑士大叫。他瘦得像根棍子，穿着红黑相间的束腰外衣，纹章的图案是三头用后腿行走的狮子。"巫师说得对！您的歌谣太美妙了。相信我，尊贵的丹德里恩，假如您经过我领主的巴德霍恩城堡，请务必去那儿落脚，无须半点犹豫。我们会像招待王子——不不，瞧我说的——会像招待维兹米尔王一样招待您！我以佩剑发誓，我听过许多吟游诗人的歌谣，但没一个能跟您相提并论，大师。请接受我们这些骑士——无论这身份是与生俱来还是后天授予——的敬意与赞美，作为对您技艺的报答！"

诗人敏锐地发现时机到了，于是冲学徒使了个眼色。男孩放下鲁特琴，捡起用来收钱的小盒子，好让众人正确表达谢意与赞美。随后他犹豫了一下，目光扫过人群，丢下小盒子，从旁边抱起一只大桶。丹德里恩大师为年轻人的机智投去赞许的微笑。

"大师！"一个身形可观的女人坐在马车上喊道。马车两侧用油漆写着"薇拉·洛文浩特及其儿子们"的字样，车上装满柳条制品。她的儿子们却不见踪影，无疑正在浪费母亲辛苦赚来的财富。"丹德里恩大师，这算什么？刚把我们的胃口吊起来就完事儿了？您的歌谣这就唱完了？继续唱，让我们听听接下来发生了什么！"

"歌曲与歌谣，"诗人鞠了一躬，"永远不会结束，亲爱的女士。因为诗歌永恒不朽，既没有开端，也不会结束……"

"可接下来发生了什么?"女商贩没有放弃,还往学徒送到她面前的桶里慷慨地丢了几枚硬币,"哪怕您不打算接着唱,至少也给我们讲讲。您的歌里没提名字,但我们知道,您唱的猎魔人只可能是利维亚著名的杰洛特,与他燃起爱火的女术士是同样著名的叶妮芙。至于那个意外之子,与猎魔人命运相连、一出生就被誓言束缚的孩子就是希瑞菈,不幸亡国的辛特拉公主。我说对了吗?"

丹德里恩露出微笑,依然一脸神秘与冷漠。"我的歌谣的情节在任何地方都有可能发生,亲爱又慷慨的女士。"他说,"歌中的情感任何人都有可能经历,与具体人物无关。"

"啧,得了吧!"人群中有个声音叫嚷,"谁都知道,这歌唱的是猎魔人杰洛特!"

"没错,没错!"威利博特男爵的女儿们齐声尖叫,试图拧干湿透的围巾,"丹德里恩大师,继续唱吧!接下来发生了什么?猎魔人和女术士叶妮芙最终找到彼此了吗?他们还相爱吗?他们幸福吗?我们好想知道!"

"够了!"矮人首领扯着嗓子大吼起来,晃了晃长可及腰的浓密红胡须,"什么公主、女术士、命运、爱情,还有女人的幻想——全是狗屁。请原谅俺的用词,伟大的诗人,但这些全是扯淡,是诗意的虚构,只为让故事更优美、更感人。但战争方面——辛特拉王国的劫掠与屠杀,还有玛那达和索登的战役——你唱得当真太棒了,丹德里恩!为这么一首歌掏钱,俺心甘情愿!这是一位战士的心声!俺,谢尔顿·斯卡格斯,在此宣布,你唱得句句属实——俺分得清谎话与真相,因为当时俺也在索登。俺凭手中的斧子对抗尼弗迦德入侵者……"

"我,特罗伊的多尼米尔,"三雄狮纹章的瘦削骑士大喊,"也参加了索登的两场战役！可我根本没见过你，矮人阁下！"

"毫无疑问，你负责照看补给车队！"谢尔顿·斯卡格斯反驳道，"俺可是在战况最激烈的前线！"

"管好你的舌头，大胡子！"特罗伊的多尼米尔涨红了脸，拽拽自己的剑带，"看清楚你在跟谁讲话！"

"管好你自己吧！"矮人拍拍腰带上的斧子，转向他的同伴，咧嘴大笑，"你们瞧见没？吊儿郎当的骑士！瞧见他的纹章没！哈！盾牌上三头狮子？两头在拉屎，一头在乱叫！"

"冷静，冷静！"一个身披白斗篷的灰发德鲁伊劝道，声音尖厉而威严，"这可不对啊，大人们！别在伯琉赫里斯的树冠下争吵，这棵橡树比全世界的争执和口角更古老！也别当着诗人丹德里恩的面，我们从他的歌谣里应该学会爱，而非争斗。"

"正是如此！"一个又矮又胖、满脸汗光的牧师附和道，"为何视而不见、听而不闻？因为你们心中没有对神的爱，你们就像空桶……"

"说到桶，"一个长鼻子侏儒坐在马车上尖声叫道，车身上漆着"制售五金铁器"的字样，"我的好同行们，再搬个酒桶出来！诗人丹德里恩的嗓子肯定冒烟了，我们也得来点儿，他的曲子太动人了！"

"……没错，就像空桶，我告诉你们！"牧师一心想把话说完，抬高嗓门盖过侏儒铁匠的话，"你们完全没听懂丹德里恩大师的歌谣，也什么都没学会！你们不明白，歌谣讲的是人类的命运，因为我们在诸神手中与玩物无异，我们的土地只是他们的游乐场。歌谣中的命运描绘的是所有世人的宿命，而猎魔人杰洛特与希瑞菈公主的传说——尽管背景是那场真实的战争——只是单纯的隐喻，是诗人想象力的产物，旨在帮助我们……"

"你在胡说八道什么,圣人?"薇拉·洛文浩特站到马车顶大喊,"什么传说?什么想象力的产物?你可能不认识他,但我认识利维亚的杰洛特。我在维吉玛亲眼见过他,是他解除了弗尔泰斯特国王之女的魔咒。后来我在商道又遇见过他一次。应吉尔迪亚之请,他斩杀了一头袭击商队的凶暴狮鹫兽,拯救了许多好人的性命。不,这不是传说,也不是童话故事。丹德里恩大师唱给我们听的是事实,真真正正的事实。"

"我同意。"一位身材苗条的女战士说。她平滑的黑发梳向脑后,扎成一根粗辫子。"我,莱里亚的蕾拉,也认识白狼杰洛特、著名的怪物杀手。我还多次遇见女术士叶妮芙女士——我以前常去亚甸和她的家乡温格堡。可我对他们相爱一事一无所知。"

"但这肯定是真的。"头戴貂皮小圆帽的迷人精灵突然用悦耳的声音说,"如此动人的爱情歌谣必有真实来源。"

"一定有!"威利博特男爵的女儿们声援女精灵,还不约而同地用围巾擦擦眼睛,"怎么想都得有!"

"可敬的巫师阁下!"薇拉·洛文浩特转向莱德克里夫,"他们是不是相爱的一对儿?您肯定知道他们的情况,我是说叶妮芙和猎魔人。请告诉我们真相!"

"既然歌里说他们相爱,"巫师答道,"那他们一定相爱,他们的爱情将持续到天荒地老。这就是诗歌的力量。"

"听人说,"威利博特男爵冷不防插嘴,"温格堡的叶妮芙死在索登山。好几个女术士都死在那儿……"

"不对。"特罗伊的多尼米尔说,"纪念碑上没她的名字。我家乡在那附近,我经常爬上索登山看纪念碑上刻的名字。三个女术士死在那儿：特莉丝·梅利葛德，还有丽塔·尼德，别名'珊瑚'……唔……第三个我想不起来了……"

骑士瞥了莱德克里夫一眼，巫师笑了笑，一言不发。

"那个猎魔人，"谢尔顿·斯卡格斯突然大声道，"深爱叶妮芙的杰洛特，显然也入土了。俺听说他死在河谷地区。他砍了一头又一头怪物，终于遇到旗鼓相当的对手。就是这么回事：用剑者必亡于剑下，强中自有强中手，谁都难逃一败。"

"我不相信。"女战士苍白的嘴唇变得扭曲，往地上用力啐了一口。她将双臂抱在胸前，包裹手臂的锁甲发出嘎吱嘎吱的响声。"我不信有人比利维亚的杰洛特更强。我见过那猎魔人用剑的模样。他的速度简直不像人……"

"说得好。"巫师莱德克里夫插言道，"不像人。猎魔人都是变种人，所以他们的反应……"

"我听不懂你的话，巫师。"女战士的嘴唇扭曲得更难看了，"你的用词太高深了。我只知道一件事：在我见过的剑客里，没一个能跟利维亚的白狼杰洛特相比。所以我不接受矮人的说法，不相信他会落败。"

"寡不敌众，啥剑客都得嗝屁。"谢尔顿·斯卡格斯简短地回答，"正如精灵所说。"

"精灵，"圆帽精灵美女身旁，一位金发高挑、有着典型上古种族形象的男精灵冷冷开口，"不会使用这么粗俗的字眼。"

"不！不！"威利博特男爵的女儿们用绿围巾捂着嘴尖叫，"猎魔人杰洛特不可能被杀的！猎魔人找到了希瑞——与他命运相连的孩子，随后又找到女术士叶妮芙，他们三个会幸福快乐地生活在一起！是这样吧,丹德里恩大师?"

"只是歌谣而已,尊贵的年轻女士。"吵着要啤酒的侏儒铁匠打了个呵欠,"干吗要在歌谣里寻找真相?真相是一回事,诗歌是另一回事。举个例子,她叫什么来着?希瑞?著名的意外之子?显然是丹德里恩大师编造出来的。我去过辛特拉许多次,那儿的国王和王后没生孩子,没有女儿,也没儿子……"

"扯谎!"一个身穿海豹皮外套、额扎格子花纹手帕的红发男人喊道,"卡兰瑟王后,就是辛特拉雌狮,有个女儿叫帕薇塔。她死了,跟她丈夫一起。他们在海上遇到风暴,双双葬身大海。"

"你们听听,我可没瞎编!"侏儒铁匠像让众人帮他作证似的叫道,"辛特拉公主叫帕薇塔,不叫希瑞。"

"希瑞菈,也就是希瑞,是溺亡的帕薇塔的女儿。"红发男人解释道,"她是卡兰瑟的外孙女。她本人并非公主,而是辛特拉公主之女。她就是命中注定属于猎魔人的意外之子。甚至在她出生以前,王后就发誓会把外孙女交给他,正如丹德里恩大师歌中所唱。但猎魔人没能找到她,也没能把她接走。这一点我们的诗人没说对。"

"哦,是啊,他确实没说对。"一个肌肉结实的年轻人嘲笑道。从衣着判断,他应该是个旅行学徒,正准备创作自己的作品,以通过师傅的测试。"猎魔人与他的命运擦肩而过:希瑞菈死于辛特拉围城战。纵身跳下高塔之前,卡兰瑟王后亲手杀死了公主之女,免得她落入尼弗迦德人的魔掌。"

"不是这样。完全不是!"红发男人反驳道,"敌人屠城时,公主之女本打算逃离城镇,结果途中遇害。"

"不管怎么说,"侏儒铁匠叫道,"猎魔人没能找到希瑞菈!诗人撒了谎！"

"美丽的谎言。"头戴貂皮帽的精灵说着，依偎在高大的金发精灵怀里。

"重要的不是诗歌，而是事实！"旅行学徒大叫，"我告诉你，公主之女死在她外祖母手里。去过辛特拉的人都可以作证！"

"可我要说，她是逃跑途中在街上遇害的。"红发男人宣称，"我知道这事。虽然我不是辛特拉人，却效命于史凯利格伯爵的部队，在战争中，那位爵爷是辛特拉的盟友。所有人都知道，伊斯特·图尔塞克，辛特拉国王，就来自史凯利格群岛，还是伯爵的亲戚。我跟随伯爵的部队在玛那达及辛特拉作战，溃败后又去了索登……"

"又是位老兵。"谢尔顿·斯卡格斯冲身边的矮人们大吼，"人人都是英雄和战士。嘿，伙计们！你们有谁没在玛那达和索登打过仗？"

"干吗这么挖苦人，斯卡格斯？"高个精灵朝矮人走去，不忘搂住戴貂皮帽的精灵美女，显然是要打消其他仰慕者残留的幻想，"别以为只有你在索登打过仗，我也参与了那场战役。"

"只是不知站在哪边。"威利博特男爵对莱德克里夫大声"耳语"，但高个精灵置若罔闻。

"各位都知道，"精灵继续说着，看都没看男爵和巫师一眼，"超过十万勇士参加了索登山的第二次战役，至少三万人身负重伤乃至战死沙场。你们应当感谢丹德里恩大师，因为他只用一首歌谣便将可怕而惨烈的战斗永久记录下来。在他的歌词和旋律中，我没听到吹捧，只听到警示。所以我重复一遍：请赞美这位诗人，并把他的歌谣传播出去，或许这能在将来阻止同样残酷且毫无必要的战争。"

"的确，"威利博特男爵挑衅地看着精灵，"可敬的精灵阁下，你从歌谣中解读出不少有趣的内涵。但你说毫无必要的战争？你希望将来不再发生同样的悲剧？我们是不是可以这样理解：如果尼弗迦德人再次进攻，你建议我们投降？谦卑地接受尼弗迦德人的奴役？"

"生命无价，值得珍惜。"精灵冷冷地回答，"任何理由都不能为大屠杀和牺牲开脱，包括索登战役——无论失败那场还是获胜那场。每场战役都付出了数千条人命的代价，你们还损失了无法想象的潜在——"

"精灵的鬼扯！"谢尔顿·斯卡格斯吼道，"彻头彻尾的蠢话！他们付出如此代价，为的就是其他人能过上和平体面的日子，而不是被人拴上铁链、蒙住眼睛，被皮鞭驱赶着下矿井做苦力。多亏丹德里恩，英勇战死之人才会长存在俺们的记忆里，教导俺们保卫家园。唱你的歌谣吧，丹德里恩，唱给所有人听。你这一课不会白费，走着瞧吧，它迟早会派上用场！因为——记住俺的话——尼弗迦德人还会卷土重来。不是今天就是明天！他们眼下正在舔舐伤口，恢复元气，但重见他们黑斗篷和羽翼盔的日子已经不远啦！"

"他们到底想干什么？"薇拉·洛文浩特嚷道，"干吗要来迫害我们？为什么不让我们平平静静地过日子？尼弗迦德人到底想怎样？"

"他们要我们流血！"威利博特男爵怒吼。

"还要我们的土地！"农夫中有人喊道。

"还要俺们的女人！"谢尔顿·斯卡格斯眼神凶狠地附和道。

有人笑了起来——尽可能压低声音，免得引起注目。女矮人毫无魅力可言，除了男矮人之外，别的种族会对她们感兴趣？想想就叫人乐不可支。但千万别取笑他们，尤其不能当面惹恼这些矮小健壮的大胡子，他们的腰带上可都挂着斧头和短刀，出手速度又快如闪电。不知出于什么原因，矮人坚信全世界都对他们的妻女垂涎三尺，而在这方面，他们也是异常敏感。

"这是早晚的事，"灰发德鲁伊突然宣称，"无法避免。我们忘记了自己并非世上唯一的居民，也忘记了所有造物并不会以我们为中心。我们就像池子里愚蠢、肥胖又懒散的鲦鱼，拒绝相信梭鱼的存在。我们把世界变成一摊满是烂泥的死水。看看你们周围吧——罪行与罪孽、贪欲与贪婪、口角与竞争，简直无处不在。传统正在消亡，可敬的价值观也在丧失。我们不遵从自然规律，处处逆天而行，于是得到了什么？熔炉的恶臭污染了空气，屠宰场和鞣革工坊污染了河流与溪水，森林不假思索地被砍伐……哈，看啊！即便在神圣的伯琉赫里斯的树皮上，就在诗人头顶，也有一句用刀子刻下的污言秽语——而且还拼错了——肇事者肯定既愚蠢又无知。你们惊讶什么？结果肯定好不了……"

"是的，是的！"胖牧师帮腔道，"清醒过来吧，你们这些罪人，趁还有时间，因为诸神的愤怒和报复即将降临！牢记伊丝琳的神谕，她的预言讲述了诸神将向罪恶之人施加的惩罚！'轻蔑的时代即将到来，届时树叶落尽，芽蕾凋残，果实腐朽，粮种苦涩，河谷清水化为坚冰。白霜将至，白光接踵而来，世界亦将湮灭于狂风暴雪。'女先知伊丝琳如是说！这一切到来之前，会有清晰的预兆，瘟疫将劫掠这片大地——千万牢记！——尼弗迦德人就是我们的神罚！他们便是抽打罪人的诸神之鞭，所以你们当……"

"闭嘴，你这貌似敬虔的老东西！"谢尔顿·斯卡格斯跺着沉重的靴子怒吼道，"你这些迷信的疯话让俺想吐！俺的肠胃……"

"当心，谢尔顿。"高个精灵微笑着打断他，"不要嘲笑别人的信仰。这既不讨喜,也不礼貌,更不……安全。"

"俺啥也没嘲笑。"矮人抗议道,"俺不怀疑诸神的存在。但有人强行把他们跟凡尘琐事扯上关系,还想用某个疯子精灵的预言蒙蔽俺的眼睛,这让俺心烦。尼弗迦德人是诸神之鞭?胡说八道!好好回想一下,想想迪斯莫得、拉多维德和杉布克的时代,想想'老橡树'阿布拉德的时代!也许你们已经忘了,因为你们寿命太短,就像蜉蝣,但俺还记得。俺要告诉你们,自你们从雅鲁加河口和庞塔尔三角洲的船里爬上岸之后,这几块土地发生了什么。三个王国自靠岸的四艘船兴起,互相吞并,进而发展壮大,地位愈加巩固。你们侵略其他人的疆土,加以征服,王国也随之扩张,越来越庞大,越来越强盛。如今尼弗迦德人也在做同样的事,因为他们是个强大、团结、纪律严明的国家。你们若不能团结一心,尼弗迦德人就会吞噬你们,像梭鱼吞食鲦鱼——恰如这位睿智的德鲁伊所言!"

"让他们试试!"特罗伊的多尼米尔挺起绣有狮子纹章的胸口,挥舞鞘中的宝剑,"我们能在索登山打得他们一败涂地,就不怕他们再来!"

"你太自以为是了!"谢尔顿·斯卡格斯咆哮道,"你显然忘了,骑士阁下,索登山战役之前,尼弗迦德人曾在你们的土地上势如破竹,玛那达和河谷地区间的平原上满是尸体,都是像你这样英勇的战士。阻止尼弗迦德人的不是夸夸其谈的自大狂,而是泰莫利亚、瑞达尼亚、亚甸和科德温王国的联军,是协约和团结阻止了他们!"

"不仅如此。"莱德克里夫用冰冷而洪亮的声音评论道,"不仅如此,斯卡格斯阁下。"

矮人响亮地咳嗽一声,擤擤鼻子,挪动双脚,然后冲巫师略鞠一躬。

"没人否认你同行们的贡献。"谢尔顿·斯卡格斯说,"只有最可耻之人,才不愿承认索登山上巫师们的英勇事迹。他们勇敢地坚守阵地,为共同的目标挥洒鲜血,在这场胜利中,他们厥功至伟。丹德里恩的歌谣不忘提及他们,俺们也不会忘。但俺要指出,索登山上的巫师们团结又忠诚地接受洛格伊文的威戈佛特兹的指挥,正如俺们,四大王国的勇士,服从瑞达尼亚的维兹米尔王的命令。可惜团结与和睦只维持到战争结束,和平之后,俺们又有了分歧。维兹米尔王和弗尔泰斯特王用关税和贸易法令相互倾轧,亚甸的德马维王在北方边境与科德温的亨赛特王争执不断,亨佛斯联盟与柯维尔的蒂森家族势如水火。俺还听说,巫师间的古老协定也名存实亡。俺们既不和睦,也没纪律,更不团结。而尼弗迦德人恰恰相反!"

"尼弗迦德的统治者是恩希尔·瓦·恩瑞斯皇帝,他是暴君和独裁者,用鞭子、绞索和斧头强迫人民服从!"威利博特男爵高声道,"矮人阁下,你在提议什么?我们要怎样才能团结一致?靠类似的暴政?在你看来,哪位国王、哪个王国,可以凌驾于其他人之上?你想看到权杖和皮鞭落到谁的手里?"

"关俺屁事?"斯卡格斯耸耸肩答道,"这是人类的事务。反正你们也不会选矮人当国王。"

"还有精灵,甚至半精灵。"有着典型上古种族形象的高个精灵补充道,他的手臂依然搂着头戴貂皮帽的精灵美女,"你们甚至把拥有四分之一血统的精灵当作劣等……"

"真是讽刺。"威利博特大笑起来,"你们的口吻跟尼弗迦德人一样,因为他们也叫嚣平等,承诺回归旧日的秩序——前提是征服我们的土地,把我们消灭干净。这就是你们梦想的团结与平等,就是你们谈论和鼓吹的东西?你们收了尼弗迦德人的金子?难怪这么心心相印,毕竟尼弗迦德就是个精灵种族……"

"胡说八道。"精灵冷冷地说,"你真是满口胡言,骑士阁下。你显然被种族主义蒙蔽了双眼。尼弗迦德人都是人类,跟你一样。"

"彻头彻尾的谎言!他们来自黑希德山,所有人都知道!他们的血管里流淌着精灵的血!精灵的血!"

"那你的血管里又流淌着什么?"精灵嘲笑道,"几个世纪以来,你我两族已有过无数代血脉融合,而且相当成功——是好是坏姑且不论。你们迫害跨种族通婚的历史还不足二十五年,顺带一提,这举动不算成功。所以请告诉我,有哪个人类没有一丝一毫 Seidhe Ichaer——上古种族血统?"

威利博特涨红了脸。薇拉·洛文浩特面泛潮红。巫师莱德克里夫垂下头,咳嗽一声。有趣的是,圆帽精灵美女的脸上也现出了红晕。

"我们都是大地母亲的儿女。"灰发德鲁伊的声音在一片沉默中回荡,"我们是自然母亲的子孙。虽然我们不尊重母亲,虽然我们经常让她担忧、让她痛苦,虽然我们会伤她的心,但她依然爱着我们。她爱我们所有人。聚集在友谊之地的诸位啊,请牢记这一点。我们不该为谁先谁后争吵:波涛最先带来了圣橡实,圣橡实又孕育了最古老的橡树、伟大的伯琉赫里斯。伫立在树冠之下,置身于原始的树根之间,愿我们抛开各自的身份与成见,因为这片土地孕育了我们所有人。让我们不要忘记诗人丹德里恩的歌谣……"

"没错!"薇拉·洛文浩特大声道,"可他在哪儿?"

"他跑了。"谢尔顿·斯卡格斯看着橡树下的空位,用笃定的语气说,"带着他的钱,连声招呼都不打就跑了。真像个精灵!"

"像个矮人!"侏儒铁匠尖叫道。

"像个人类。"高个精灵纠正道。戴貂皮帽的精灵美女把头枕在他肩上。

◀━━▶

"喂,大诗人。"老鸨兰提芮没敲门就走进房间,风信子、汗水、啤酒和熏肉的味道扑面而来,"你有客人。进来吧,尊贵的阁下。"

丹德里恩抚平头发,在硕大的雕花扶手椅里坐起身。两个女孩赶忙跳下他的膝盖,整理凌乱的衣物,遮住无限春光。妓女的羞怯,诗人心想,作为歌名倒也不坏。他站直身子,系上皮带,穿好外套,并且从始至终盯着站在门口的男人。

"没错。"诗人评论道,"你知道该上哪儿找我,可惜你不太会挑选时机。你很走运,因为我还没选出心仪的美人儿。而以你的开价,兰提芮,我负担不起她们两个。"

兰提芮露出同情的微笑,拍拍手。两个女孩—— 一个是皮肤白皙、长着雀斑的岛民,另一个是黑发的半精灵——迅速离开房间。门口那人脱掉斗篷,连同一只鼓鼓囊囊的小钱袋一起递给老鸨。

"请原谅,大师。"他走到桌前,舒舒服服地坐下,"我知道在这种时候打扰您并不合适,但您从橡树下消失得太快……我没能在大路追上您,也没能立即在这小镇发现您的踪迹。我不会占用您太多时间,相信我……"

"人人都这么说,但每次都是谎话。"吟游诗人打断他,"兰提芮,请让我们单独待会儿,别让人来打扰。请说吧,阁下。"

那人审视丹德里恩一番。他长着湿湿的黑色眸子,尖鼻子,还有丑陋而纤薄的嘴唇。

"我就直说了吧,免得浪费您的时间。"他说着,等老鸨关上房门,"您的歌谣让我很感兴趣,大师。更准确地说,您歌颂的某些角色让我很感兴趣。我想知道您歌谣里那些主角的真正命运。如果我没搞错,之前在大橡树下听到的美妙之作一定是以真实人物的真实命运为模板。我想了解……辛特拉的小希瑞菈,卡兰瑟王后的外孙女。"

丹德里恩盯着天花板,手指敲打桌面。

"尊敬的阁下,"诗人干巴巴地说,"你感兴趣的事还真奇怪。你的问题也一样。我觉得,你的身份应该跟我原以为的不同。"

"容我一问,您觉得我是什么人?"

"不好说。这取决于有没有你我共同的朋友托你向我表达敬意。你一开始就该告诉我的,但不知为何,你忘记了。"

"我没忘。"那人把手伸进深黑色丝绒外衣的内袋,将一只钱袋——比他刚才给老鸨的略大一些,而且同样鼓鼓囊囊——丢到桌上,发出一阵叮当的响声。"我们没有共同的朋友,丹德里恩,但这钱袋或许足以弥补?"

"你打算用这点钱买下什么?"吟游诗人语带不快,"兰提芮的整个妓院,外带周边的土地?"

"这么说吧,我很支持艺术,还有艺术家。我想同一个艺术家谈谈他的作品。"

"亲爱的阁下,你真的很热爱艺术吗?在自我介绍之前,强迫对方接受金钱,你不觉得这已经违背了最基本的礼节吗?"

"我们开始这场谈话之前,"陌生人的黑色眸子眯了起来,"您似乎并不在意我的身份。"

"现在我在意了。"

"我并非故意隐瞒自己的名字。"那人纤薄的嘴唇浮出一丝微笑,"我叫里恩斯。您不认识我,丹德里恩大师,这不奇怪。您盛名在外,不可能认识所有仰慕者。而仰慕您才华的人或许会自以为很了解您,甚至觉得可以不拘小节。我也一样,但现在看来这是个误会,还请您大度地原谅我。"

"我大度地原谅你。"

"那我相信,您也愿意回答我几个问题……"

"不!我不愿意。"诗人摆起了架子,"这次还请您大度地原谅我,我真心不想讨论自己作品的主题、灵感和角色,无论它是不是虚构。这会剥夺诗意的外表,令其归于陈腐和平庸。"

"会这样吗?"

"当然会。举个例子,假如我唱完关于磨坊主老婆的歌谣,然后宣称故事讲的其实就是磨坊主罗切的老婆泽薇卡,那我就等于宣布,泽薇卡在每个周四特别容易跟人上床,因为每周四磨坊主都会去市场。这一来,歌谣就不是歌谣了。它成了配乐的韵文,或叫恶毒的诽谤。"

"我明白,我明白。"里恩斯飞快地说,"但你的例子恐怕不够好。说到底,我感兴趣的并非任何人的过失或罪恶。回答我的问题不会构成诽谤。我只需要一点点信息:辛特拉王后的外孙女希瑞菈究竟遭遇了什么?许多人宣称她在攻城战中死去,甚至有目击证人支持这一说法。但听你的歌谣,那孩子却像活了下来。我真的很想知道,这到底是你的想象还是现实?到底是真,还是假?"

"看你这么感兴趣，我真是太高兴了。"丹德里恩露出欢快的笑容，"尽管笑话我吧，阁下，随便您姓甚名谁。这正是我谱写这首歌谣的目的，我希望触动听众，勾起他们的好奇心。"

"是真，还是假？"里恩斯冷冷地重复道。

"一旦告诉你，作品的影响力就毁了。再见吧，我的朋友。你已经用光了我为你抽出的时间。有两个美人正在外面等待我的挑选，她们也会为我提供灵感。"

里恩斯沉默良久，但没有离开的意思。他盯着诗人，眼带敌意。诗人突然满心不安。妓院大厅里传来欢快的喧嚣，更时不时被某位女性的高亢笑声打断。丹德里恩转过头，装出不屑一顾的样子，但事实上，他正在判断自己和房间角落那张挂毯的距离：挂毯上描绘着一个宁芙，正将壶中的清水洒在自己的双乳上。

"丹德里恩，"里恩斯把手插回深褐色外衣的口袋，"拜托，回答我的问题。我必须知道答案，这对我非常重要。相信我，对你也一样。因为，如果您自愿回答，我……"

"你就怎样？"

里恩斯纤薄的嘴唇咧出骇人的微笑。

"我就不用强迫你开口了。"

"听好了，你这无赖。"丹德里恩站起身来虚张声势，"我痛恨暴力与强迫，但我随时可以叫来兰提芮，而她会喊来格鲁齐拉，他可是这间妓院可敬可靠的保镖，更是这一行里的专家。他会朝你的屁股狠狠踢上一脚，让你飞过镇子的屋顶。那场面绝对壮观，路过的人多半会把你当成一匹飞马。"

里恩斯做了个动作，手心里突然多了件闪光的东西。

"你确定,"他问,"你有时间叫她?"

丹德里恩不打算确认自己是否还有时间,也没打算再等下去。不等里恩斯握紧短剑,他就纵身跃向房间角落,钻到那块宁芙挂毯下,用脚踢开暗门,匆忙跑下螺旋楼梯,一路灵活地借助陈旧的扶手掌控方向。里恩斯飞快地追在身后,但诗人对自己很有信心:他对密道了如指掌,曾用它多次逃离债主、妒忌的丈夫,还有愤怒的同行——因为他时不时会盗用其他诗人的韵律和曲调。他知道,转完第三个弯,就能摸到那扇旋转门,门后是一道通往地下室的楼梯。他相信追赶者会来不及收脚,从而踩到活板门,掉进猪圈。他同样相信,在摔得鼻青脸肿、身上沾满粪便,又被猪群推挤踩踏之后,那家伙会放弃追赶。

但每次过度自信时,丹德里恩都会犯错,这次也没例外。诗人背后突然闪过一道蓝光,他的四肢渐渐麻木、迟钝、僵硬。他想放慢速度转向旋转门,但双腿不听使唤。他大叫一声,滚下楼梯,在狭窄走廊的墙壁间撞来撞去。活板门嘎吱一声,在他身下开启,吟游诗人立刻滚进黑暗与恶臭之中。在脑袋摔上泥地失去知觉之前,他想起老鸨兰提芮说过,猪圈正在修理。

剧痛让诗人恢复了意识,他手腕和肩膀的关节都严重扭伤。他想尖叫,却做不到:嘴里像是塞满了黏土。他跪在泥地上,被一条绳索捆住手腕,拽起身体。他试图站起,想缓解一下肩膀的压力,却发现双腿也被捆住。他艰难地呼吸着,终于站了起来——这还要多亏那条无情拖拽他的绳索。

里恩斯站在他面前，恶毒的双眼被灯光照亮。提灯的是个胡子拉碴、身高六尺有余的恶棍。另一个恶棍站在他身后，个头也不会矮于六尺。丹德里恩能听到他的呼吸声，也能闻到他的汗臭。这个浑身臭气的家伙扯动绳索，绳子绕过房梁，另一头紧紧系在诗人的手腕上。

丹德里恩的双脚被扯离地面。诗人喷着鼻息，除此以外，他什么都做不了。

"够了！"里恩斯大吼——他几乎立刻就开口了，丹德里恩却觉得像过了几个世纪。诗人的双脚碰到了地面。他满心希望能跪下来，却办不到——拴着他的绳索就像绷紧的琴弦。

里恩斯走近些，脸上没有丝毫感情，眼神也无比冷漠。他的语气依然镇定，甚至带着些许厌倦。

"你这蹩脚诗人。废物、人渣、傲慢自大的无名小卒，还想逃出我的掌心？没人能从我手下逃脱。我们的谈话还没结束，你这小丑兼白痴。上次见面时场合更加体面，我也只问了你一个问题。而现在，你必须回答我所有问题，且毫无体面可言。我说得对吗？"

丹德里恩赶忙点头。直到这时，里恩斯才露出微笑，打了个手势。诗人无助地尖叫一声，感觉绳索绷得更紧，他的双臂扭向背后，关节疼痛难当。

"你没法说话。"里恩斯露出恶毒的笑容，确认道，"而且疼得厉害，对吧？现在你该明白了，我把你吊起来只为取乐，因为我喜欢看人受苦。继续，再高点儿。"

丹德里恩大口喘气，几乎窒息。

"可以了。"里恩斯终于命令道，然后走向诗人，揪住他衬衣领，"听好了，你这小老二。我会解除法术，让你说话，但你要敢把悦耳的嗓音提高到不必要的程度，那一定会后悔。"

他打个手势，用戒指碰碰诗人的脸颊，丹德里恩的下巴、舌头和上颚恢复了知觉。

"现在，"里恩斯平静地续道，"我要问你几个问题，你要迅速而流利地回答，而且知无不言。要是你口吃，或者哪怕有一瞬间的犹豫，如果你给我丝毫怀疑的理由，那么……低头看。"

丹德里恩照做了。他惊恐地发现，一条短绳正系在他的脚踝上，另一头是满满一桶石灰。

"如果我把你继续抬高，"里恩斯露出残忍的微笑，"这只桶也会跟你一起抬起，然后，你的双手也许就再也没法恢复知觉了。从此以后，我很怀疑你还能不能再弹鲁特琴。我真的很怀疑。所以我相信你会开口。我说得对吗？"

丹德里恩没答话。恐惧让他既没法转动脑袋，也说不出话。但里恩斯似乎并不需要他回答。

"你要明白，"他平静地说，"不费吹灰之力，我就能看出你说的是不是真话，你敢愚弄我，我马上就能察觉到，我也不会让你靠诗歌技法或含糊表述蒙混过关。这对我来说轻而易举——就像在楼梯上麻痹你的身体一样。所以我建议你仔细权衡每一个字，人渣。好了，别再浪费时间，现在开始吧。你知道，我想了解你那美妙歌谣的女主角：辛特拉王国卡兰瑟王后的外孙女希瑞菈公主，就是那位讨人喜爱的希瑞。根据目击证人的说法，小家伙两年前在攻城战中死去。可在歌谣里，你生动又感人地描述她跟一位近乎传奇的陌生人见了面，那个……猎魔人……杰洛特，还是杰拉德来着？抛开命运和命中注定之类的废话，从歌谣的其他部分来看，这个孩子在辛特拉之战中幸存了下来。这是真的吗?"

"我不知道……"丹德里恩呻吟着说,"诸神在上,我只是个诗人!我听到一部分说法,至于其他……"

"怎么?"

"其他是我瞎编的,是捏造的!我什么都不知道!"诗人看到里恩斯冲汗臭男打个手势,感觉绳索又一次绷紧,连忙哀号道:"我没撒谎!"

"的确。"里恩斯点点头,"你说的不全是谎话,我能感觉到。但你在闪烁其词。你不可能虚构整首歌谣,这没道理。话说回来,你认识那个猎魔人,经常有人看到你与他同行。所以招了吧,丹德里恩,如果你还爱惜手腕的话。把你知道的一切都说出来。"

"这个希瑞,"诗人喘着气说,"注定属于那个猎魔人。她是所谓的意外之子……你肯定听说过,这个故事家喻户晓。她父母发誓把她交给猎魔人……"

"她父母会把自己的孩子交给一个疯狂的变种人?交给凶残的杀手?你在撒谎,蹩脚诗人。这种故事只有女人才会信。"

"可这是事实,我以我母亲的灵魂发誓。"丹德里恩啜泣起来,"我的消息来源很可靠……那个猎魔人……"

"说女孩的事。眼下我对猎魔人不感兴趣。"

"我对女孩一无所知!我只知道战争爆发时,猎魔人正要去辛特拉接她。我就是那时遇见他的。他从我口中听说了大屠杀,还有卡兰瑟之死……他向我打听了王后的外孙女,那个小女孩……可我只知道辛特拉的所有人都遇害了,最后的堡垒里无人幸存……"

"继续说。少用隐喻,多讲事实!"

"听说大屠杀和辛特拉陷落之后,猎魔人打消了去那儿的念头。我们一起逃往北方,在亨佛斯地区分别,我从此再没见过他……但他在路上讲了这个……希瑞,管她叫什么呢……还有命运什么的……所以,我创作了这首歌谣。我知道的只有这些,我发誓!"

里恩斯皱眉看着他。

"猎魔人在哪儿?"他问,"那个见钱眼开的怪物杀手,喜欢谈论命运的诗意屠夫,眼下在哪儿?"

"我说过了,我上次见到他……"

"我知道你说过什么。"里恩斯打断他,"我听得很仔细。现在你要仔细听我说,准确地回答我的问题。我要问的是:如果一年多都没人见过猎魔人杰洛特,或者杰拉德,那他会藏在哪儿?他通常的藏身处在哪里?"

"我不知道。"吟游诗人连忙答道,"我没撒谎。我真不知道……"

"太快了,丹德里恩,你答得太快了。"里恩斯露出不祥的微笑,"太着急了。你很狡猾,但不够谨慎。你说不知道他在哪儿?但我敢说,你知道。"

丹德里恩愤怒而绝望地咬紧牙关。

"怎么样?"里恩斯朝臭烘烘的家伙打个手势,"猎魔人躲哪儿去了?那地方叫什么?"

诗人保持着沉默。绳索绷紧,绞缠他的双手,他的脚也离开了地面。丹德里恩发出一声短促的哀号,却又戛然而止:里恩斯的魔法戒指封住了他的嘴。

"高点儿,再高点儿。"里恩斯双手叉腰,"要知道,丹德里恩,我可以用魔法刺探你的想法,但这太费力气。另外,我喜欢看人痛得双眼凸出。反正你迟早会告诉我的。"

丹德里恩知道自己撑不下去了。绑住脚踝的绳子开始绷紧,石灰桶底刮擦着地面。

"阁下。"另一个恶棍突然开口。他用斗篷掩住提灯,透过猪圈门上的缺口向外观瞧。"有人来了。好像是个姑娘。"

"你知道该怎么办。"里恩斯嘶声道,"把灯吹灭。"

汗臭男放开绳索,丹德里恩无力地倒向地面,在这过程中,他看到手拿提灯的恶棍站到门边,汗臭男也手持长刀,俯卧到另一边的地上。妓院的灯光透过木板缺口照射进来,诗人听到歌声和嘈杂的话音。

猪圈门嘎吱一声打开,现出一个身穿斗篷、头戴圆帽的矮小女人身影。迟疑片刻后,女人跨过门槛。汗臭男纵身朝她扑去,刀子用力挥出,结果他踉跄跪倒,刀子没碰到任何阻碍,只是径直划过那团身影的喉咙,就像划过一团烟。那道身影的确只是一团烟,此刻已经开始消散。在它彻底散去之前,另一道人影冲进猪圈,那是个模糊的黑影,灵活得像只鼬鼠。丹德里恩看到人影把斗篷扔向提灯男,并从汗臭男身上一跃而过,他看到那人手里闪烁的寒光,又听到汗臭男发出剧烈的喘息。提灯男甩开斗篷,挥动刀子。一道耀眼的闪电自人影手中射出,击中壮汉的脸部和胸口,随后像烧着的油一样燎遍他的全身。恶棍尖叫一声,烤肉的气味洋溢在猪圈里。

这时,里恩斯发起了攻击。他施放的咒语画出一道蓝色闪光,照亮了黑暗。丹德里恩借着亮光看到一个身穿男装的苗条女子,正用双手比画着怪异的手势。他只瞥见她一瞬间,蓝光便在一声巨响后消失不见。里恩斯怒吼着往后退,重重地倒在猪圈的木墙上,撞烂了木板。男装女子紧追不舍,手里多了一把短剑。光辉再次照亮了猪圈——这次是金色的闪光——光源来自突然出现在空中的某个椭圆形物体。丹德里恩看到里恩斯从满是灰尘的地上一跃而起,跳进那个椭圆,随即消失不见。椭圆变得暗淡无光,但在它彻底消失之前,女子跑上前去,大喊着令人费解的字眼,然后伸出双手。噼啪声和沙沙声响起,椭圆短暂地包裹在烈焰之中。一阵模糊的声音传入丹德里恩耳中,好像来自很远的地方——像是一声痛呼。椭圆彻底消失不见,黑暗再次吞没了猪圈。诗人感觉到,那股让他没法说话的力量消失了。

"救命!"他哀号道,"救命!"

"别嚷嚷了,丹德里恩。"那女子说着,跪在他身旁,用里恩斯的短剑割断绳结。

"叶妮芙?是你吗?"

"你不会忘了我的长相吧?你有对音乐家的耳朵,不可能听不出我的声音。能起来吗?他们没打断你的骨头,对吧?"

丹德里恩吃力地站起身,舒展疼痛的双肩,呻吟不止。

"他们都死了?"他指了指躺在地上的两具躯体。

"检查一下嘛。"女术士收起短剑,"有一个应该还活着。我要问他几个问题。"

"这个。"吟游诗人站在汗臭男身前,"大概还活着。"

"我表示怀疑。"叶妮芙满不在乎地说,"我割断了他的气管和颈动脉。他也许还能嘟囔几句,但活不久了。"

丹德里恩打个哆嗦。

"你砍了他的脖子?"

"若非我天生谨慎,先送出一道幻象,躺在地上的就该是我了。看看另一个……活见鬼,这么壮的家伙都承受不住。可惜,真可惜……"

"他也死了?"

"他没能撑过去。唔……我有点用力过猛……你瞧,他连牙齿都烧焦了——你怎么回事,丹德里恩?你要吐吗?"

"我想吐。"诗人口齿不清地说,额头顶在猪圈的木墙上。

"就这些?"女术士放下酒杯,伸手去拿肉叉上的烤鸡,"你没撒谎吧?没忘掉什么?"

"没有。但忘了一句'谢谢'。谢谢你,叶妮芙。"

她看着他的双眼,略微点点头,闪亮的黑色卷发晃动几下,落在她肩头。她把烤鸡放进餐盘,用刀叉熟练地切开。在此之前,丹德里恩只见过一个人能如此熟练地用刀叉吃鸡肉,现在他知道杰洛特是跟谁学的了。好吧,他心想,这也难怪,毕竟他在温格堡跟她住了一年之久,叶妮芙给他灌输了不少奇怪的习惯,直到分手。他从烤肉叉上取下另一只鸡,想也没想就扯下一只鸡腿,故意用双手捧着吃。

"你是怎么知道的?"他问,"你怎么会刚好赶来救我?"

"你表演时,我也在伯琉赫里斯树下。"

"我没看到你。"

"我不想被人看到。随后我跟你进了镇子,在旅馆里等——说实话,要我跟你去那个未必有欢欣、却必然有淋病的地方真心不太合适。我最后失去了耐心,于是到院子周围转悠,结果听到猪圈里有人说话。我强化了听觉,这才发现猪圈里不是我最初以为的某个变态,而是你。喂,老板!麻烦再来点酒!"

"听凭您差遣，尊贵的女士！马上就来！"

"请拿刚才的酒，这次别掺水。我只能容忍浴缸里有水，酒里可不行。"

"乐意效劳，乐意效劳！"

叶妮芙推开餐盘。丹德里恩注意到，烤鸡还剩不少肉，足够旅店老板一家当早餐吃了。用刀叉吃鸡肉确实既文雅又讲究，但着实浪费。

"谢谢。"他又说一遍，"谢谢你救了我。那个该死的里恩斯不可能放过我，他会榨干我知道的一切，然后宰掉我，就像宰一只羊。"

"对，我想也是。"她为自己和吟游诗人各倒些酒，举起酒杯，"为你的获救与健康干杯，丹德里恩。"

"也为你的健康干杯，叶妮芙。"他回答，"从今天起，只要有机会，我就会为你的健康祈祷。你有恩于我，美丽的女士，而我会用我的歌谣偿还这份恩情。他们都说巫师对他人的痛苦无动于衷，说女术士很少会帮助穷困、不幸和陌生的凡人，而我会驳斥这样的谣言。"

"这倒不必。"她笑了笑，眯起漂亮的紫色眸子，"这种传言并非无中生有，倒也有其根据。你不算陌生人，丹德里恩。我认识并且喜欢你。"

"真的？"诗人也笑了起来，"那到目前为止，你都掩饰得很好。我甚至听说，你没法忍受我——引用你的原话——正如你没法忍受瘟疫。"

"曾经是这样。"女术士的表情突然认真起来，"但后来，我的观点改变了。后来，我很感激你。"

"我能问问为什么吗？"

"不说这个了。"她把玩着手里的空杯子，"还是考虑更重要的问题吧。在猪圈里拷问你的家伙，差点把你的手臂扯脱臼。丹德里恩，究竟发生了什么？逃离雅鲁加河之后，你当真再没见过杰洛特？不知道他在战后回了南方？不知道他受了重伤——甚至有谣传说他死了？你真的什么都不知道？"

"真的，我不知道。我在庞德·维尼斯待了很久，一直在伊斯特拉德·蒂森王的宫廷里。然后去了聂达米尔王的亨佛斯……"

"你不知道。"女术士点点头，解开束腰外衣。一条黑色丝绒缎带围在她的脖子上，上面饰有一块镶有钻石的星形黑曜石。"你不知道杰洛特伤好以后去了河谷地区？你猜不出他是去找谁的？"

"大概能猜到。但我不知道他有没有找到她。"

"你不知道。"她重复一遍，"平日的你明明无所不知，无所不唱，甚至拿人家的感情隐私当题材。我在伯琉赫里斯树下听了你的歌谣，丹德里恩，其中好几句写的就是我。"

"诗歌，"诗人盯着烤鸡，喃喃说道，"本来就有适度的夸张。你不该因此生气……"

"'发如渡鸦之翼，恍如夜之风暴……'"叶妮芙用夸张的强调语气引述道，"'……紫罗兰色的双眸沉睡着闪电……'是这么唱的吧？"

"我印象中的你就是这样。"诗人胆怯地笑着说，"谁觉得我唱得不对，可以先拿石头打我。"

"但我不知道，"女术士抿紧双唇，"是谁允许你这样描述我的内脏的？怎么唱的来着？'她的心脏，仿如装点她玉颈的宝石。坚硬如钻，冰冷如钻，锋利更胜黑曜石，切开……'这是你自己编的吗？还是说……"她的双唇扭曲而颤抖，"还是说你听了谁的抱怨？"

"呃……"丹德里恩清清嗓子，赶忙绕开这个危险的话题，"告诉我,叶妮芙,你上次见到杰洛特是什么时候?"

"很久以前。"

"战后?"

"战后……"叶妮芙的声音起了变化,"不,战后我再没见过他。很长一段时间里……我不想见任何人。好吧,诗人,言归正传。我有点吃惊,你什么都不知道,也什么都没听说,却有人为打探消息不惜把你吊到房梁上。你难道不担心吗?"

"我担心。"

"听我说。"她语气尖锐,将酒杯重重地砸在桌上,"仔细听好。把那首歌谣从你的常备曲目里剔掉,别再唱了。"

"你是说……"

"你很清楚我在说什么。去唱对抗尼弗迦德人的战争吧,唱杰洛特和我,这样你帮不到谁,也碍不着谁,不会让事情变好或变差。但别唱辛特拉的幼狮。"

她扫视四周,确认这个时间段屈指可数的顾客中没人偷听,然后一直等到清理餐桌的女招待走回厨房。

"另外,你该尽量避免跟不认识的人单独碰面,"她轻声说,"那些'忘记'替你们共同的朋友向你致意之人。明白吗?"

他惊讶地看着她。叶妮芙露出微笑。

"迪杰斯特拉向你致意,丹德里恩。"

这下轮到诗人提心吊胆地扫视四周了。他的惊讶一定很明显,表情也很可笑,因为女术士忍不住露出嘲弄的微笑。

"既然说到这个话题,"她凑过去低声道,"迪杰斯特拉要你汇报。你刚从维登回来,他很想知道埃维尔王的宫廷里有些什么传闻。他要我转告你,这次你的报告务必详尽且有重点,绝对不能写成诗歌。散文,丹德里恩,散文就好。"

诗人吞了口口水,点点头。他保持着沉默。

但女术士早就猜到了他的想法。"艰难的时代正在到来。"她轻声说道,"艰难又危险的时代,但也是变革的时代。与其带着不安和悔恨老去,倒不如确保变革能朝好的方向进行。你同意吧?"

诗人点头赞同,清了清嗓子。"叶妮芙?"

"我在听,诗人。"

"猪圈里那些人……我想知道他们是谁、他们的目的,还有他们的主使者。你杀了其中两个,但我听有传闻说,你能让死人开口。"

"传闻里没提到死灵法术是巫师会明令禁止的吗?算了吧,丹德里恩,那些恶棍恐怕也不知内情。不过逃掉的那个……唔……他就另当别论了。"

"里恩斯。他是个巫师,对吧?"

"没错,但算不上行家。"

"可他从你手里逃走了。我看到了——他是传送走的,对吗?这还不能说明些什么?"

"说得对,说明有人帮他。里恩斯既没有时间,也没有能力打开悬浮在空中的椭圆传送门。那种传送门可不是说笑的。显然有另一个巫师开启了传送门,一个远比他强大的巫师,所以我才不敢追过去——我不清楚那边的情况。但我还是送了点猛料给他。他得耗费相当多的法术和灵药,我给他留的记号会持续很久。"

"或许你有兴趣知道,他是个尼弗迦德人。"

"你这么觉得?"叶妮芙坐直身子,用流畅的动作抽出口袋里的短剑，握在手中，"现在很多人都用尼弗迦德短剑，因为它们很称手、很灵巧——甚至可以藏在乳沟……"

"不是因为短剑。他审问我时，用了'辛特拉之战'、'攻城战'或类似的词。这些我都闻所未闻。对我们来说，它永远是一场大屠杀。辛特拉大屠杀。没人会用别的名字称呼它。"

女术士抬起手，审视自己的指甲。"聪明，丹德里恩。你的耳朵真灵。"

"我的职业病。"

"我很好奇，你说的是哪个职业？"她妩媚地笑笑，"不过，还是多谢你这条情报。很有价值。"

"就算我为变革作出的努力吧。"他笑着回答，"告诉我，叶妮芙，为什么尼弗迦德人对杰洛特和来自辛特拉的小女孩这么感兴趣？"

"这事你还是别管为妙。"她的语气突然严肃起来，"我说过了，你最好忘记听说过卡兰瑟的外孙女这回事。"

"的确，你说过。但我不是在寻求歌谣的主题。"

"那你是在寻求什么？麻烦吗？"

"作个假设。"他下巴搁在交扣的双手上，看着女术士的双眼轻声说，"假设杰洛特真的找到并救出了那个孩子，假设他终于开始相信命运的力量，并把那个孩子带在了身边，他会去哪儿呢？里恩斯想用酷刑逼我说出来。但你知道的，叶妮芙，你知道猎魔人藏在哪儿。"

"我知道。"

"你也知道该怎么去那儿。"

"我也知道。"

"你不觉得该去警告他吗？警告他，里恩斯这类人正在找他和那个小女孩？我很想去，但我真不知道他在哪儿……我也不想把那地方的名字透露给别人……"

"说重点，丹德里恩。"

"既然你知道杰洛特在哪儿，你就该去警告他。你欠他的，叶妮芙。你们之间毕竟还有些……那个。"

"是啊。"她冷冷地承认，"我们之间的确有些那个，所以我了解他。他不喜欢别人强加给他的帮助。如果他真需要帮助，会向信任的人求助。那些事已过去一年了，而我……我没收到他任何音讯。说到我们之间，我欠他的和他欠我的相同。半点不多，半点不少。"

"那我去好了。"他昂起头，"告诉我……"

"我不会告诉你的。"她打断他的话，"你已经暴露了，丹德里恩。他们还会再来找你，所以你知道的越少越好。从这儿消失，到瑞达尼亚去，去找迪杰斯特拉和菲丽芭·艾哈特，待在维兹米尔的宫廷里。我再警告你一遍：忘掉辛特拉的幼狮吧，忘掉希瑞，假装你从没听过这个名字。照我说的做。我不希望你遭遇任何不幸。我喜欢你，又欠你太多……"

"这话你已经说过了。可是叶妮芙，你欠我什么？"

女术士转过头，一时沉默不语。

"你跟他一起旅行。"她终于开了口，"多亏了你，他才不会孤单。你是他的朋友。他有你的陪伴。"

吟游诗人垂下目光。

"我们的友谊，"他喃喃道，"没给他带来多少好处。我给他带去的基本只有麻烦。他总是为我解决困难……帮助我……"

叶妮芙凑上前去，按住他的手，无言地捏了捏。她的眼神带着悔恨。

"去瑞达尼亚。"片刻后,她重复道,"去崔托格。让迪杰斯特拉和菲丽芭照看你。别逗英雄,你掺和的事很危险,丹德里恩。"

"我发现了。"他面露苦相,揉揉酸痛的肩膀,"所以我觉得,应该有人去警告杰洛特。只有你知道该去哪儿找他,该怎么去。我猜你曾经……拜访过那儿……"

叶妮芙转过头。丹德里恩看到她抿紧双唇,脸颊的肌肉微微颤抖。

"是啊,我去过。"她的声音里有种难以捉摸又让人陌生的情绪,"我曾数次拜访过那儿。但向来是个不速之客。"

◆━━◆━━◆

狂风劲吹,令废墟间的草地泛起涟漪,也令山楂丛和高大的荨麻沙沙作响。云朵从月亮表面掠过,月光不时洒落在这座庞大的城堡上,为护城河和仅剩的几块城墙浸上苍白的光辉,染上起伏的阴影。月光还照亮了成堆的头骨,它们龇着破碎的牙,用黑洞洞的眼窝窥视着虚无。希瑞尖叫一声,把脸埋进猎魔人的斗篷。

猎魔人用脚跟夹夹马腹,母马小心翼翼地跨过一堆砖块,穿过一条破破烂烂的拱廊。马蹄铁在石板地上叮当作响,墙壁间响起诡异的回声,却又被呼啸的狂风盖过。希瑞瑟瑟发抖,双手埋进马鬃里。

"我害怕。"她轻声道。

"没什么好怕的。"猎魔人把手按在她肩膀上,"要找到比这儿更安全的地方可不容易。这儿是凯尔·莫罕,猎魔人要塞。这座城堡也曾雄伟壮丽,但那是很久以前了。"

她没有回答,只是低垂着头。猎魔人那匹叫"洛奇"的母马轻轻喷了喷鼻子,似乎也在安慰小女孩。

他们步入黑暗的深渊,沿着一条点缀着圆柱和拱廊、看不到尽头的黑色隧道前进。洛奇自信地走着,对深邃的黑暗视若无睹,马蹄铁在地板上发出清亮的声响。

在他们前方,隧道尽头,一道笔直的竖线突然闪现红芒。它越来越高,越来越宽,最后变成一扇门。门后,墙上铁支架里的火把放射出摇曳的光芒。一条黑影站在门框内,在亮光中显得模糊不清。

"谁?"希瑞听到一个凶狠刺耳的声音,仿佛犬吠一般,"杰洛特?"

"对,艾斯卡尔。是我。"

"进来吧。"

猎魔人下了马,把希瑞抱下马鞍,让她站在地上,又把一个包袱塞进她的小手里。她紧紧抱住那包东西,如果不是包袱太小的话,此刻希瑞真想用它把自己遮起来。

"跟艾斯卡尔等在这儿。"他说,"我送洛奇去马厩。"

"到亮光中来,小鬼。"名叫艾斯卡尔的男人粗鲁地说,"别藏在暗处。"

希瑞抬头看着他的脸,差点压抑不住惊恐的尖叫。他不是人类。虽然他有两条腿,虽然他身上有汗臭和烟味,虽然他穿着普通的人类服装,但他不是人类。人类不可能有那样的脸,她心想。

"喂,你在等什么?"艾斯卡尔问道。

她一动不动。黑暗中,希瑞听到洛奇的蹄声渐渐远去。一个柔软的东西吱吱叫着爬过她的脚背。她吓了一跳。

"别待在暗处,不然老鼠会啃掉你的靴子。"

希瑞抱紧包袱,赶紧走向火光。老鼠们尖叫一声,从她脚边箭一般地跑开。艾斯卡尔俯下身,从她手里接过包裹,掀起她的兜帽。

"看在瘟疫的分上,"他喃喃道,"是个女孩。真是雪中送炭。"

她惊恐地看着他。艾斯卡尔在微笑。她这才明白,他是个人类,有一张人类的脸,只是被一道从嘴角延伸到耳边、贯穿整张脸颊的半圆形丑陋伤疤毁了容貌。

"既来之则安之,欢迎来到凯尔·莫罕。"他说,"别人怎么称呼你?"

"希瑞。"杰洛特悄无声息地走出黑暗,替她作了回答。艾斯卡尔转过身。两位猎魔人默然对视,突然彼此拥抱,肩臂紧紧地贴在一起,然后很快分开。

"白狼,你还活着。"

"没错。"

"很好。"艾斯卡尔从支架上取下一根火把,"来吧。我要关上内城门,免得冷风吹进来。"

他们沿着走廊前进。这儿也有老鼠:它们沿着墙脚跑来跑去,在黑暗的角落和分岔的通道里吱吱乱叫,飞快地穿过火把投下的摇曳光圈。希瑞快步走着,努力跟上两个大人。

"都有谁在这儿过冬,艾斯卡尔?除了维瑟米尔。"

"兰伯特和柯恩。"

他们走下一段又陡又滑的楼梯。下面能看到光线。希瑞听到人声,闻到烟味。

大厅很宽敞。硕大的壁炉连着烟囱,炉膛里燃着烈火,火光照亮了整个房间。大厅中央有张沉重的大桌,桌边至少能坐十个人,不过眼下只有三个。三个人类。不,三个猎魔人,希瑞纠正自己。她只能看到火光映出的三道轮廓。

"你好啊,白狼。我们一直在等你。"

"你好,维瑟米尔。你们好,伙计们。回家的感觉真好。"

"你带来了谁?"

杰洛特沉默片刻,手按希瑞肩头,把她轻轻往前推了推。她笨拙而犹豫地走了几步,弯着腰,缩着身子,低着头。我害怕,她心想,怕极了。杰洛特找到我,带我走时,我以为自己不会再害怕了。我以为恐惧已经过去了……可现在,我不在家里,而在一个又黑又破的老旧城堡,这里到处都是老鼠,还有吓人的回音……我又站在一堵红色的火墙前。我看到不祥的黑色身影,我看到有眼睛在盯着我,可怕、凶狠、闪闪发光……

"白狼,这孩子是谁?这女孩是谁?"

"她是我的……"杰洛特一时语塞。希瑞感觉到,他强壮有力的双手按在她肩头。突然,恐惧消失了,不留丝毫痕迹。炉膛里的火散发着温暖,只有温暖。黑色的身影属于朋友。他们关心她。他们闪闪发光的眼睛流露出好奇,还有关怀,以及些许不安……

杰洛特的双手握紧她的肩膀。

"她是我们的命运。"

说实话，再没有比猎魔人更丑恶、更违背自然的存在了，因为他们是恶毒的巫术与妖法的产物。他们是没有道德、良知与顾忌的无赖，是真正的恶魔般的造物，除了杀戮，别无所长。正派人不屑与之为伍。

凯尔·莫罕，那些无耻生物的栖息之处，也是他们修行恶毒技艺之地。我们必将那座城堡彻底抹去，用盐和硝石洒遍那儿的每一寸土地。

——《怪胎，或对猎魔人的描述》
作者不详

偏狭与迷信向来是普通民众常见的愚行之一，据我推测，这些愚行永远也无法彻底根绝，因为它们与愚蠢本身一样永存不灭。现今的高山，或许会是未来的汪洋；现今的汪洋，或许会是未来的荒漠。但愚蠢始终是愚蠢。

——《关于生命、幸福与繁荣的默想》
尼哥底母·德·布特　著

第二章

特莉丝·梅利葛德朝冻僵的双手哈口气。她动动手指,低声念出一句咒语。她骑的骟马立刻作出反应,它喷着鼻子,转过脑袋,用水汪汪的眼睛看着女术士——这是寒冷和狂风的功劳。

"你有两个选择,老家伙。"特莉丝戴上手套,"要么尽快习惯魔法,要么被我卖给农夫拉犁。"

骟马竖起耳朵,用鼻孔喷出热气,顺从地走下林木繁茂的山坡。女术士在马鞍上弯下腰,免得被结霜的树枝扫到。

魔法见效很快:她不用再耸肩低头对抗寒风,手肘和脖子也不再感到刺骨的寒意。咒语温暖了她,也压抑了困扰她几个钟头的饥饿感。特莉丝振作精神,在马鞍上坐得更舒服些,开始仔细观察周围。

离开常走的路,她只能凭灰白的山壁和白雪覆盖的山顶辨别方向。太阳穿透厚厚的云层时,山顶会闪耀金光——但这景象通常只有在早上或日落前才能看到。她已经很接近山脉了,所以必须加倍小心。凯尔·莫罕周围的土地以蛮荒和崎岖闻名,花岗岩山墙上虽有道缺口,外行人却无法轻易找到。你很可能拐进一道山壑或一道峡谷,然后彻底迷失方向。就算她熟悉这片土地，知道路线，清楚该去哪里寻找山口，也不敢有片刻松懈。

到达森林尽头，宽广的山谷横亘于女术士面前，散落在谷中的巨石一直蔓延到另一侧的陡峭山坡。"白石之河"葛温里屈河便从山谷中央流淌而过，泡沫浮泛于巨石之间，还有圆木顺着河水漂流而下。这里属于上游河段，葛温里屈河不过是条宽阔的小溪，不算深，涉水过河费不了多少力气。但到了科德温王国境内，也就是中游，葛温里屈河便成了无法逾越的天堑，河水奔流不息，冲击着深邃的河床。

骟马踩进河水，加快脚步，显然是想尽快抵达对岸。特莉丝扯扯缰绳——河水很浅，刚漫过马蹄上的距毛，但覆盖河床的鹅卵石很滑，水流也很急。河水翻搅起伏，马腿周围泛起泡沫。

女术士抬起头，仰望天空。周围越来越冷，风也越来越强。在群山中，这意味着风暴的到来，但她不希望再在洞穴里或岩架下过夜。必要的话，她可以顶着暴风雪赶路，可以用心灵感应确认路线，可以用魔法让自己感觉不到寒冷。如果有必要的话。但她希望自己不必这么做。

幸好凯尔·莫罕已经很近了。特莉丝催促骟马走上一片平坦的碎石堆，越过冰川和溪流冲刷下来的大堆石块，然后步入岩壁间的一条狭窄山道。两侧岩壁近乎垂直，似乎在她头顶高处相连，只露出一线青天。周围暖和起来，寒风只能在高处呼啸，无法刮到她身边。

山道变宽，越过一道沟壑后转入山谷。山谷里是一片宽阔的洼地，森林在参差不齐的圆石间蔓延。女术士没有选择平缓且容易行走的洼地边缘，而是策马径直前往森林，深入蛮荒之中。骟马的马蹄踩断了一根又一根干树枝，它不情愿地喷着鼻息，连连跺脚。特莉丝拉住缰绳，扯着马儿毛茸茸的耳朵，严厉地责骂它不中用。马儿似乎心怀愧疚，迈着更平稳、更轻快的步子穿过树丛。

没过多久，周围地势变得开阔，她开始沿山谷底部的溪流前行。女术士仔细地打量周围，终于找到要找的东西。山谷高处，几块巨石撑起一根树干：树皮黝黑，带着苔藓的翠绿，树枝上光秃秃的。特莉丝催马靠近些，好确认它真是代表"小道"，而不是碰巧被狂风吹落。她依稀窥见一条通往森林深处的路。她不可能弄错——肯定是"小道"，也就是环绕凯尔·莫罕古城堡、设有重重障碍的通道。猎魔人常在这里练习奔跑与控制呼吸的技巧。它为人所知的名字是"小道"，但特莉丝清楚，年轻的猎魔人给它取了另一个名字：杀手路。

她抱住马脖子，让它缓缓走到树干下。就在这时，她听到岩石的摩擦声，还有某人轻盈而飞快的脚步声。

她在马鞍上转过身，拉住缰绳，等待猎魔人踏上树干。

的确有位猎魔人跑到那根树干上，既没放慢速度，也没用双臂维持平衡——奔跑的动作灵巧、流利且无比优雅。身影飞驰而过，在林木间忽隐忽现，却没碰到哪怕一根树枝。特莉丝长出一口气，难以置信地摇摇头。

因为，从身高和体格上判断，那个猎魔人也就顶多十二岁。

女术士放松缰绳，脚踝轻碰马腹，让它朝上游前进。她知道小道会在另一个位置穿过山谷——那地方名叫"冲沟"。她想再看看那个小猎魔人——凯尔·莫罕已有近四分之一个世纪没训练过孩子了。

她并不特别着急。狭窄的"杀手路"在森林中的部分蜿蜒曲折，而小猎魔人为了熟悉路线，会比抄近路的她花费更多时间。但她也不能浪费光阴，经过冲沟之后，小道会再次转入森林，然后径直通往要塞。如果在那之前她没能追上男孩，也许就再也见不着了。特莉丝也曾数次造访凯尔·莫罕，但她没那么天真，她知道，他们展示给她的只是凯尔·莫罕的一小部分。

沿着溪流前进几分钟，她瞥见了冲沟——两块苔藓丛生的巨石形成一道沟渠，两旁长满矮小粗糙的树木。她放松缰绳。马儿喷着鼻息，朝鹅卵石间流淌的清水低下头去。

她没等多久，小猎魔人的身影便出现在巨石上。男孩仍没放慢速度，径直向前跃出。女术士听到双脚踩在石头上的啪嗒声，片刻之后，又听到石块松动的声音、沉闷的坠落声和一声轻呼。更确切地说，是一声尖叫。

特莉丝立刻跳下马背，脱掉毛皮斗篷，借助树枝和树根飞快地向高处爬去。她越爬越快，直到一团针叶让她脚底打滑，跪倒在碎石间的身影旁边。那孩子看到她，立刻像弹簧一样跃起，迅速退开，敏捷地握住背后的剑——然后仰天栽倒在刺柏和松树间。女术士没有起身，她瞪着男孩，惊讶地张大嘴巴。

因为"他"不是男孩。

参差不齐的银灰色刘海下，一对翡翠色大眼睛正凝视着她。它们在那张窄下巴、翘鼻子的小脸上显得格外突出。眼里充满恐惧。

"别害怕。"特莉丝试探地说。

女孩的眼睛瞪得更大了。但她的呼吸并不急促，看来也没流汗。很明显，她不是第一次跑这条"杀手路"了。

"你没事吧？"

女孩没答话，只是跳起身，倒吸一口气，将重心转移到左脚，然后弯下腰，揉搓着膝盖。她穿着那种缝合起来——或说粘在一起——

的连身皮衣，其做工足以让重视这门手艺的裁缝发出惊恐而绝望的尖叫。她身上只有几件东西相对较新并且合身：及膝长靴、腰带、佩剑。更确切地说，是把小剑。

"别害怕。"特莉丝重复一遍，依旧没有起身，"我听到你摔下来的声音，吓了一跳，所以跑过来……"

"我滑倒了。"女孩喃喃地说。

"你摔伤了吗？"

"没有。你呢？"

女术士大笑，试图站起，脚踝传来的痛楚却让她一缩，不由骂了一句。她坐在地上，小心地伸直双脚，又骂了一声。

"过来，小家伙，帮我站起来。"

"我不小。"

"随便你。话说回来，你是谁？"

"猎魔人！"

"哈！那就过来扶我，猎魔人。"

女孩仍站在原地。她把重心换回另一只脚，用戴着羊毛无指手套的双手把玩着剑带，怀疑地瞥向特莉丝。

"别害怕。"女术士笑着说，"我不是强盗，也不是什么外人。我叫特莉丝·梅利葛德，我要去凯尔·莫罕。猎魔人都认识我。别瞪我。我尊重你怀疑的权利，但请好好想想，如果我不认识路，怎么可能来这么远？你在小道上见过别人吗？"

女孩不再犹豫，走上前来，伸出手。特莉丝拉着她的手站起来。其实特莉丝并不需要搀扶，只想近距离看看女孩，想碰到她的手。

猎魔人女孩的绿眼睛看不出任何突变的迹象，碰到她的小手时，特莉丝也感觉不到猎魔人特有的那种微弱但令人愉快的麻刺感。虽然灰发小女孩背着一把剑,在杀手路上飞奔,但她尚未接受草药试炼,更没有到改变阶段。特莉丝可以确定。

"让我瞧瞧你的膝盖,小家伙。"

"我不小。"

"抱歉。但你总有名字吧?"

"有。我叫……希瑞。"

"很高兴认识你。劳驾再过来点,希瑞。"

"我没事。"

"我就想看看你怎么个'没事'法。啊,跟我想的一样。'没事'到裤子撕烂、皮开肉绽。站好了,别怕。"

"我不怕……啊啊啊!"

女术士大笑起来,在腰间蹭了蹭施法后微微发痒的手掌。女孩弯下腰,盯着自己的膝盖。

"哇哦!"她说,"一点都不疼了!连伤口都没了……这是魔法吗?"

"猜得没错。"

"你是个女巫?"

"又猜对了,但我更喜欢被称为女术士。为免弄错,你可以叫我的名字特莉丝。就叫特莉丝吧。来,希瑞,我的马在山坡下等着呢。我们一起去凯尔·莫罕。"

"我得跑过去。"希瑞摇着头说,"不能因肌肉酸痛就停下来。杰洛特说……"

"杰洛特也在要塞里?"

希瑞皱起眉头,抿紧双唇,从浅灰色的刘海下瞥了眼女术士。特莉丝又笑出了声。

"好吧。"她说,"我不打听了。秘密就是秘密,你确实不该告诉陌生人。走吧。到那儿以后,我们就知道城堡里都有谁了。别担心,我知道怎么对付肌肉酸痛。哦,我的马就在这儿。我来帮你……"

她伸出手,但希瑞显然不需要帮助。她灵巧地跳上马背,动作可谓流畅。骟马吃惊地连连跺脚,但女孩很快抄起缰绳,让它安静下来。

"看来,你知道怎么对付马。"

"我什么都能对付。"

"往前坐点儿。"特莉丝把脚伸进马镫,抓紧马鬃,"给我腾点地方。还有,小心你的剑,别戳到我的眼睛。"

在她敦促下,骟马顺着溪流快步前进。她们穿过另一座山谷,爬上半圆形的山坡。在那里,她们能看到背靠陡峭石壁的凯尔·莫罕废墟——拆了一半的梯形城墙、外堡和城门的残余部分,还有粗糙结实的城堡主楼。

骟马喷喷鼻子,仰起脑袋,走过护城河上仅剩的桥板。特莉丝拉住缰绳,对散落河底的朽骨不以为意。她早就见过了。

"我不喜欢这样。"女孩突然评论道,"这样不对。死人应该埋进土里,葬进坟墓。不是吗?"

"说得对。"女术士平静地表示赞同,"我也这么认为。但猎魔人把这天然坟场当作……警示。"

"警示什么?"

"凯尔·莫罕遭受的攻击。"特莉丝指引坐骑朝破碎的拱廊走去,"这里有过一场血战,几乎所有猎魔人都因此死去。只有当时不在城堡的人逃过一劫。"

"谁攻击了他们？为什么？"

"我不知道。"她不打算说出真相，"那是很久很久以前的事了，希瑞。去问其他猎魔人吧。"

"我问过了。"女孩嘟囔道，"可他们不告诉我。"

我能理解，女术士心想。女孩正在接受猎魔人的训练，但尚未承受突变，因此有些事不该告诉她。她这样的孩子不需要了解那场大屠杀。像她这样的孩子，不需要担心未来某一天，会听到多年前袭击凯尔·莫罕的疯子们的毒言恶语。变种人、怪物、怪胎，受到诸神责罚、与自然相悖的造物。不，小希瑞，我不怪猎魔人对你隐瞒。就连我也不会告诉你，而我保持沉默的理由更加充分。因为我是个巫师，没有巫师的帮助，那些疯子永远别想攻下这座城堡。那篇荒谬却广为流传，煽动狂热者、驱使他们做出恶毒行径的讽刺文章《怪胎》，似乎也是某位巫师的杰作。但是小希瑞，我并不认同所谓的集体责任。我不认为自己该为那件事赎罪，毕竟它比我出生还早了五十年。这些打算作为永恒警示的骷髅最终也将彻底碎裂、腐朽，被不时刮过山坡的风吹得无影无踪。

"他们不想躺在那儿。"希瑞突然说，"他们才不想充当什么象征或警示。他们也不希望自己的骨灰被风吹走。"

特莉丝抬起头，听出女孩声音的变化。她立刻感觉到了魔法灵光，还有太阳穴的跳动和充血。她绷紧身子，一言不发，唯恐破坏或打断这魔法。

"他们只想要个普通的坟墓。"希瑞的声音越来越反常，冰冷、骇人而又刺耳，"一块长满荨麻的土丘。死亡有冰冷的蓝色双眼，墓碑的高度不重要，碑文也不重要。特莉丝·梅利葛德，十四人山上的第十四人，还有谁比你更清楚呢？"

女术士的身体僵住了。她看到女孩的双手攥住了马鬃。

"你死在那座山上，特莉丝·梅利葛德。"陌生而邪恶的声音再次响起，"你为何来此？回去，立刻回去，带上这孩子，带上这上古血脉之子。把她送回她的主人手里。照我说的做，第十四人，不然你将再死一次。等那天到来，十四人山将带走你。那座坟墓和刻着你名字的墓碑将带走你。"

骟马高声嘶鸣，摇晃着脑袋。希瑞突然打了几个哆嗦。

"怎么了？"特莉丝努力保持镇定。

希瑞咳嗽起来，双手挠挠头发，又用力揉揉脸。

"没……没什么……"她犹豫不决地嘟囔道，"我累了，所以……所以才会睡着。我应该跑……"

魔法灵光消失了。特莉丝只觉一股寒意流遍全身。她试图相信那只是防护咒语消退的效果，但她知道，事实并非如此。她抬起头，看向城堡的石墙，上面那些黑洞洞的缺口也回瞪着她。她的身体发起抖来。

马蹄铁踩到庭院的石板路上，发出清脆的响声。女术士迅速跳下马鞍，把手伸向希瑞。就在她们手掌相触的一刹那，她小心地释放出一股魔力，结果大吃一惊，因为她什么都感觉不到。没有反应。没有回应，也没有任何抵抗。女孩片刻前还散发出异常强烈的魔法灵光，如今却没留下丝毫魔力。她现在只是个衣服不合身、头发剪得乱七八糟的普通女孩。

片刻之前，她才不是什么普通女孩。

但特莉丝没时间揣摩这桩怪事了。一扇包铁格栅门出现在她眼前，磨损不堪的铁门后是一条漆黑的走廊。她脱下肩头的毛皮斗篷，取下狐皮帽，飞快地甩乱头发——那头鲜亮的红棕色长发闪着金子般的光泽，既是她的骄傲，更是她的身份标识。

希瑞羡慕地叹了口气，特莉丝得意地一笑，效果达到了。长而美的乱发极其少见，它是女人身份地位的象征，代表你是个自由女性，只属于你自己。同时还代表你是个不同寻常的女人——因为"普通"少女会扎起发辫；"普通"已婚女子会用女帽或头巾遮住头发；出身高贵的女子，包括王后和女王，则会将头发卷成各种样式；女战士会把头发剪短；只有德鲁伊教徒和女术士——以及妓女——才会让发型保持自然，以强调自己的独立与自由。

同以往一样，猎魔人悄无声息地凭空出现。他们来到特莉丝面前，身形高大而纤细，双臂抱胸，身体重心放在左腿上——她知道，凭这样的姿势，他们可以在瞬间发起攻击。希瑞站在他们身旁，姿势一般无二，只是那身打扮让她显得十分可笑。

"欢迎来到凯尔·莫罕，特莉丝。"

"你好啊，杰洛特。"

他变了，给人一种苍老许多的印象。但特莉丝知道，从生理角度上讲，这不可能——猎魔人当然会变老，但速度极其缓慢，以至于普通人或她这种年轻女术士根本无法察觉。但仅仅一瞥，她就明白过来：尽管变异能阻止身体的衰老，却无法影响心灵的老化，杰洛特那遍布皱纹的脸就是最佳证明。特莉丝悲伤地避开白发猎魔人的双眼。那双眼睛显然看过太多的事。更糟的是，那双眼睛和她的预想截然不同。

"欢迎。"他重复一遍，"你能来，我们很高兴。"

艾斯卡尔站在杰洛特身边，看起来就像白狼的兄弟，唯一的区别是发色，还有脸颊那条丑陋的伤疤。凯尔·莫罕最年轻的猎魔人兰伯特也站在旁边，丑脸上挂着一贯的嘲弄。维瑟米尔没出现。

"欢迎，快进来。"艾斯卡尔说，"外面很冷，风还大。希瑞，你要去哪儿？我们没邀请你。太阳还这么高，虽然被云遮住了，但你还得继续训练。"

"喂！"女术士甩甩头发，"我算看出来了，礼节在猎魔人要塞很不值钱。希瑞第一个迎接了我，又带我来城堡，她理应陪着我……"

"她正在接受训练，梅利葛德。"兰伯特扮了个鬼脸。他总叫她的姓"梅利葛德"，不加头衔，也不喊名字，特莉丝对此很是反感。"她是学徒，不是管家。欢迎来宾，尤其是你这样的贵客，可不是她的职责。我们走吧，希瑞。"

特莉丝耸耸肩，假装没看到杰洛特和艾斯卡尔尴尬的表情。她什么也没说，免得让他们更加窘迫。最重要的是，她不希望他们发现，自己对这个女孩如此着迷。

"我帮你牵马。"杰洛特说着，伸手接过缰绳。特莉丝不动声色地挪挪手，让他们的手掌碰到一起。他们的目光也一样。

"我跟你去马厩。"她的语气十分自然，"鞍囊里还有几件我要用的东西。"

"不久之前，我还在替你感伤。"他们刚走进马厩，杰洛特就嘟囔起来，"我亲眼见到你的墓碑，纪念你在索登战役中英勇牺牲的纪念碑。我最近才知道，那只是个谣传。但我不明白，特莉丝，为什么会有人把别人错当成你。"

"说来话长。"她答道，"有机会的话，我会讲给你听。请原谅我带给你的感伤。"

"说原谅太夸张了。我近来高兴的时候不多,所以听说你还活着,我感到无与伦比的喜悦。但还是比不上亲眼见到你开心。"

特莉丝的身体里像有东西炸开。在这场旅行中,她始终担心见到白发猎魔人的一刻,同时又对此抱着无限期待。接着,她看到他疲倦的面孔。他那对看遍世间百态、冰冷而精明的眼睛里始终带着不同寻常的镇定,却又充盈着感情……

她不假思索地抱住他的脖子。她抓住他的手,放到自己长发下的颈背处。麻刺感顺着她的背脊传下,扩散到全身,她差点在狂喜中叫出声来。为了压抑这叫声,她把嘴贴上猎魔人的唇。她身躯震颤,紧贴他的身体。她越来越兴奋,越来越忘我。

杰洛特却没忘记自我。

"特莉丝……别这样。"

"哦,杰洛特……我太……"

"特莉丝。"他轻轻推开她,"这儿不只有我们……他们来了。"

她转头看向入口,过了一会儿才看到渐渐走近的猎魔人的影子,又过片刻才听到他们的脚步声。是啊,她的听力,她自以为十分敏锐的听力,的确没法跟猎魔人相比。

"特莉丝,我的孩子!"

"维瑟米尔!"

维瑟米尔真的很老了。天知道,他说不定比凯尔·莫罕要塞还老,但他却迈着轻盈而欢快的脚步朝她走来,他的手依然有力。

"见到您真好,老爷爷。"

"给我个吻。不,别吻我的手,术士小丫头。等我睡在棺材里再吻我的手吧。不用说，这一天就快来了。哦，特莉丝，你能来真是太好了……除了你，还有谁能治好我呢？"

"治好您？治什么？您的孩子气吗？把你的手从我屁股上拿开，老家伙，不然我一把火烧了你的灰胡子！"

"请原谅。我总是忘了你已经长大，我已经不能再把你放到膝盖上拍你的头了。说到我的健康……哦，特莉丝，年纪大了可不是说笑的。这把老骨头痛得我直想哀号。孩子，你能帮帮我这老家伙吗？"

"我会的。"女术士挣脱他的熊抱，目光转向维瑟米尔身边的猎魔人。他很年轻，看起来跟兰伯特一般大，留着黑色短胡子，却掩盖不住天花留下的严重疤痕。这可不太寻常：猎魔人对传染病拥有极高的免疫力。

"特莉丝·梅利葛德，这位是柯恩。"杰洛特替他们相互引荐，"柯恩今年第一次在这儿过冬。他来自北方的波维斯。"

年轻猎魔人鞠了一躬。他的虹膜是不同寻常的白、黄、绿三色，眼白布满红血丝，说明他的变异过程相当艰难。

"我们走吧，孩子。"维瑟米尔挽起她的胳膊，"马厩可不适合迎接客人，我只是等不及想见你了。"

在庭院里一个避风的角落，希瑞正在兰伯特指导下做训练。她在铁链吊起的一块长木板上熟练地保持平衡，同时用剑攻击一只皮袋，它用皮绳绑成人类躯干状。特莉丝驻足打量。

"错了！"兰伯特吼道，"你靠得太近！别乱砍一气！我告诉过你，用剑尖刺颈动脉！类人生物的颈动脉在什么位置？头顶吗？你怎么回事？专心，小公主！"

哈，特莉丝心想。看来传闻是真的。她就是那个希瑞。我没猜错。

她决定出其不意,不给猎魔人搪塞的机会。

"她就是著名的意外之子?"她指着希瑞问,"看来你们一直致力于履行命运的要求。但你们听故事时恐怕不太仔细,伙计们。在我听说的童话故事里,牧羊女和孤女会当上公主。可在这儿,我却看到公主当上了猎魔人。你们是不是太鲁莽了?"

维瑟米尔看着杰洛特。白发猎魔人保持沉默,脸上全无表情。尽管维瑟米尔无声地向他寻求支持,但他连眼皮都没眨一下。

"不是你想的那样。"老人清清嗓子,"杰洛特去年秋天才把她带来。她当时举目无亲……特莉丝,就算不相信命运之人,看到……"

"命运跟挥舞刀剑有什么关系?"

"我们教她剑术。"杰洛特平静地说,转头直视她的双眼,"我们还能教她什么呢?因为我们只懂这些。无论是不是命运,凯尔·莫罕如今就是她的家,至少暂时是。训练和剑术能让她心情愉快、身体健康,也能让她忘记过去的种种不幸。这儿是她的家,特莉丝。她没有别人可以依靠。"

"那场大败之后,"女术士没有移开目光,"大批辛特拉人逃去维登、布鲁格、泰莫利亚和史凯利格群岛。其中有富豪、贵族和骑士,有这女孩的朋友和亲人……还有她的臣民。"

"那些朋友和亲人战后没来找她。他们抛下了她。"

"因为她命中注定不属于他们?"女术士露出不怎么真诚、但非常可爱的微笑——尽可能可爱——她不喜欢他的语气。

猎魔人耸耸肩。特莉丝了解他,于是立刻改变战术,放弃了争论。

她又看向希瑞。女孩在木板上灵活走动,侧过身来,手里的剑轻轻刺出,然后迅速跳开。中剑的假人摇晃起来。

"哦，终于！"兰伯特大喊，"你终于学会了！往后退，再来一遍。我得确定你不是瞎蒙的！"

"那把剑，"特莉丝转身看着几位猎魔人，"看起来很锋利。木板看起来很滑，很不稳当。而那位兰伯特像个白痴，只会大喊大叫让她泄气。你们就不怕发生意外吗？你们当真指望命运会保护那孩子？"

"希瑞不拿剑练习了将近半年。"柯恩说，"她知道该怎么做，我们也一直在照看她，因为……"

"因为这儿是她的家。"杰洛特平静却坚决地说完。太坚决了。那种语气就是用来结束话题的。

"的确是这样。"维瑟米尔深吸一口气，"特莉丝，你肯定累了。又累又饿，对吧？"

"这点无法否认。"她叹口气，不再紧盯杰洛特的双眼，"说实话，我都快累死了。我昨晚在小道边一栋牧羊人小屋里过夜，结果小屋塌了，把我埋在锯末和稻草里。若非事先施了个防护咒，我早就没命了。我太渴望干净的床单了。"

"你可以跟我们共进晚餐，然后想睡多久就睡多久。我们为你准备了最好的房间，塔楼那间。我们还把凯尔·莫罕最好的床搬了过去。"

"谢谢。"特莉丝露出微笑。塔楼那间，她心想。好吧，维瑟米尔。既然你这么要面子，今晚我就住塔楼好了，睡整个凯尔·莫罕最好的床。尽管我宁愿跟杰洛特一起睡在最差的床上。

"走吧，特莉丝。"

"走吧。"

狂风拍打窗板，吹乱了挂在窗前、被虫蛀得七零八落的挂毯。伸手不见五指的黑暗中，特莉丝躺在凯尔·莫罕最好的床上却无法入睡——不是因为这张最好的床是件破旧的古董。特莉丝正在专心思考，而她的所有疑问都围绕着一个最基本的问题。

为什么叫她来这座要塞？究竟谁想见她？为了什么？

维瑟米尔的病痛只是个借口。维瑟米尔是个猎魔人，虽年事已高，却改变不了一个事实：他健康得令许多年轻人眼红。要是老人家被蝎尾狮蜇了，或被狼人咬了，特莉丝或许会相信她来是给维瑟米尔治疗的。但"骨头痛"明显是个玩笑。要对付骨头疼痛——这在冷得吓人的凯尔·莫罕不算新鲜事——维瑟米尔只需借助猎魔人的炼金药剂，或用更简单的法子，找些烈性黑麦伏特加，内服外敷双管齐下。他不需要女术士，也不需要她的咒语和护身符。

那么，究竟谁想见她？杰洛特吗？

特莉丝在被子里辗转反侧，一股暖意流遍全身，还有在愤怒刺激下更加强烈的情欲。她轻轻咒骂一声，踢开棉被，侧过身去。老旧的床榻发出一阵嘎吱声。我控制不住自己，她心想。我就像个傻乎乎的思春少女，甚至更糟——就像缺乏关爱的老处女。我甚至没法理性思考。

她又咒骂一声。

当然不是杰洛特。别激动，小丫头。别激动，想想他在马厩里的表情吧。你以前见过那副表情，所以别再自欺欺人了。那是愚蠢、悔恨而又尴尬的表情，说明男人想要遗忘，说明他们不想回忆从前，也不想回到从前。看在诸神的分上，小丫头，可别说什么"这次不一样"。从来都是一样的。而且你很清楚，因为你亲身体验过。

在性爱方面，特莉丝·梅利葛德可谓女术士中的代表。一切皆源自于偷食禁果的快感，学院和女导师的严格约束更是为其平添了几分刺激。随后她便迎来了自由、独立且疯狂滥交的日子，最后不出意外地以苦涩、幻灭与放弃收场。在这之后是一段漫长的孤独期，她发现，想要宣泄压力，那些自认为是她丈夫和主子的男人根本就很多余——反正他们抹掉额上的汗珠，翻脸就不认账了。想让心情平静下来，有些办法反而省事得多，而且不用担心有人会让她的毛巾被血弄脏、在她被窝里放屁，或者逼她去弄早餐。接下来，她又体验了一段短暂却愉快的同性生活，关系结束后，她得出结论：弄脏毛巾、被窝里放屁，还有贪嘴，这些都不是男人独占的毛病。最后，同大多数女术士一样，特莉丝跟其他巫师谈情说爱，结果发现他们那冷冰冰、教条而仪式化的性爱既乏善可陈，又缺乏快感。

然后，利维亚的杰洛特出现了。这位猎魔人的人生波澜壮阔，又与她的好友叶妮芙维持着怪异而动荡、几乎称得上激烈的关系。

特莉丝一直嫉妒地留意着他们，尽管从表面来看，他们没什么值得眼红的。他们的关系显然令双方都很不快乐，甚至带来了破坏和痛苦，但不合逻辑的是……他们始终没有一刀两断。特莉丝很难理解，而这令她着迷，以至于……

她勾引了杰洛特——借助于一点点魔法。她选择了有利的时机。那时，杰洛特和叶妮芙再次反目，突然分开。杰洛特需要慰藉，也想要忘却。

不，特莉丝没想把他从叶妮芙身边夺走。事实上，对她来说，叶妮芙比杰洛特重要得多，但与猎魔人的短暂相处也没令她失望。她找到了一直追寻的东西——内疚、焦虑与痛苦。他的痛苦。她体验到了他的情感，这让她兴奋，而他们分开之后，她便再也无法遗忘。其实，她最近才明白什么是痛苦：她无比渴望与他再度相会，却又无法如愿。只要能跟他在一起，哪怕只有一会儿——哪怕一瞬间也好。

而现在，他就在不远处……

特莉丝攥紧拳头，狠狠打在枕头上。不，她心想，不。别犯傻，别去想。想想……

想想希瑞。她是不是……

没错。希瑞才是他们叫她来凯尔·莫罕的真正原因。那个银灰色头发的女孩，他们想让她成为猎魔人。真正的猎魔人。变种人。一台杀戮机器，就像他们自己。

很明显，她的心里突然涌起一阵截然不同的兴奋。太明显了。他们想要让那孩子经历突变，让她接受草药试炼，进入改变阶段，但他们不知道该怎么做。维瑟米尔是上一代猎魔人中硕果仅存的一位，而他只是个剑术导师。至于藏在凯尔·莫罕地下的实验室，那些蒙尘的瓶瓶罐罐，那些蒸馏釜和窑炉……剩下的猎魔人都不知该如何使用。在久远的过去，某位离经叛道的巫师调和出诱发突变的灵药，他的后继者又对灵药进行了多次改进。多年以来，正是那位后继者以魔法为手段控制着改变阶段的进程。而在一个关键的时刻，链条却断开了，魔法知识和力量全都荡然无存。猎魔人还有草药和草药试炼，他们还有实验室，他们知道灵药的配方。但他们没有巫师。

谁知道呢，她心想，也许他们也尝试过？他们有没有把没施过魔法的药剂喂给受训的孩子？

想到那些孩子可能的遭遇，她就浑身发抖。

如今，他们想让女孩经历突变，却又做不到。或许这意味着……他们会向我求助。这样我就能见识到在世巫师从没见过的东西，我会学到他们从没学过的知识。著名的草药试炼，不为人知的病毒培养技术，还有声名在外的神秘配方……

我会给那孩子一些灵药，然后亲眼目睹改变的过程，用我的双眼去看……

看着那个灰发孩子死去。

哦不。特莉丝又发起抖来。绝不。这代价太高了。

不过，她心想，也许我想太多了。也许这不是他们找我来的目的。我们在晚餐时聊了很多，我好几次把话题引向意外之子，但尽归徒劳。他们总是岔过话头。

当时她看着他们，维瑟米尔的神情焦虑而烦躁，杰洛特心神不宁，兰伯特和艾斯卡尔故作轻松与健谈，柯恩的神态却自然得过了头。席间唯一真诚坦率的只有希瑞，她的脸因寒冷而泛红，头发蓬乱，但心情愉快，吃起食物狼吞虎咽。他们的晚餐包括油炸面包块、奶酪和牛肉汤，希瑞还为餐桌上少了蘑菇而吃惊。他们喝了些苹果酒，但女孩杯里的却是水——她对此显然既惊讶又生气。

"沙拉哪儿去了？"她大喊道。兰伯特厉声责骂她，然后命令她把碗拿走。

蘑菇和沙拉。眼下不是十二月吗？

当然了，特莉丝心想，他们给她吃的是传说中的洞穴真菌——一种不为人知的山地植物——给她喝的则是神秘草药调制的饮料。女孩发育得很快，更被逐渐培养出了猎魔人那健康到离谱的身体。通过自然的手段，没有突变，没有风险，也没有陡增的荷尔蒙。但这些不能让巫师知道。他们想保密。他们什么都不会告诉我，也什么都不会让我看到。

我见过女孩奔跑的样子。我见过她拿着剑在木板上轻盈地跳动，动作迅疾而灵活，充满猫科动物的优雅，像个杂技演员。我一定要，她心想，绝对要看看她的身体，看看她吃了那些食物后，身体发育成了什么样。或许我可以偷些"蘑菇"和"沙拉"的样本？对，一定要……

至于信任？我可不在乎你们的信任，猎魔人。世界上有癌症、有天花、有破伤风和白血病、有过敏症，还有摇篮病。可你们却藏着那些"蘑菇"：它们在提炼后或许能制成救命的良药。你们甚至对我保守秘密，还有你们宣称友好、尊敬和信任的人。你们不让我看实验室也就罢了，居然连蘑菇的事都要瞒着我？

那你们找我来这儿干吗？为什么要找我这个女术士？

因为魔法！

特莉丝笑出了声。哈，她心想，猎魔人，这下我看穿你们了！被希瑞吓坏的不光是我，还有你们。她会"遁入"白日梦，讲出预言，发出你们也能感受到的魔法灵光。她会本能地用心灵传动能力拿东西，或在吃饭时靠目光折弯锡汤匙。她会回答你们在脑海里思索的问题，甚至你们不敢面对的问题，于是你们感觉到恐惧。你们意识到，这位意外之子比你们想象的更加"意外"。

你们意识到，你们把魔源带到了凯尔·莫罕。

没有巫师，你们根本应付不来。

而你们没多少巫师朋友,更没有信得过的。除了我,还有……

叶妮芙。

狂风拍打窗板,吹起挂毯。特莉丝平躺在床上,陷入深思,不自觉地咬起拇指指甲。

杰洛特没有邀请叶妮芙。他请来了她。这是不是代表……

谁知道呢。也许吧。但如果真是我想的那样,那为什么……

为什么?

"为什么他不来找我?"黑暗中,她轻声说道,语气愤怒而激动。

回答她的,唯有废墟间呼啸的狂风。

◆━━◆━━◆

早晨阳光明媚却冷得要命,特莉丝被冻醒了。她有些睡眠不足,但终于下定决心。

等她走进大厅,其他人已经到齐了。一番辛苦没有白费,众人的目光纷纷转向她——她换下旅行衣物,穿了一条式样简单却极富魅力的裙子,还巧妙地搭配了魔法香水和不含魔法却贵得离谱的化妆品。她吃着麦片粥,跟猎魔人聊起无关紧要的话题。

"又是水?"希瑞盯着自己的杯子,突然嘟囔起来,"我的牙一喝水就发麻!我要喝果汁!那种蓝色的!"

"别任性。"兰伯特不动声色地用眼角瞥了眼特莉丝,"也别用袖子擦嘴!把粥喝完,该去训练了。白天越来越短了。"

"杰洛特,"特莉丝喝完自己的麦片粥,"希瑞昨天在小道上摔倒了,伤得挺重。都怪她那身小丑式的装束,一点都不合身,还会妨碍行动。"

维瑟米尔干咳一声，转过头去。啊哈，女术士心想，这么说是你的杰作喽，剑术大师？这也在意料之中，希瑞的束腰外衣一看就像用刀子裁剪、再用箭头缝合起来的。

"白天的确越来越短了。"不等回答，她自顾自说下去，"但我们会让今天更短。希瑞，吃完了吗？跟我来，我给你改改衣服。"

"她穿这衣服跑一整年了，梅利葛德。"兰伯特气愤地说，"一切都很正常，直到——"

"直到来了一个女人？而她又无法忍受没品味又不合身的衣服？你说得对，兰伯特。但这女人已经来了，旧秩序将会崩塌，变迁的时代到了。走吧，希瑞。"

女孩犹豫地看向杰洛特。杰洛特点头同意，露出微笑。欢快的微笑。就像他过去的笑容，那时……

特莉丝转过目光。他的笑不是因为她。

◀━━━▶

希瑞的小房间忠实继承了猎魔人卧室的风格，几乎没有任何陈设与家具，只有一张用几块木板钉成的床、一只凳子和一口衣箱。猎魔人会用自己猎杀的野兽毛皮装饰墙壁和房门——其中有雄鹿皮、山猫皮、狼皮，甚至狼獾皮。而希瑞这个小房间的门上只挂着一张硕鼠皮，还带着覆有鳞片的长尾。特莉丝强忍冲动才没把那东西扯下丢到窗外。

女孩站在床边，期待地看着她。

"好了。"女术士说，"我们把你这件……紧身衣改得合身点儿。

我对剪裁和缝补有点心得,这块山羊皮应该不在话下。至于你,小猎魔人,你用过针线没?除了用剑刺穿稻草包,你学没学过别的东西?"

"在河谷地区的卡根,我学过纺纱。"希瑞不情愿地嘟囔道,"他们不给我针线,因为我只会弄坏布料、浪费纱线,他们只能拆开重做。纺纱简直无聊透顶!"

"说得对。"特莉丝笑出了声,"你很难找出比纺纱更无聊的事了。我也恨纺纱。"

"是吗?我是因为……可你是个女巫——不对,女术士。你可以直接变出东西!那条好看的裙子……是你变出来的吗?"

"不是。"特莉丝笑着说,"也不是我自己织的。我可没那本事。"

"那你要怎么做我的衣服?用魔法变出来吗?"

"没这个必要。一根魔法针就够了,大部分工作都可以用它完成。如果有必要的话……"

特莉丝的手缓缓拂过希瑞袖子上的窟窿,低声念出一句咒语,促使护身符开始发挥效力。那个窟窿消失不见。希瑞快活地尖叫起来。

"是魔法!我要有件魔法外套了!哇哦!"

"直到我做出一件普通但更好的外套。好了,把衣服都脱了,小女士,换套别的穿。你肯定不只有这一身衣服吧?"

希瑞摇摇头,掀起衣箱,拿出一条褪色的宽松裙子、一件深灰色束腰外衣、一件亚麻衬衫,还有一件像给修女穿的羊毛罩衫。

"这些是我的。"她说,"我来的时候穿的就是这个,但现在已经不穿了。这都是女人的东西。"

"我理解。"特莉丝讽刺地扮个鬼脸,"不管是不是女人的东西,你必须暂时换上。好了,抓紧时间,脱衣服。让我帮你……该死!希瑞，这是什么？"

女孩的肩头覆盖着大块大块带血色的瘀青，大部分已转为黄色，还有些显然是新添上的。

"这他妈怎么回事？"女术士愤怒地骂道，"谁把你打成这样？"

"这些？"希瑞看着自己的肩膀，似乎被瘀青的数量吓了一跳，"哦，这些……是因为风车。我的动作太慢了。"

"什么风车？活见鬼！"

"风车，"希瑞抬起大眼睛，看着女术士，"就是一种……嗯……我用它练习在进攻的同时躲闪。它有木棍做的爪子，转起来就会挥舞。你得尽快跳起才能躲开。你得学会条件反射。如果学不会，风车就会用棍子痛打你。刚一开始，风车真把我抽了一顿，疼死人了。不过现在……"

"把裹腿和衬衫都脱了。哦诸神啊！可怜的孩子！你走路真没问题吗？还能跑吗？"

希瑞的两边屁股和左大腿都又青又肿。女术士碰到那些地方时，希瑞一边发抖，一边倒吸着凉气退开。特莉丝用矮人语里最恶毒的话咒骂起来。

"这也是风车弄的？"她拼命保持冷静。

"这些？不是。这是风车弄的。"希瑞满不在乎地指指一块位于左膝下方、覆盖胫骨部位的显眼瘀青，"其他那些……是钟摆。我用钟摆练习剑术步法。杰洛特说我的钟摆练习已经很不错了。他说我有……天分。我有天分。"

"等你天分用光，"特莉丝咬牙切齿地说，"我猜钟摆就会撞到你？"

"那当然啦。"女孩看着她,显然为她的无知感到吃惊,"肯定啊,它会撞到你。"

"这儿呢?你体侧这些?什么弄的?铁匠的锤子?"

希瑞痛得发出嘶声,涨红了脸。

"我从'梳子'上掉下来……"

"……然后'梳子'撞到了你。"特莉丝替她说完,更加拼命地保持镇定。希瑞却嗤之以鼻。

"梳子埋在土里,怎么撞人?不可能的!我只是摔倒了。我当时在练习跳跃转体,结果没成功,瘀伤就是这么来的。我撞到一根木桩。"

"你疼得在床上躺了两天?难以呼吸,对吗?"

"才没有。柯恩帮我擦了点药,让我重新回到'梳子'上。非这样不可,你明白吧?不然你会染上恐惧。"

"什么?"

"染上恐惧。"希瑞拂开额前的淡灰色刘海,自豪地重复,"你不知道吗?如果你遇到坏事,必须马上回去面对它,不然你就会害怕。如果你害怕了,就不会有成果。绝不能放弃。杰洛特是这么说的。"

"我得记住这句箴言。"女术士咬牙切齿地低语,"还是杰洛特说的。作为人生准则倒不坏,但我不觉得它能适用所有情况。说风凉话总是很简单。所以你不能放弃?即便被各种东西碰撞和痛打,你也得爬起来继续练习?"

"没错。猎魔人无所畏惧。"

"是这样吗?那你呢,希瑞?你有畏惧的东西吗?说实话。"

女孩转过头去,咬住嘴唇。

"不要告诉别人,行吗?"

"行。"

"我怕双重钟摆,一次两个那种。还有风车,当然只有在他们把转速调高时。还有很长的平衡木,我现在上去还要加那种保护……保护装置。兰伯特说我是胆小鬼加软骨头,可我不是。杰洛特告诉我,我身体的重量分布跟他们不大一样,因为我是个女孩。我只须多加练习,除非……我想问你一件事,可以吗?"

"可以。"

"你知不知道什么魔法和咒语……如果你会的话……能不能把我变成男孩?"

"不。"特莉丝冷冷地回答,"我不会。"

"嗯……"小猎魔人显然很苦恼,"那你至少可以……"

"可以什么?"

"你能不能做点什么,让我不用……"希瑞涨红了脸,"我还是在你耳边说吧。"

"来吧。"特莉丝凑近身子,"我在听。"

希瑞的脸更红了,她把脑袋凑近女术士红棕色的头发。

特莉丝猛然站起身,两眼冒火。

"今天?现在就有?"

"唔嗯。"

"操他奶奶的王八蛋!"女术士大吼一声,狠踢凳子一脚,让它撞到门上,震掉了那张老鼠皮,"天花、瘟疫加狗屎麻风病啊!我他妈宰了那群狗日的白痴!"

"冷静，梅利葛德。"兰伯特说，"这么激动对健康没好处，何况根本没必要。"

"别对我说教！还有，别再叫我'梅利葛德'！不过你最好闭嘴，我没跟你说话。维瑟米尔、杰洛特，你们知道那孩子受了多少虐待吗？她浑身上下没有一处是完好的！"

"亲爱的孩子，"维瑟米尔严肃地说，"别感情用事。你在不同环境下长大，你也见过其他成长环境下的孩子们。希瑞来自南方，那儿的人把女孩当男孩养，就像精灵。她五岁就骑上了小马，八岁开始骑马打猎。她练过弓箭、标枪和刀剑。瘀青对希瑞来说并不新鲜……"

"别拿这些屁话搪塞我。"特莉丝怒气冲冲，"也别跟我装傻。这可不是骑马或坐雪橇。这里是凯尔·莫罕！在你们的风车和钟摆上，在你们那条杀手路上，曾有几十个男孩摔伤骨头、扭断脖子，他们可都是跟你们一样经过生活磨炼的家伙，是在路边或水沟里捡来的。你们别无所长但肌肉发达，没多大就见惯了风浪，但希瑞能跟你们比吗？就算她在南方以精灵的方式被抚养长大，就算她是英勇善战的雌狮卡兰瑟的孙女，这小丫头依然是位公主，细皮嫩肉、骨骼娇小……她是个女孩！你们想把她培养成什么？猎魔人吗？"

"这个女孩，"杰洛特平静地说，"这位纤弱娇小的公主经历了辛特拉大屠杀。她独自一人逃脱了尼弗迦德军团的搜捕。她成功逃离洗劫村庄、屠杀人畜的强盗。她在河谷地区的森林里独自撑过两星期。她跟一伙难民流浪了一个月，忍饥挨饿，仍旧努力前进。在将近半年时间里,她在一户农夫人家过活,每天下地耕作、照料牲畜。相信我,特莉丝,生活给予她的考验和磨炼不比我们这些别无所长的无赖少。希瑞不比我们这些被人装进篮子、像小猫小狗一样送给猎魔人的私生子更软弱。你为何总强调她的性别?这又有什么差别?"

"你居然问我?你还敢问这个?"女术士大吼,"你说性别能有什么差别?差别在于,这个女孩跟你们不同,她每个月都有那么几天!她一直拼命忍着!你们却叫她在杀手路和那什么该死的风车上跑到累炸肺!"

尽管怒不可遏,但看到年轻猎魔人不知所措的表情,还有维瑟米尔惊掉的下巴,特莉丝突然感到一阵满足。

"你们连这都不知道?"她点点头,用冷静、忧虑又略带责备的语气说道,"作为监护人,你们真不称职。她羞于启齿,因为她受过教育,不敢向男人倾诉这种烦恼。她还为自己的软弱、痛苦和身体不适感到羞愧。你们当中有人想过这些吗?你们关心过吗?至少你们也该猜猜她是怎么了吧?也许她第一次月事就是在这儿,在凯尔·莫罕。她在夜里暗自哭泣,因为没人给予她同情、安慰甚至理解。你们就完全没想过这些?"

"别说了,特莉丝。"杰洛特轻声哀叹,"够了。你已经达到目的了,或许还不止。"

"叫魔鬼把我们抓走吧。"柯恩咒骂道,"我们确实是实打实的白痴,呃,维瑟米尔,你……"

"闭嘴!"老猎魔人恶狠狠地说,"一个字也别说了。"

艾斯卡尔突然做出一反常态的举动:他站起身,走到女术士面前,深鞠一躬,拉起她的手,尊敬地奉上一吻。她迅速抽回手,与其说是要表达愤怒和恼火，倒不如说是为阻止猎魔人的碰触所激发的愉悦的颤抖。艾斯卡尔身形高大，比杰洛特还强壮。

"特莉丝，"他尴尬地揉揉脸颊上可怕的伤疤，"帮帮我们。我们求你。帮帮我们吧，特莉丝。"

女术士直视他的双眼，抿起嘴唇，"帮什么？艾斯卡尔，你想让我帮你们什么？"

艾斯卡尔又揉揉脸，看向杰洛特。白发猎魔人垂下头，用一只手捂住双眼。维瑟米尔大声清清嗓子。

这时，门吱呀一声开了，希瑞走进大厅。维瑟米尔的干咳变成了哮喘。兰伯特张大嘴巴。特莉丝憋住大笑的冲动。

希瑞的头发剪得整整齐齐，迈着小碎步朝他们走来，手指轻轻提着深蓝色的裙子——裙摆剪短了，腰身做过修改，还留有在鞍囊里放过的痕迹。女术士的另一件礼物正在女孩的脖子上闪闪发光—— 一条涂漆皮革材质的小蝰蛇，有一对红宝石眼睛，还有黄金的搭扣。

希瑞在维瑟米尔面前停下脚步。她不知自己的手该往哪儿放，只好将大拇指塞进腰带里。

"我今天没法训练了。"一片寂静中，她缓慢又坚决地说，"因为我……我……"

她看看女术士，特莉丝冲她眨眨眼，笑得像个恶作剧后得意洋洋的顽童。女术士动动嘴唇，向希瑞提示她们先前商量好的说辞。

"我身体不适！"希瑞响亮而自豪地说道，然后仰起头，鼻尖几乎正对天花板。

维瑟米尔又干咳起来。但艾斯卡尔——亲爱的艾斯卡尔——却没有慌乱，他再次做出得体的举动。

"当然可以。"他用轻松的语气笑道,"我们明白你的情况,会把你的练习推迟到身体不适期过去为止。我们还会减少理论课时间,如果你实在不舒服,连理论课也可以暂停。如果你需要什么药物,或者……"

"这些就交给我吧。"特莉丝用同样轻松的语气打断他。

"呃……"希瑞看着老猎魔人,脸有些发红,"维瑟米尔伯伯,我请求特莉丝……我是说,梅利葛德小姐,让她……那个……呃,让她留下来。留久一些。留很长一段时间。但特莉丝说,这要请求你们的许可。维瑟米尔伯伯!请您同意吧!"

"我同意……"维瑟米尔上气不接下气地说,"我当然同意……"

"我们很乐意。"直到这时,杰洛特才放下扶额的手,"再乐意不过了,特莉丝。"

女术士轻轻点头,无辜地忽闪着睫毛,又将一缕红棕色发卷盘在手指上。杰洛特的脸就像石雕。

"你的表现非常恰当,还很有礼貌,希瑞。"他说,"你代表我们友好地款待了梅利葛德小姐。我为你骄傲。"

希瑞脸颊通红,露出快活的笑。女术士又冲她打了个事先说好的手势。

"好了,"女孩说着,鼻头翘得更高了,"我该走了,你们无疑要跟特莉丝谈些非常重要的事。梅利葛德小姐、维瑟米尔伯伯、各位阁下……我要暂时同你们说再见了。"

她优雅地行了个屈膝礼,走出大厅,缓缓地、庄严地走上楼梯。

"活见鬼。"兰伯特打破沉默,"我以前竟不相信她真是公主。"

"笨蛋们,你们明白没?"维瑟米尔扫视四周,"要是哪天早上她再穿上裙子，我不希望看到任何训练……明白没？"

艾斯卡尔和柯恩朝老人家投去绝对算不上尊敬的眼神。兰伯特响亮地哼了一声。杰洛特看着女术士，女术士回以微笑。

"谢谢。"他说，"谢谢你，特莉丝。"

"条件？"艾斯卡尔显然很担忧，"特莉丝，我们已经答应减少希瑞的训练了。你还要提什么条件？"

"好吧，也许'条件'这个词不太妥当，那就叫'建议'好了。我会给你们三条建议，而你们必须接受。当然了，前提是你们希望我留下来，帮你们抚养那个小家伙。"

"我们在听。"杰洛特说，"继续说，特莉丝。"

"首先，"她不怀好意地笑道，"希瑞的菜单需要修改。尤其要限制秘密蘑菇和神秘草药的分量。"

杰洛特和柯恩的表情居然还是一如既往地镇定，兰伯特和艾斯卡尔就差了些，维瑟米尔的吃惊倒是全都写在脸上。也难怪，看着维瑟米尔可笑的尴尬表情，她不禁心想，在他那个时代，世界确实比现在美好得多。那时，口是心非是遭人鄙夷的性格缺陷，而诚实不会带来羞耻。

"让她少喝神秘兮兮的草药汁。"她继续说着，努力不要笑出声，"多喝奶。你们这儿有山羊，挤奶又不难学。等着瞧吧，兰伯特，你一眨眼工夫就能学会。"

"特莉丝，"杰洛特开口道，"听我说……"

"不,你听我说。你们没让希瑞经历突变,没扰乱她的荷尔蒙,也没对她用什么炼金药剂或特殊草药,这点值得赞扬。你们的做法明智、负责而且人道。你们没用毒药伤害她——所以你们更不该让她变成残废。"

"这话从何说起?"

"你们始终保密的蘑菇,"她解释道,"的确能让女孩身体健康,让她肌肉有力。而草药则能保证理想的代谢速率,加速发育。这些,再加上繁重的训练,将导致她的体形和肌肉组织发生某些变化。她是女人,既然你们没破坏她的内分泌系统,那么,也请别损害她的身体。如果你们无情地剥夺她的女性……特征,恐怕将来她会恨你们的。你们明白吗?"

"再明白不过。"兰伯特嘀咕道,双眼肆无忌惮地盯着特莉丝紧贴衣裙的双乳。艾斯卡尔清清嗓子,用锐利的目光看向兰伯特。

"到目前为止,"杰洛特缓缓地说,目光扫过其他猎魔人,"你还没在她身上发现无法挽回的状况吧?"

"没有,"她笑着说,"幸好没有。她的身体既健康又正常,体格像个年轻的树精——简直赏心悦目。但我要求你们,使用'催化剂'一定要适度。"

"我们会的。"维瑟米尔承诺道,"多谢你的提醒,孩子。还有什么?你说你有……三条建议。"

"没错。接下来是第二条:你们要允许希瑞出去走走。她需要接触世界,还有同龄人。她应当接受良好的教育,并做好像正常人一样生活的准备。她可以暂时保留短剑的训练。反正不靠突变,你们没法让她成为猎魔人,但猎魔人的训练对她没害处。世道艰险,这些训练能让她在必要时保护自己,就像精灵。但你们不能把她关在这个荒无人烟的地方。她需要正常的生活。"

"她的正常生活早跟辛特拉一起化为灰烬了。"杰洛特低声道,"但在这一点上,特莉丝,你一如既往地正确。我们考虑过了,等到春天,我会带她去艾尔兰德的神殿学校,去找南尼克。"

"好主意,很明智。南尼克是位了不起的女性,梅里泰莉神殿也是个了不起的地方,不但安全,还能让她得到适当的教育。希瑞知道这事吗?"

"知道。她一开始吵闹了好几天,但最后还是接受了现实。她现在甚至在期待春天的到来,为前往泰莫利亚的远行而兴奋。她对这个世界很感兴趣。"

"我在她这年纪也一样。"特莉丝笑着说,"我要说第三条了,也是最重要的建议。你们应该知道我要说什么了。别摆出那副滑稽的表情。我是个女术士,你们忘了吗?不知道你们花了多久才意识到希瑞的魔法能力,但我只用了不到半小时。所以我知道那女孩是什么人,更准确地说,是什么存在。"

"那她是什么?"

"魔源。"

"这不可能!"

"不但可能,而且必然。希瑞是魔源,拥有通灵的力量。更重要的是,这种力量很叫人担忧。亲爱的猎魔人们,你们也很清楚这一点。你们察觉到这股力量,也在为此担忧,这就是你们找我来凯尔·莫罕的原因。唯一的原因。对吗?"

"对。"沉默片刻过后,维瑟米尔确认道。

特莉丝悄悄松了口气。她生怕确认的人会是杰洛特。

──◆─◆─◆──

那一年的初雪在次日降下,起先只是细碎的雪花,但很快转为暴风雪,刮了整整一个晚上,到第二天清晨,凯尔·莫罕的城墙已淹没在雪堆之下。这样的天气不可能去杀手路跑步,何况希瑞身体不舒服。特莉丝怀疑,正是猎魔人促进生长的蘑菇和草药导致了女孩的月经问题。但她对那些东西的药用成分一无所知,所以没法确认。毫无疑问的是,希瑞是他们这辈子监护过的唯一一个女孩。女术士不打算把自己的怀疑告诉给猎魔人,更不希望他们担心或者自责,于是她选择自行解决。她给了希瑞一些灵药,往她的手腕上系了一串碧玉,禁止她以任何方式剧烈运动,尤其是拿着剑到处抓老鼠。

希瑞很无聊。她懒洋洋地在城堡里走来走去,但又找不到其他娱乐,最后只好帮柯恩清扫马厩、喂马并修理马具。

令女术士愤怒的是,杰洛特白天不知道跑哪儿去了,直到接近傍晚才回来,还带回一头死山羊。特莉丝帮他给猎物剥皮。虽然她由衷地厌恶山羊的肉味和血味,但她更希望借此接近杰洛特。靠近他,越近越好。一个冰冷而坚定的决心在她心中滋长。她不想再独自入睡了。

"特莉丝!"希瑞突然踏着重重的脚步跑上楼梯,大喊道,"我今晚能跟你一起睡吗?特莉丝,求你了,求你同意吧!求你了,特莉丝!"

雪下个不停。直到冬至日到来,才有阳光照亮雪地。

第三天，孩童全部死去，只剩一名近十岁的男童。在突如其来的疯狂刺激下，他即刻陷入昏迷。他的双眼呆滞无光；他的双手紧抓衣物，或在空中挥舞，像要抓取羽毛一般；他的呼吸变得沙哑而响亮；他的皮肤渗出冰冷、黏湿的臭汗。再次服用灵药后，他癫痫复发。癫痫结束又开始流鼻血、咳嗽以及呕吐。在那之后，男孩筋疲力尽，不再动弹。

随后两天，症状有增无减。尽管浸泡着汗水，男孩的皮肤却发干发烫，脉搏则趋于平稳——甚至比平常人更缓慢。他没有醒来，也没有尖叫。

终于，到了第七天，男孩苏醒，睁开双眼。他的眼睛好似毒蛇……

——《草药试炼及猎魔人的其他秘密训练——我的亲身见闻》
卡拉·德梅提亚·克里斯特　著
本手稿仅供巫师会成员参考

第三章

"你的担心毫无根据,且莫名其妙。"特莉丝皱起眉头,手肘支桌,"巫师搜寻魔源和拥有魔法天赋的孩子,把他们从父母或监护人手里夺走——这样的时代早就过去了。你们真以为我会抢走希瑞?"

兰伯特哼了一声,转过头去。艾斯卡尔和维瑟米尔看着杰洛特,后者却一言不发,仍旧看向旁边,把玩着雕成咆哮狼首的银制猎魔人徽章。特莉丝知道那徽章会对魔法产生反应。在这冬至日之夜,就连空气本身都充满魔力,猎魔人的徽章会不停地嗡嗡作响。一定非常恼人。

"不,孩子。"维瑟米尔最后开口,"我们知道你不会。但我们也知道,你终究会把她的事报告给巫师会。我们早就知道,每个巫师,无论男女,都背负着这样的责任。你们不再把有天赋的孩子从父母或监护人手里抢走,但你们会观察他们,以便将来——等到时机合适——再用魔法吸引他们、影响他们……"

"不用担心,"她冷冷地打断他,"我不会把希瑞的事告诉给任何人,包括巫师会。你们干吗这么看着我?"

"如此轻易便宣誓保密,让我们很吃惊。"艾斯卡尔平静地说,"请原谅,特莉丝,我不想冒犯你,但人人都知道,你对术士评议会和巫师会死心塌地——你的忠诚哪儿去了?"

"因为发生了太多事。战争改变了很多,索登山战役改变了更多。我不打算跟你们提无聊的政治,尤其我还必须对其中的某些内容保密。既然说到忠诚……我确实很忠诚。相信我,在这件事上,我会同时忠于你们和巫师会。"

"双面效忠,"这天晚上,杰洛特头一次直视她的双眼,"会带来很多麻烦。而能成功做到的人少之又少,特莉丝。"

女术士将目光转向希瑞。女孩和柯恩坐在大厅角落的熊皮上,正在玩一种拍手游戏。游戏看起来很单调,因为两人的动作都快得出奇——他们不管怎样都能拍到对方的手。但他们显然并不在意,也不觉得无聊。

"杰洛特,"她说,"你在雅鲁加河找到希瑞之后,一直把她带在身边。你带她来到凯尔·莫罕,让她与世隔绝,甚至不让与这孩子最亲近之人得知她幸存的消息。你这么做是因为某些事——我一无所知的事——让你相信命运的确存在,它始终支配着我们,指引着我们所做的每一件事。我同样这么相信,也一直在这么做。如果命运想让希瑞成为巫师,那她一定会成为巫师。巫师会和术士评议会没必要知道她的事,也用不着观察或怂恿她。所以在为你们保密的同时,我也不会背叛巫师会。不过你们要明白,还有个问题需要面对。"

"只有一个问题。"维瑟米尔叹了口气,"继续说吧,孩子。"

"希瑞拥有魔法能力,这点不可忽视,而且很危险。"

"怎么个危险法?"

"不受控制的魔力很凶险,尤其对魔源及其附近的所有人而言。魔源能以多种方式威胁到周围的人。但他们影响自己的方式只有一种:精神疾病,通常是焦虑症。"

"活见鬼。"漫长的沉默后,兰伯特开了口,"我对你的话还是半信半疑:你说她失去了理智,随时会给我们带来危险?命运、魔源、咒语、魔法……梅利葛德,你真没夸大其词吗?她又不是我们带回来的第一个孩子。杰洛特找到的不是命运,只是又一个无家可归的孤儿。我们会教这女孩用剑,然后让她像其他孩子一样回到外界生活。的确,我承认我们从没在凯尔·莫罕训练过女孩。我们跟希瑞之间有过麻烦,也犯过错误,幸好有你帮我们指出。但请别言过其实,她也没有出色到让我们顶礼膜拜的程度。难道这世上没有别的女战士吗?我向你保证,梅利葛德,希瑞离开这里时,将拥有娴熟的剑术和健康的身体,足以面对险恶的人生。而且我向你保证,她不会得什么焦虑症,或者癫痫之类。除非你骗她相信自己有这种病。"

"维瑟米尔,"特莉丝在椅子里转过身,"叫他闭嘴。他太耽误事了。"

"你以为自己无所不知。"兰伯特平静地说,"但有些事你也不知道。你瞧。"

他把手伸向壁炉,怪异地挥动手指。烟道轰鸣呼啸,火苗骤然跃起,炉膛里的余烬越来越亮,开始喷出火花。杰洛特、维瑟米尔和艾斯卡尔不安地看向希瑞,女孩却对这壮观的烟火表演满不在乎。

特莉丝交叠双臂,轻蔑地看着兰伯特。

"阿尔德法印。"她冷冷地评论道,"你以为我会吃惊吗?要是我使出同样的法印,注入更强的专注力和意志力,我能让木柴瞬间喷出烟囱,飞上高空,你们会以为自己看到了星星。"

"没错。"他表示赞同,"但希瑞做不到。她没法施展阿尔德法印。其他任何法印都不行。她试过几百次,但徒劳无功。你也知道,我们的法印只需极少的魔力,而希瑞连这都没有。她完全是个普通孩子,没有最起码的魔力——事实上,她根本没有这方面的特殊天赋。现在你却告诉我,她是个魔源,会威胁到我们……"

"魔源,"她冷冷地解释道,"无法控制自身。他们是媒介,类似于某种传送装置。他们会不知不觉地接触魔力、转化魔力。而他们试着控制魔力时——比如竭尽全力想要施展法印——反而不会有任何成果。就算试上千百次,结果也不会改变。这是魔源的特性之一。但在某一天,等到魔源不再竭尽全力,不再紧张,而是做起白日梦,或是想着卷心菜和香肠,或玩着骰子,或在床上做爱,或抠着鼻子……在这种时候,意外会不期而至。整栋屋子可能起火,甚至点着半个镇子。"

"你在夸大其词,梅利葛德。"

"兰伯特,"杰洛特放开他的徽章,双手放到桌上,"首先,别再用'梅利葛德'来称呼特莉丝了。她已多次要求你别再这么叫。其次,特莉丝没有夸大其词。我亲眼见过希瑞的母亲帕薇塔公主施展魔法的样子。我得说,那一幕真的很惊人。我不知道她是不是魔源,但在她险些把辛特拉王家城堡烧成灰烬之前,没人相信她有哪怕一丁点的魔力。"

"也就是说,我们可以假设,"艾斯卡尔点燃另一盏烛台上的蜡烛,"也许希瑞继承了这种天赋。"

"不是也许,"维瑟米尔说,"而是事实。从某方面说,兰伯特没错。希瑞没有施展法印的能力。而从另一方面……我们也都见过……"

他沉默下来,看着希瑞,后者快活地尖叫一声,说明她在游戏里占了上风。特莉丝瞥见柯恩脸上露出微笑,明白他在故意让她。

"没错。"她用嘲笑的口吻说,"你们都见过。可你们见到了什么?你们是在什么情况下见到的?小伙子们,该是坦白的时候了,你们不觉得吗?见鬼,我再重复一次,我会替你们保密的。我发誓。"

兰伯特瞥了杰洛特一眼,杰洛特点头赞同。兰伯特站起身,从高处的架子上拿下一只硕大的矩形水晶瓶,还有个小玻璃瓶。他把小瓶里的东西倒进水晶瓶里,摇晃几下,再把透明的液体倒进桌上的酒杯。

"跟我们喝一杯吧,特莉丝。"

"有这么可怕吗?"她嘲笑道,"就不能在清醒的时候说?我必须先喝醉了才能听?"

"别总觉得自己无所不知。喝一口吧,有助你理解。"

"这是什么?"

"白海鸥。"

"什么?"

"一种轻度药剂。"艾斯卡尔笑道,"能给你带来美梦。"

"见鬼!猎魔人的致幻剂?怪不得你们的眼睛会在晚上闪闪发亮!"

"白海鸥的药性很温和。黑海鸥才是致幻剂。"

"只要这液体里有魔法,我绝对不会喝!"

"只有天然成分。"杰洛特向她保证。但她注意到,他的表情很窘迫,显然担心她会追问药剂的成分。"而且用大量的水稀释过。我们不会给你喝有害的东西。"

这种液体闪闪发光、味道古怪、入口冰凉,随后却将暖意散布到她的四肢百骸。女术士舔舔牙龈和上颚。她辨别不出任何成分。

"你们给希瑞喝了些这种……海鸥,"她猜测道,"然后……"

"那是个意外。"杰洛特连忙插嘴,"我们到这儿的第一天晚上,她口渴了,桌上正好放着一瓶白海鸥。没等我们反应过来,她就一口喝光了,然后陷入恍惚。"

"我们吓得不轻。"维瑟米尔叹了口气,"哦,我是说真的,孩子。我们吓坏了。"

"她开始用另一种声音讲话。"女术士平静地说,看到几位猎魔人在烛光中双眼闪耀,"开始谈论自己不可能知晓之事。她开始……预言。是这样吗?她说了什么?"

"胡话。"兰伯特干巴巴地回答,"毫无意义的废话。"

"那我相信,"她直视他,"你应该很清楚她在说什么。废话是你的特长——而你每次开口,我就更加确信这一点。帮我个忙,暂时闭嘴好不好?"

"这一次,特莉丝,"艾斯卡尔揉着脸颊上的伤疤,严肃地说,"兰伯特没说错。喝了海鸥药剂之后,希瑞的话当真令人费解。她头一次说的都是胡话,不过后来……"

他停了口。特莉丝摇摇头。

"等到第二次,她的话开始有意义了。"她推测道,"也就是说,的确有第二次。她又喝了药剂,因为你们的疏忽?"

"特莉丝,"杰洛特抬起头,"现在不是耍小孩子脾气的时候。我们不觉得有趣。这事让我们担心和不安。没错,有第二次,还有第三次。希瑞在练习时出了意外,她摔倒昏了过去。等到意识恢复,她又陷入恍惚,说起了胡话,用的依然是别人的声音。这次我们还是无法理解,但我之前听过类似的声音,听过相似的说话方式。那些可怜的疯女人——所谓的'先知'——就是这么说话的。你知道我怎么想吗?"

"当然。这是第二次,说说第三次吧。"

杰洛特的额头渗出汗珠,他用手臂擦了擦。"希瑞经常半夜惊醒,"他继续讲述,"尖叫不已。她受了太多的苦。她不想谈论这些,但很显然,她在辛特拉和安格林见到过孩子不应该见到的事。我甚至担心……有人伤害过她,所以她会时时梦到。她通常很容易安抚,很快会再次入睡……但有一次,她醒来后……又陷入恍惚,又开始用另一个人的声音说话,语气恼人而凶狠。她口齿清晰,说的不再是胡话。她在预言。她预见了未来。而她的预言……"

"什么?杰洛特,她说了什么?"

"死亡。"维瑟米尔轻声道,"是死亡,孩子。"

特莉丝看向希瑞,后者正在尖声指责柯恩作弊。柯恩搂住她大笑起来。女术士突然发现,这是她头一次听到猎魔人大笑。

"谁的死亡?"她依然看着柯恩,简单地问。

"他。"维瑟米尔说。

"还有我。"杰洛特补充道,然后笑了笑。

"等她清醒以后……"

"就什么都不记得了。我们也没问她问题。"

"好吧。她的预言……有没有什么特别的细节?"

"没有。"杰洛特直视她的双眼,"内容很混乱。别问这个了,特莉丝。我们在意的不是希瑞预言的内容,而是她究竟怎么了。我们不担心自己,但……"

"当心。"维瑟米尔警告,"别当着她的面说这个。"

柯恩背着女孩走到桌边。

"跟大家说晚安,希瑞。"他说,"跟这些夜猫子说晚安吧,我们要去睡了。快到午夜了。冬至日很快就会结束。到了明天,每一天都会离春天更近!"

"我口渴。"希瑞滑下他的背,伸手去拿艾斯卡尔的杯子。艾斯卡尔敏捷地挪开杯子,又拿走一壶水。特莉丝飞快地站起身。

"给你。"她把自己半满的杯子递给女孩,同时意味深长地捏捏杰洛特的胳膊,又看向维瑟米尔的眼睛,"喝吧。"

希瑞大口喝着药剂。"特莉丝,"艾斯卡尔看着她,低声问道,"你在做什么?那是……"

"拜托,别说话。"

没过多久,药剂开始发挥效果。希瑞突然身体僵硬,大叫出声,露出快活的笑容。她合拢眼皮,伸展双臂,大笑着踮起脚尖,转起了圈。兰伯特用闪电般的速度搬开凳子,只留下柯恩挡在翩翩起舞的女孩与壁炉之间。

特莉丝一跃而起,从口袋里掏出一枚护身符——那是一颗穿着细小链条、镶嵌在白银里的蓝宝石。她把蓝宝石紧紧捏在手心。

"孩子……"维瑟米尔呻吟着说,"你在干吗?"

"我知道我在干吗。"她语气尖锐,"希瑞陷入恍惚,而我会从精神层面接触她,我会进入她的思想。我说过,她就像某种魔法传送装置——我得知道她传送的是什么、用怎样的方法、从哪里汲取的魔法灵光,又是如何转化魔力的。今天是冬至日,正是采取这种行动的理想时间……"

"我不喜欢这个主意。"杰洛特皱起眉头,"一点都不喜欢。"

"如果我们两个有任何一方出现癫痫症状,"女术士没理他,"你们知道怎么做。让我们的牙齿咬住木棍,把我们按住,等到症状结束。打起精神来,小伙子们。我在这方面可不是新手。"

希瑞不再跳舞,而是跪倒在地,伸展双臂,把头搁在自己的膝盖上。特莉丝把变得温暖的护身符贴到太阳穴上,低声念出咒语。她闭上双眼,集中注意力,释放出一股魔力。

大海咆哮,波涛轰然拍打岩石海岸,浪花在巨石间飞溅。她拍打翅膀,追逐着咸咸的海风。她带着难以言喻的喜悦,俯冲而下,追上一群同胞,用脚爪拂过浪尖,再度翱翔于天空,甩下水滴,随风滑翔,狂风呼啸着吹过她的纤羽。*暗示的力量*,她冷静地心想。*这只是暗示的力量。海鸥!*

特——莉——丝!特——莉——丝!

希瑞?你在哪儿?

特——莉——丝!

海鸥的鸣叫声停止了。女术士仍能感觉到巨涛掀起的浪花,但身下已经没有了海洋。或者说,那儿的确有海洋——却是草海,是一望无垠的辽阔草原。特莉丝惊恐地发现,她正在索登山顶看着这片风景。但这儿本不是索登山。不可能是。

天色突然昏暗下来,阴影在她身旁盘旋。她看到一队长长的、模糊的身影缓缓走下山坡。她听到许多含混不清的低语声,夹杂着歌词费解的离奇合唱。

希瑞站在她身边,背对着她。狂风吹乱了她淡灰色的头发。

那些模糊的身影排成看不到尽头的队伍,继续往前走。经过女术士身边时,他们转过头。特莉丝看着他们倦怠而平静的面容、了无生气的双眼,差点叫出声来。许多面孔在她看来很陌生,但她却认识其中几位。

珊瑚。范妮尔。尤尔。长着痘疮的埃克西尔……

"为什么带我来这儿?"她低声道,"为什么?"

希瑞转过身,抬起胳膊。女术士看到一滴鲜血流经她的生命线,划过她的手掌,又淌到她的手腕上。

"是朵玫瑰。"女孩平静地说,"莎依拉韦德的玫瑰。我亲手摘下。但它什么都不是。它只是血,精灵之血……"

天空愈加昏暗,一瞬间,耀眼的闪电照亮周围。一切都在沉默与寂静中停滞了。特莉丝迈出一步,想确定自己还能不能走路。她在希瑞身边停下,看到她俩正站在一道无底深渊的边缘,泛红的烟雾在周围打转,后方似有光芒照耀。又一道无声的闪电现身天际,照亮了一条通往深渊深处的大理石楼梯。

"只能是这条路。"希瑞用颤抖的声音说,"没别的路了。只有这一条。走下楼梯。只能是这条路,因为……Va'esse deireadh aep eigean……"

"说啊。"女术士轻声催促,"说下去,孩子。"

"上古血脉之子……Feainnewedd……Luned aep Hen Ichaer……Deithwen……白焰……不,不……不!"

"希瑞!"

"黑骑士……头戴羽翼盔……他对我做了什么?发生了什么?我那时很害怕……现在也怕。还没有结束,永远不会结束。幼狮必须死……事关国家……不……不……"

"希瑞!"

"不!"女孩身体僵硬,紧闭双眼,"不,不,我不要!别碰我!"

希瑞的表情突然冷酷起来。她的声音带上了金属质感,冷酷而凶狠,语气也充满威胁与讽刺。

"特莉丝·梅利葛德,你居然跟她一起来了?居然来到这儿?你做得太过火了,第十四人。我警告过你。"

"你是谁?"特莉丝发起抖来,但努力保持声音镇定。

"等时机成熟,你会知道的。"

"我现在就要知道!"

女术士抬起双臂,骤然伸出,使尽浑身力气施放了一个辨识身份的咒语。魔法帘幕爆开,后面紧跟着第二道……第三道……第四道……

特莉丝呻吟一声,跪倒在地。在她面前,一扇又一扇的门接连打开,永无休止地通往不存在的尽头。通往虚无。

"你错了,第十四人。"带着金属质感的非人声音冷笑道,"你把投在湖面的倒影错当成了夜空的繁星。"

"别碰……别碰那个孩子!"

"她可不是什么孩子。"

希瑞的嘴唇动了动,但特莉丝看到,女孩的双眼呆滞无神。

"她不是什么孩子。"声音重复道,"她是火焰,是必将点燃世界的白焰。她是上古之血,Hen Ichaer。精灵之血。此种不会萌芽,却将燃起烈焰。血液将被玷污……那是终结的时代,Tedd Deireadh 终将到来。Va'esse deireadh aep eigean!"

"你在预言死亡?"特莉丝大吼,"你只有这点本事?预言所有人的死亡?他们,她……还有我?"

"你?你已经死了,第十四人。你的心灵已经死去。"

"凭借这个世界的力量,"女术士呻吟着,动用仅剩的力气。她的手掠过空气,"我凭借地、气、水、火的力量向你施咒。我命令思想、梦境和死亡中的你,过去、现在和未来的你。快说!你是谁?"

希瑞转过头。通往深渊深处的楼梯轮廓渐渐消失,取而代之的是一片浅灰色的海洋,翻涌着白沫与起伏的波涛。海鸥的叫声再次穿透寂静。

"飞吧。"那个声音用女孩的嘴巴说道,"是时候了。回到你的来处吧,山上的第十四个巫师。用海鸥的翅膀飞翔,听着其他海鸥的鸣叫。仔细听!"

"我命令你……"

"你命令不了我。飞吧,海鸥!"

眨眼间,潮湿腥咸的空气再度出现,狂风呼啸,海鸥飞翔。那是一场没有起点,也没有终点的飞翔。海鸥狂野地鸣泣不停。

特莉丝?

希瑞?

忘了他!别再折磨他了!忘了吧!忘了吧,特莉丝!

忘了吧!

特莉丝!特莉丝!特莉丝——!

"特莉丝!"

她睁开双眼,在枕头上晃晃脑袋,动了动麻木的双手。

"杰洛特?"

"我在。你还好吧?"

她四下张望。她在自己的房间里,躺在床上。凯尔·莫罕最好的床。

"希瑞怎么样了?"

"她睡着了。"

"我昏迷了多……"

"非常久。"他插嘴道。杰洛特给她盖上被子,用双臂抱住她。他俯下身时,狼首徽章就在她面孔上方摇晃。"你的做法太不明智了,特莉丝。"

"一切都好。"她在他怀抱里发起抖来。*其实不好*,她心想。*一点儿都不好*。她转过脸去,避开那枚徽章。关于猎魔人的护身符有许多理论,但哪条都不建议巫师在冬至日同它接触。

"我们……在恍惚时说了什么?"

"你什么都没说。你一直人事不省。希瑞……醒来之前……说了句'Va'esse deireadh aep eigean'。"

"她懂上古语?"

"懂些皮毛,但说不出完整的句子。"

"这句话的意思是:'有些事情即将结束'。"女术士伸手抹了把脸,"杰洛特,这事很严重。希瑞是极其强大的媒介,我不知道她在接触谁,或者什么东西,但我相信他们之间的联系十分紧密。某种存在想把她据为己有,而那个存在对我来说太过强大。我替她担心:她下一次恍惚很可能导致精神疾病。而我没法控制,也不知如何控制,我做不到……虽然势在必行,但我没法阻挡或压抑她的力量;真到别无选择时,我也没有能力彻底消灭那股力量。你必须请求另一位巫师的帮助。更有天赋、更有经验的巫师。你知道我说的是谁。"

"我知道。"他转过头去,抿紧嘴唇。

"别再抗拒了,也别为自己开脱。我能猜到你为什么找我而不找她。放下你的自尊,粉碎你的敌意和顽固吧。折磨自己毫无意义,你这么做的同时,也是在拿希瑞的健康和人生冒险。下一次恍惚带给她的危险比草药试炼更大。向叶妮芙求助吧,杰洛特。"

"那你呢,特莉丝?"

"我?"她艰难地咽了口口水,"我不重要。我让你失望了。我在每件事上……都让你失望了。你……找我是个错误。仅此而已。"

"错误,"他努力说出这句话,"对我来说也很重要。我不会把错误从我的人生或记忆中抹掉。我也永远不会因此责怪别人。你对我很重要,特莉丝,一直都是。你从没让我失望过。从来没有。相信我。"

她沉默良久。

"我会待到春天。"最后,她用颤抖的声音勉强开口,"我会陪着希瑞……照看她,不分昼夜。我每天都会陪着她。等到春天……春天到来,我们就带她去艾尔兰德的梅里泰莉神殿。也许到了神殿,想占据她的东西就没法接近她了。然后你可以向叶妮芙求助。"

"好的,特莉丝。谢谢你。"

"杰洛特?"

"嗯?"

"希瑞还说了别的事,对吗?只有你听到了。告诉我她说了什么?"

"不。"他抗议道,声音发抖,"不行,特莉丝。"

"拜托。"

"她没跟我说话。"

"我知道。她当时在对我讲话。拜托,告诉我吧。"

"等她醒过来……我抱起她时……她小声说：'忘了他。别再折磨他了。'"

"我不会了。"她平静地说，"但我忘不了。原谅我。"

"我才该请求你的原谅。而且不单是你的原谅。"

"你那么爱她。"她在叙述，而非询问。

"对。"漫长的沉默过后，他低声承认道。

"杰洛特。"

"什么，特莉丝？"

"今晚陪陪我吧。"

"特莉丝……"

"只是陪陪我就好。"

"好吧。"

◆━━━◆━━━◆

冬至日后没几天，大雪停了。霜冻随之来到。

特莉丝日夜陪着希瑞，照看她，无微不至地关怀她。

女孩几乎每晚都会尖叫着醒来。她会神志不清地捂着脸颊，痛苦地叫喊。女术士用咒语和灵药安抚她，让她重新入睡，还把她抱在怀里，轻轻摇晃。然后她自己会有很长一段时间无法入睡，思索着希瑞在睡梦中和醒来后说的话。她的心里会涌起强烈的恐惧。Va'esse deireadh aep eigean……有些事情即将结束……

整整十个昼夜都是如此。最后，一切终于过去，消失得无影无踪。希瑞可以安安静静地入睡了，没有噩梦，什么梦都没有。

但特莉丝依然看护着希瑞,片刻也不离开。她关怀着她,无微不至。

"快点儿,希瑞!冲刺,攻击,闪躲!原地转体半圈,突刺,闪躲!保持平衡!用左臂保持平衡,不然你会从木桩上摔下来!伤到你的……女性特征!"

"什么?"

"没什么。累了吗?如果你想,可以休息。"

"不,兰伯特!我还能继续。你知道的,我没那么弱。要不要我一次跳两根木桩?"

"胆子不小!要是你摔下来,梅利葛德会扯掉我的……我的脑袋。"

"我不会的!"

"我已经说过了,不打算再说一遍。别显摆!双腿站稳!注意呼吸,希瑞,呼吸!你喘得像头快死的猛犸象!"

"哪有?"

"不许尖叫。练习!攻击,闪躲!格挡!转体半圈!格挡,转体一圈!在木桩上站稳,该死的!别晃!冲刺,突刺!再快点儿!转体半圈!跳跃劈砍!就是这样!很好!"

"真的?兰伯特,刚才那下真的很好吗?"

"谁说的?"

"你说的!刚刚才说!"

"那是口误。攻击!转体半圈!闪躲!再来一次!希瑞,你的格挡哪儿去了？要我告诉你多少次？闪躲以后必须格挡，用剑护住你的头和双肩！必须！"

"就算我只对付一个对手？"

"你永远不知道你要对付几个。你永远不知道身后的情况。你必须时刻保护好自己，靠步法和剑术！这得成为你的反射动作。反射动作，懂吗？绝不能忘。如果在实战里忘记，你就完了。再来一次！终于记住了！就是这样！明白格挡的作用没？你可以用它挡住任何攻击。有必要的话，还可以趁势往身后劈砍。好了，让我看看你的转体后刺。"

"哈——"

"很好。现在明白了？理解它的用意了？"

"我又不傻！"

"你是女孩。女孩没脑子。"

"兰伯特！如果特莉丝听见……"

"哪儿那么多'如果''但是'的？好吧，可以了。下来吧，休息一下。"

"我不累！"

"我累。我说休息。从木桩上下来。"

"空翻落地？"

"你以为呢？难道要像母鸡跳下鸡棚？好了，跳。别怕，我在下面接着你。"

"哈！"

"不错。非常好——以女孩的标准来说。可以摘掉蒙眼布了。"

"特莉丝,今天学这些应该够了?好吗?我们可以坐雪橇滑下山去玩!今天阳光明媚,雪地晃得我眼睛都疼了!天气多好啊!"

"别把身子探出窗户,你会摔下去的。"

"特莉丝,我们去坐雪橇吧!"

"如果你能把这句话用上古语复述一遍,今天的课程就可以结束。离窗子远点儿,回到桌边……希瑞,要我告诉你多少次?别拿着剑挥来挥去,放到边上。"

"这是我的新剑!真正的猎魔人之剑!用天空落下的金属打造!真的!杰洛特这么说的,你知道的,他从不撒谎!"

"哦是啊。我知道。"

"我得适应这把剑。维瑟米尔伯伯按我的体重、身高和臂长作了修改。我得让手和手腕习惯它才行!"

"习惯到你满意为止,不过得在外面去习惯,这儿可不行!好了,我听着呢。你提议出去坐雪橇。用上古语说。好了,说吧。"

"唔……'雪橇'怎么说?"

"'雪橇'是 Sledd。'坐雪橇'是 Aesledde。"

"啊哈……Vaien aesledde, ell'ea?"

"问句句尾别用这种词,不礼貌。要通过语调提问。"

"但群岛那些孩子……"

"你要学的不是史凯利格土话,而是标准的上古语。"

"我想知道,我干吗要学上古语?"

"为了让你了解这门语言。学习不了解的东西很有必要。不懂外语的人会处处碰壁。"

"可大家都说通用语啊!"

"没错,但有些人不只说通用语。我向你保证,希瑞,做少数派比做平凡的大多数强。好了,我洗耳恭听。把句子说完整:'今天天气真好,我们去坐雪橇吧。'"

"Elaine……唔……Elaine tedd a'taeghane, a va'en aesledde?"

"很好。"

"哈!那我们去坐雪橇吧。"

"这就去。先让我化妆。"

"可你化妆给谁看呢?"

"我自己。强化自己的美丽,可以让女人保持自信。"

"唔……你知道吗?我觉得我也需要强化一下。特莉丝,别笑!"

"过来,坐我腿上。我说过了,把剑放下!谢谢。现在,用那把大粉刷,把粉涂到脸上。别这么多,孩子,太多了!照照镜子。看到你有多漂亮没?"

"没看出区别。我想画画眼睛,可以吗?你笑什么?你总在眼睛上描描画画,我也想试试。"

"好吧。拿着这个,往眼皮上涂些眼影。希瑞,别把两只眼睛都闭上,要是你看不见,会把整张脸都弄脏的。只拿一小块,轻轻擦过眼皮。我说了,轻点儿!给我吧,我帮你再补几笔。闭眼睛。好了,睁开吧。"

"喔喔!"

"看到区别了吧?一点点眼影没坏处,虽然你的眼睛已经够漂亮了。精灵可不是随随便便就发明眼影的。"

"精灵?"

"你不知道？精灵发明了化妆。我们从上古种族那儿学到了很多有用的东西，给他们的回报却少得可怜。现在，拿起眼线笔，在你的上眼睑那儿画一条细线，就在睫毛上面一点儿。希瑞，你在干吗？"

"别笑了！我的眼皮在抖！我不是故意的！"

"把嘴稍微张开一点儿，它就不抖了。看到没？"

"喔喔！"

"来吧，用美貌去惊呆那些猎魔人吧。没有比这更好笑的一幕了。然后去坐雪橇，让大雪弄花我们的妆。"

"然后再化一次！"

"不。我们让兰伯特烧好热水，然后去浴室洗澡。"

"又洗澡？兰伯特说，为了洗澡，我们用太多燃料了。"

"让兰伯特 caen me a'baeth aep arse。"

"什么？我没听懂……"

"再花点儿时间，你就能掌握这些习语了。春天到来之前，我们还有很多时间学习。不过现在……Va'en aesledde, me elaine luned!"

◆━━┫━━◆

"看这幅雕刻图案……不，该死的，不是那幅……是这幅。你已经知道了，这是一头食尸鬼。告诉我们，希瑞，你对食尸鬼有哪些了解……嘿，看着我！你眼皮上是什么鬼东西？"

"更强烈的自信！"

"什么？算了，你说吧。"

"唔……维瑟米尔伯伯，食尸鬼是吞食尸体的怪物。它在墓园、古墓周边及任何埋葬死者之地出没。比如公墓，还有战场……"

"这么说，它只能威胁到死人？"

"不，不只这样。食尸鬼在饥饿或愤怒时也会攻击活人。举例来说，打了一场仗……很多人被杀……"

"你怎么了，希瑞？"

"没事……"

"听着，希瑞。忘了那些事吧，不会有第二次了。"

"我看到了……在索登和河谷地区……所有田野……都躺着尸体，狼群和野狗啃食他们，鸟儿啄他们的肉……我猜那儿也有食尸鬼……"

"所以你需要了解食尸鬼，希瑞。如果你了解它，它就不再是你的噩梦。如果你知道如何与之对抗，它就没法威胁到你。所以告诉我，希瑞，你该怎么对付食尸鬼？"

"用银剑。食尸鬼怕银。"

"它还怕什么？"

"亮光，还有火。"

"就是说，可以用光和火对付它？"

"可以，但很危险。猎魔人不用光和火，因为会影响视线。每道光都会投下阴影，阴影让你难以判断方位。应该在黑暗中，借助月光和星光与之对抗。"

"完全正确。记得很清楚嘛，聪明的孩子。现在看这儿，看这幅图案。"

"咿咿呀呀呀呀！"

"好吧，没错，这玩意儿……不怎么漂亮。这是血棘尸魔，食尸鬼的一种。它跟食尸鬼十分相似，但体型大得多。你也看到了，它跟食尸鬼最大的区别是头颅上的三块骨冠。其余特点跟其他食尸怪物相同。注意它短小粗钝的爪子，更适合挖掘墓穴、刨开泥土。它有力的牙齿能压碎骨头，长而窄的舌头能抠出腐臭的骨髓。骨髓对血棘尸魔来说可谓佳肴……怎么了？"

"没什么么么！"

"你很苍白，脸都绿了。你没吃饱饭？早饭吃了吗？"

"嗯嗯嗯嗯，我吃了了了了……"

"说到哪儿……啊哈，我差点忘了。记住，因为这很重要。血棘尸魔和食尸鬼跟其他同类怪物一样，没有自己的生态位。它们是各个世界相互渗透的时代的残留物。杀掉它们不会扰乱自然界的秩序和内在联系，而秩序和联系对现今的世界至关重要。这些怪物是外来物种，这个世界没它们的容身之地。希瑞，你明白吗？"

"我明白，维瑟米尔伯伯。杰洛特跟我解释过。我知道，生态位就是……"

"好，那就好。你知道生态位是什么。既然杰洛特告诉过你，你就不用再复述给我听了。说回血棘尸魔。幸好这玩意儿相当少见，因为它们是危险得要命的狗杂种。血棘尸魔留下的伤口，哪怕再小，也会让你身中尸毒。希瑞，哪种药剂可以治疗尸毒？"

"金莺。"

"正确。但更好的办法是避免中毒。所以在对抗血棘尸魔时，你可不能跟它近身肉搏。你必须跟它拉开距离，在适当时机前跳进攻。"

"嗯……那要攻击它什么部位呢？"

"我正要说这个。你瞧……"

※ ※ ※

"再来，希瑞。我会放慢速度，方便你掌握每一招。现在，我要用第三式攻击你，摆出这个姿势，像要突刺……你干吗后退？"

"因为我知道这是佯攻！你会向左横迈一大步，用第四式挥剑上挑。所以我先后退，将计就计反击你！"

"是这样吗？如果我用这招呢？"

"哎唷！你说过放慢速度的！我的应对错了吗，柯恩？"

"没错。只是我比你高，比你壮。"

"这不公平！"

"格斗本来就不公平。你必须利用所有优势，抓住任何机会。你后退，反而让我有机会加大攻击力道。所以你不该后退，应该向左转体半圈，从下方朝右上攻向我的下巴，瞄准脸颊或喉咙。"

"好像你会让我得逞似的！你会反向转体，在我格挡之前砍中我的脖子！我怎么才能知道你要干吗？"

"你必须知道。其实你本就知道。"

"哦，是啊！"

"希瑞，我们在格斗。我是你的对手。我渴望，而且必须打败你，因为赌注是我的命。我比你高大强壮，所以我会找机会进攻，以便绕过或击溃你的防守——就像你刚才见到的那样。我何必转体呢？我已经站到你左边了，对吧？用第二式攻腋下不是更简单吗？只要我砍断你的动脉，你要不了几分钟就会没命。注意防守！"

"哈——！"

"很好。漂亮又迅速的格挡。明白练习手腕动作的作用没？现在，集中注意力：很多剑客都会犯一个错误，他们在站立格挡后会停顿一会儿，所以你可以乘虚而入，发起攻击——就像这样！"

"哈——！"

"漂亮！跳开，立刻跳开，然后转体！万一我左手有把匕首呢！很好！非常好！现在呢，希瑞？我现在会怎么做？"

"我怎么知道？"

"看我的脚！我的身体重心在哪边？我这个姿势能做什么？"

"什么都可以！"

"所以你该拖延时间，逼我露出破绽！注意防守！很好！再来一次！很好！再来！"

"啊嗷！"

"这次不太好。"

"呜……我做错了吗？"

"没错。只是我比你更快。解除防守吧。我们坐下休息一会儿。你肯定累了，你整个上午都在小道上跑步。"

"我没累，但我饿了。"

"活见鬼，我也是。今天轮到兰伯特做饭，他除了煮面啥都不会……就连面也未必……"

"柯恩？"

"嗯？"

"我还是不够快……"

"已经很快了。"

"我能跟你一样快吗？"

"可能性不大。"

"嗯……那你……世上最强的剑客是谁？"

"我不知道。"

"你没见过更厉害的人？"

"我见过很多自以为最厉害的人。"

"啊！他们是谁？叫什么名字？有什么本事？"

"等等，等等，小丫头。这我可答不上来。这些有那么重要吗？"

"当然重要！我想知道那些剑客都是谁，分别在哪儿。"

"在哪儿？这我知道。"

"喔！在哪儿？"

"坟墓里。"

"集中精神，希瑞。我要绑上第三只钟摆——两只对你已不成问题了。步法不变，但你要多躲一只钟摆。准备好了吗？"

"好了。"

"专心。放松。吸气，呼气。上！"

"哎呀！啊啊啊……真他妈该死！"

"别说脏话。疼得厉害吗？"

"不厉害，只是擦到一点……我做错了吗？"

"你跑进去的步法太直，第二次转体半圈有点快，佯攻动作过大，所以才被钟摆带到。"

"可杰洛特，那儿根本没有躲闪和转身的空间！钟摆之间距离太近！"

"空间足够，我向你保证。那些空隙的作用就是迫使你做出不规律的动作。这是格斗，希瑞，不是跳舞。格斗时你的行动不可能有规律。你必须利用动作让对手分心，扰乱他的反应。准备好再试一次没？"

"准备好了。让那些狗娘养的木头晃起来。"

"别说脏话。放松。上！"

"哈！哈！怎么样？杰洛特，我的表现怎么样？钟摆擦都没擦到我！"

"而你的剑擦都没擦到第二个沙袋。我重复一遍，这是格斗，不是跳舞，不是杂技——你在嘀咕什么？"

"没什么。"

"放松。调整一下手腕上的绷带。别把剑柄握那么紧，这只会让你分心，并且扰乱你的心境。让呼吸平稳下来。准备好了吗？"

"好了。"

"开始！"

"哎呀！真该……杰洛特，根本不可能！那些空隙不够佯攻和换脚。可如果我不佯攻，用两只脚站定的话……"

"我看到不佯攻的后果了。疼吗？"

"不。不太疼……"

"坐到我身边。休息一下。"

"我不累。杰洛特，就算我休息十年，也不可能跳过第三只钟摆。我不可能更快了……"

"没必要。你已经够快了。"

"那就教我怎么做。转体半圈,在躲闪的同时出剑?"

"方法很简单,只是你没专心听。我一开始就说了——你要多躲闪一次,然后换个位置。没必要再转体半圈。第二次尝试时,你做得很好,还躲过了所有钟摆。"

"可我没能击中沙袋,因为……杰洛特,不转体半圈的话,我不可能击中沙袋,因为我的速度变慢了,我缺乏足够的……叫什么来着……"

"冲力。没错。那就增加些冲力。但不要通过转体和换脚实现,因为你时间不够。用你的剑攻击钟摆。"

"钟摆?可我要攻击的是沙袋!"

"这是一场格斗,希瑞。沙袋代表对手的弱点,所以你必须击中。而钟摆——代表你对手的武器——你必须躲闪和避让。钟摆撞上你时,代表你受了伤。在实战中,你可能因此倒地不起。所以不能让钟摆碰到你,但你可以攻击它……你干吗板着脸?"

"我……没办法用剑格挡钟摆。我太弱小了……我会一直这么弱小!因为我是个女孩!"

"过来,女孩。擦净鼻涕,仔细听好。再强壮的人,就算是能推倒高山的巨人,也不可能正面挡下龙蜥的尾巴、巨蝎的钳子或狮鹫兽的爪子。钟摆模仿的正是类似的武器,所以不要试着格挡。你要做的不是挡开钟摆,而是挡开你自己。你要借用它的力道作出攻击。你只需要侧过剑身,飞快而轻轻地挡一下,同时转体半圈,以同样迅捷的速度发起攻击。钟摆撞击的力道会带给你冲力。明白了吗?"

"哦。"

"重要的是速度,希瑞,不是力量。森林里的伐木工才需要力量,所以女人当不了伐木工。你懂吗?"

"哦。让钟摆晃起来吧。"

"先休息一下。"

"我不累。"

"那你知道怎么做了?步法相同,佯攻……"

"我知道了。"

"上!"

"哈——哈!哈——接招吧!狮鹫兽,吃我一剑!杰洛特特特!你看到了吗?"

"别大喊大叫。控制好呼吸。"

"我做到了!我果然做到了!我成功了!夸夸我吧,杰洛特!"

"干得好,希瑞。干得好,丫头。"

二月中旬,冰雪消融。从南方山口吹来的暖风将雪花吹得无影无踪。

无论这个世界正在发生什么变化,猎魔人都不想知道。

每天晚上,在昏暗的大厅里——提供照明的只有壁炉里不时蹿起的火苗——特莉丝总会顽固地将漫长的谈话转向政治,而几位猎魔人的反应始终如一。杰洛特以手扶额,一言不发;维瑟米尔连连点头,不时抛出一句评论,内容不外乎"他那个时代"一切更好、更符合逻辑、更诚实也更健全;艾斯卡尔装出礼貌的样子,但面无笑容,避免眼神接触,偶尔会对某些无关紧要的问题或小事产生兴趣;柯恩坦然地打着哈欠，看着天花板；兰伯特则毫不掩饰自己的厌恶。

他们什么都不想知道。令国王、巫师、领袖与统治者夜不能寐的困境，他们统统不关心。令评议会、某组织或某团体焦虑和骚动的难题，他们完全不在乎。对他们来说，除了白雪覆盖的山口，还有漂着冰块的铅灰色葛温里屈河，别的地方根本不存在。对他们来讲，只有蛮荒群山间失落的凯尔·莫罕才最真实。

而那天夜里，特莉丝既恼火又不安——也许因为呼啸着刮过城堡的狂风。同样是那天夜里，他们却兴奋得出奇，除了杰洛特，每个猎魔人都健谈得反常。很明显，他们的话题只有一个：春天。他们将要离开小道，踏上旅程。他们在谈论小道将为他们准备的"礼物"——吸血鬼、双足飞龙、林地矮妖、狼人、石化蜥蜴……

这次换成特莉丝呵欠连天、无聊地盯着天花板了。她沉默不语，直到艾斯卡尔转过头，问了她一个问题——她期待的问题。

"南方——我是说雅鲁加河那边——究竟怎样了？值得去拜访一下吗？我们不想惹上任何麻烦。"

"你指什么麻烦？"

"呃，你知道的……"他吞吞吐吐地说，"你总跟我们讲有再次开战的可能……边境纷争不断，尼弗迦德人侵占的土地上总有叛乱。你说过，人们传说尼弗迦德人有可能再次横渡雅鲁加河……"

"那又如何？"兰伯特说，"几百年来，他们一直打打杀杀，有什么好担心的？我已经决定了——我要去南方，去索登、玛哈坎和安格林。人人都知道，军队经过的地区总有怪物出没，那种地方能赚到更多酬劳。"

"的确，"柯恩承认，"那里人烟稀少，留在村里的只有没法保护自己的女人……很多孩子无家可归、没人照看，只能到处流浪……弱小的猎物很容易引来怪物。"

"而那些领主和村中长老们，"艾斯卡尔补充道，"满脑子想的都是战争，没空保护自己的子民。没错，他们肯定会雇佣我们。但从这些天特莉丝告诉我们的情况看，他们跟尼弗迦德人的冲突似乎不只是小小的局部战争。特莉丝，是这样吗？"

"就算真是这样，"女术士没好气地说，"不也正合你们的意吗？血腥而惨烈的战争只会带来更多荒村、更多寡妇，更多成群的孤儿——"

"我不理解你干吗讽刺人。"杰洛特拿开额头上的手，"我真不理解，特莉丝。"

"我也是，孩子。"维瑟米尔抬起头，"你这是怎么了？你在为那些孤儿寡母生我们的气？兰伯特和柯恩是有些言语轻佻，年轻人都这样，但他们说了什么并不重要。毕竟他们——"

"他们保护了那些孩子。"她愤怒地打断他的话，"是啊，我知道。他们解决掉的狼人一年也许能杀两三个人，可尼弗迦德强盗能在一个钟头内把整个村子夷为平地。没错，你们保护了孤儿，而我却在努力把孤儿的数量减到最少。我对抗的是因，不是果，所以我才会加入泰莫利亚的弗尔泰斯特王的议会，与费卡特和凯拉·梅兹共事。我们商讨如何避免战争爆发，以及战争真正到来时又该如何自卫。战争一直在我们头顶盘旋，就像一头秃鹫。对你们来说，这是一场冒险。对我来说，这却是事关存亡的棋局。我参与了这场棋局，所以你们的冷漠和轻浮刺痛了我，也侮辱了我。"

杰洛特站起身，看着她。

"我们是猎魔人,特莉丝。你还不明白吗?"

"我有什么好明白的?"女术士把红棕色长发甩到脑后,"一切都清楚得很。你们选择对周遭世界漠不关心。即使世界随时可能分崩离析,你们也不为所动。但我不行。这就是我们的不同之处。"

"我不相信这是我们仅有的不同。"

"世界正在崩溃。"她重复道,"我们可以袖手旁观,也可以出手阻止。"

"怎么阻止?"他嘲弄地笑笑,"就凭一时冲动?"

她没有答话,转头看着旺盛的炉火。

"世界正在崩溃。"柯恩重复着,点点头,装出深思的样子,"这话我听过多少次了。"

"我也一样。"兰伯特做了个鬼脸,"没什么好奇怪的——最近这说法很流行。发现治理国家光有头脑还不够时,国王会这么说;因贪婪和愚蠢破产时,商人也这么说;政治影响力减少和收入受到损失时,巫师还这么说。这么说的人通常都会有所提议。所以省省废话吧,特莉丝,你可以直接拿出提议。"

"我不喜欢跟人争辩,"女术士冷冷地看着他,大声说道,"更不喜欢用嘲笑别人的方式展现口才。我不想这样,你们懂我的意思。你们想学鸵鸟把脑袋埋进沙子,那是你们的自由。不过杰洛特,你居然也跟他们一样,倒让我很吃惊。"

"特莉丝,"白发猎魔人再次直视她的双眼,"你指望我做什么?积极加入斗争,拯救世界于危难?你要我应征入伍,好去阻止尼弗迦德大军?如果再有一场索登战役,你希望我跟你在山上肩并肩,为自由而战吗?"

"那样的话,我会很高兴。"她轻声说着,垂下头,"我会自豪地与你并肩作战。"

"这我相信。但我没那么英勇无畏。我不适合当士兵或英雄。对痛苦、残疾和死亡的强烈恐惧只是原因之一。你没法阻止士兵的恐惧,但你可以给他克服恐惧的动力。我却没有这种动力,我不可能有。我是个猎魔人:是人为创造出来的变种人,只为金钱消灭怪物。我会保护孩子,但他们的父母得付我酬劳。如果尼弗迦德孩子的父母出钱雇我,我也会保护那些孩子。即便这个世界化作废墟——虽然在我看来不太可能——我也会继续在废墟里杀戮怪物,直到某只怪物杀死我为止。这就是我的命运、我的理由、我的人生和我对世界的态度。不是我选择了这条路,是这条路选择了我。"

"你愤懑不平,"她神经质地扯着一缕头发,"或者说假装心怀愤懑。你忘了我很了解你,所以别装成什么冷酷无情、没有心灵、毫无顾忌又听天由命的变种人了。至于你的抱怨,我可以理解。因为希瑞的预言,对吗?"

"不,你错了。"他冷冷地回答,"看来你一点都不了解我。我跟其他人一样畏惧死亡,但我在很早以前就习惯了这个概念——我没幻想什么,也没抱怨命运,特莉丝——这只是个简单而又客观的计算结果,是个统计数据而已。没有哪个猎魔人能寿终正寝,躺在床上讲述他的遗愿。一个都没有。希瑞既没有令我吃惊,也没吓着我。我知道我会死在某个散发着尸臭的洞穴里,被狮鹫兽、拉弥亚或蝎尾狮撕成碎片。但我不想在战争中死去,因为那不是我的战争。"

"你真让我吃惊。"她语气尖锐地回答,"我为你说出这种话、为你的毫无动力、为你高傲的冷漠而吃惊。你去过索登、安格林和河谷地区。你知道辛特拉王国发生了什么，知道卡兰瑟王后及其子民的遭遇。你知道希瑞经历了怎样的苦难，也知道她为何会在夜里哭泣。我也知道，因为我也去过那里。我也害怕疼痛和死亡，现在甚至比当时更害怕——我有充分的理由。说到动力，当时的我跟你现在一样缺少。作为一个女术士，我干吗要关心索登、布鲁格、辛特拉及其他王国的命运？担心少几个有些才干的君王？担心商人和贵族的利益？我是个女术士。同样，我也可以声称这场战争与我无关，我可以在世界的废墟里为尼弗迦德人调制灵药。但我站在那座山上，站在威戈佛特兹身旁，身边是阿尔托·特拉诺瓦、费卡特、艾妮德·芬达贝、菲丽芭·艾哈特、你的叶妮芙，还有那些逝去之人——珊瑚、尤尔、范妮尔……有那么一阵儿，恐惧到了极点，我忘掉了全部咒语，只剩下一个——多亏了它，我才能把自己从那可怕的地方传送回家，回到我在马里波的那座小小的塔。有那么一阵儿，我因恐惧呕吐起来，叶妮芙和珊瑚拉着我的肩膀，拽着我的头发……"

"别说了。拜托，别说了。"

"不，杰洛特，我必须说。其实你也想知道，在那儿、在那座山上，到底发生了什么。所以仔细听好——那儿有喧嚣和火焰，有燃烧的箭矢和炸裂的火球，有尖叫和碰撞声，而我突然发现自己躺在地上，身下是一堆烧焦冒烟的破布。然后我才意识到，那堆破布就是尤尔；而她身边那个可怕的东西，那具没有四肢、发出可怕尖叫的身躯正是珊瑚。我以为自己躺在珊瑚的血泊中，但那其实是我的血。然后我发现他们对我做了什么，我开始哀号，像条被人痛打的狗，像个受了虐待的孩子——别过来！不用担心，我不会哭的。我已经不是那个来自马里波的小女孩了。该死的，我是特莉丝·梅利葛德，在索登山上死去的第十四人。纪念碑下有十四个坟墓,却只有十三具尸体。你觉得这种错误简直难以置信,对吗?大多数尸体都毁损到难以辨认——也没人愿意去辨认。活下来的人屈指可数。在熟悉我的人中,只有叶妮芙幸存下来,而那时,叶妮芙的眼睛瞎了。其他人对我了解不多,只记得我漂亮的头发。可该死的,我的头发全没了!"

杰洛特抱紧她。她不再试图将他推开。

"他们为我们施了最强大的魔法。"她用沙哑的声音续道,"咒语、灵药、护身符和魔法装置。为了救治在索登山上受伤的英雄们,他们不遗余力。我们得到治疗,伤口得到包扎,我们恢复了从前的容貌,头发和视力也都回来了,几乎不留任何痕迹。但我永远不会再穿低胸的衣服了,杰洛特,永远不会。"

猎魔人沉默不语。希瑞也一样。她悄无声息地溜进大厅,站在门口,耸起双肩,双臂交叠在身前。

"所以,"过了一会儿,女术士才说,"别跟我谈什么动力。站到山上之前,巫师会只对我们说了一句:'你们非去不可。'这是谁的战争?我们在保护什么?土地?边疆?村民及其村舍?国王们的利益?巫师们的影响力和收入?为了秩序对抗混沌?我不知道!但我们还是照做了,因为我们非去不可。如有必要,我还会再次站到那座山上。否则,我们上一次的牺牲就全白费了。"

"我会与你并肩作战!"希瑞尖声叫道,"等着瞧吧,我会陪在你身边!尼弗迦德人要为我的外婆,要为他们所做的一切付出代价……我可没忘!"

"安静!"兰伯特大吼,"别掺和大人的谈话……"

"是啊!"女孩跺着脚,双眸燃起绿色的火焰,"你们以为我干吗要学剑？我要杀了他，那个出现在辛特拉、头盔上有羽翼的黑骑士，因为他对我做过的事，因为他让我害怕！我会杀了他！所以我才学剑！"

"那你必须停下了。"杰洛特的声音比凯尔·莫罕的城墙还要冰冷，"在你明白剑是什么，知道剑在猎魔人手中的用途之前，不准再拿起剑。你学剑不是为杀人和被杀。你学剑不是要在恐惧和憎恨的驱使下杀戮，而是为拯救生命——你自己的生命，还有其他人的。"

女孩咬住嘴唇，焦虑和愤怒让她全身发抖。

"明白了吗？"

希瑞猛地抬起头。"不明白。"

"那你永远不会明白了。出去。"

"杰洛特，我……"

"出去。"

希瑞转过身，犹豫不决地站在门口，仿佛在等待——等待某些不可能发生的事。然后她飞快地跑上楼梯。他们听到房门重重摔上的声音。

"你太严厉了，白狼。"维瑟米尔说，"太过分了。而且你不该在特莉丝面前这么做。情感纽带……"

"别跟我提什么情感。我受够关于情感的话题了！"

"这是为什么？"女术士冷冷地、嘲弄地笑道，"杰洛特，为什么？希瑞是正常人。她有正常的感受，她能自然地接受情感，接受它们的本质。你显然不明白，因此会为情感而吃惊。它会吓坏你，让你恼火，所以你无法接受这个事实：有些人能体会到正常的爱，正常的恨，正常的恐惧、痛苦和悔恨，正常的喜悦和正常的悲伤。冷淡和漠然才是所谓的反常。哦,是啊,杰洛特,这让你无比恼火,甚至开始回想凯尔·莫罕的地下室。你想到了那间实验室,那些装满突变诱发毒素的细颈瓶……"

"特莉丝!"维瑟米尔大吼,面色苍白地看向杰洛特。但女术士不愿闭嘴,她的语速越来越快,声音也越来越响亮。

"杰洛特,你想欺骗谁呢?我?她?还是你自己?也许你不愿承认事实?那个除你以外所有人都知道的事实?还是你不想承认,那些灵药和药草并没有杀死你的人类情绪和感受!是你自己扼杀了它们!你亲手扼杀的!可你为什么连那孩子的情感也不放过!"

"闭嘴!"杰洛特大叫着一跃而起,"梅利葛德,你给我闭嘴!"

随后他转过身,无力地垂下双臂。"抱歉,"他轻声说道,"原谅我,特莉丝。"他快步走向楼梯,但女术士飞快地起身,扑过去紧紧抱住他。

"你不能一个人离开。"她低声说,"我不准你一个人走。不行。"

他们立刻明白希瑞跑去哪儿了。夜空降下细小的雪花,用一张纤薄洁白的地毯覆盖了整个前院。在这张"地毯"上,他们发现了她的脚印。

希瑞站在一堵断墙的最高处,像雕像一般伫立。她把剑举到右肩上方,十字护手与双眼齐平,左手手指轻抚剑柄圆头。

看到他们,女孩跳了起来,在空中转体一周,轻巧地落在墙头,姿势跟刚才一样,只是左右相反。

"希瑞,"猎魔人说,"拜托,下来吧。"

她好像没听到他的话,身体纹丝不动。但特莉丝借着剑刃反射的月光,看到女孩脸上有串闪亮的泪珠。

"没人能从我手里拿走这把剑!"她大喊道,"没人!就算你也不行!"

"下来吧。"杰洛特重复道。

她挑衅地昂起头,下一秒再次跃起。她脚下的一块砖发出刺耳的摩擦声,随后滑脱。希瑞摇晃起来,试图找回平衡。但她失败了。

猎魔人飞身跃起。

特莉丝抬起手,张开嘴巴,念出浮空术的咒语。她知道自己不可能赶得上。她知道杰洛特也没法接到她。根本不可能。

但杰洛特接住了。

他被希瑞下坠的力道带向地面,双膝和背部先后着地。他摔倒了,但没有放开希瑞。

女术士缓缓走向他们。她听到女孩的耳语和抽泣声。杰洛特也在低声说话。她听不清内容,但知道他们在说什么。

一股暖风呼啸着吹过墙壁的裂缝。猎魔人抬起头。

"春天。"他轻声道。

"是啊。"女术士咽了口口水,赞同地说,"山口那边还有积雪,但在山谷里……山谷里已是春天了。杰洛特,我们是不是该走了?你、希瑞,还有我?"

"是啊。时候到了。"

我们在上游见到了他们的城镇，精致得仿佛用晨雾织成，好像随时都会消失不见，会被吹皱河水的清风席卷而去。那儿有小小的宫殿，洁白得仿佛睡莲；那儿有小小的塔楼，看来像用象牙雕成；那儿的桥梁轻盈得好似垂柳；还有些东西我们无法用言语形容。要知道，我们已为眼前这个重生的新世界的一切都取了名字。突然，在遥远的记忆深处，我们再次想起了巨龙与狮鹫兽、美人鱼与宁芙、小妖精与树精。我们想起了白色的独角兽，它们在暮色中于河畔饮水，细长的脖颈靠向河面。我们为一切命名。似乎那一切都贴近我们的心灵，与我们无比熟悉。

除了他们。尽管他们与我们相似，却纯属异类。他们如此怪异，以致很长一段时间里，我们甚至找不到贴切的词语来形容他们的古怪。

——《精灵与人类》

亨·格迪米狄斯　著

死掉的精灵才是好精灵。

——米兰·鲁本奈克元帅

第四章

亘古不变的厄运就像一只老鹰，在头顶盘桓良久，等到时机最合适方才降下。它选中他们时，他们已经过了葛温里屈河与上布伊纳的几个村落，过了阿德·卡莱城，深入到人迹罕至、被峡谷分割成数块的森林。厄运如扑击的老鹰，一击得手，精准无误地落在目标身上。它的目标是特莉丝。

起初只是普通的肠胃不适，虽然恼人，但并不严重。女术士不时停下解决内急，杰洛特和希瑞也都体谅地保持沉默。特莉丝的脸色苍白得像个死人，额头挂着豆大的汗珠，痛得直不起腰，仍在马背上硬撑了好几个钟头。临近中午，她在路边的灌木丛里待得实在太久了，出来时连马鞍都上不了。希瑞好不容易帮她上了马，却也白费力气——女术士抓不住马鬃，直接从坐骑侧面滑下，瘫倒在地上。

他们抬起她，让她躺在斗篷上。杰洛特一言不发地解下鞍囊，找到一只装着魔法灵药的小箱子。他打开箱盖，却咒骂起来。所有药瓶一模一样，封口的神秘符号他都不认识。

"特莉丝,哪瓶?"

"哪瓶都没用。"她呻吟着,双手按住腹部,"我不能……我不能喝。"

"什么?为什么?"

"我……过敏……"

"你?女术士对灵药过敏?"

"我过敏!"她恼火而绝望地啜泣起来,"一直都是!我喝不了灵药!我能用它们治别人,但我自己只能靠护身符。"

"你的护身符呢?"

"不知道。"她咬着牙说,"肯定忘在凯尔·莫罕了,或者弄丢……"

"该死的。那我们该怎么办?也许你可以对自己施个法术?"

"我试过了。结果就是这样。绞痛让我没法保持专注……"

"别哭。"

"说得容易!"

猎魔人站起身,从洛奇背上取下鞍囊,开始翻找。特莉丝蜷缩身子,表情扭曲,嘴唇痉挛不止。

"希瑞……"

"怎么了,特莉丝?"

"你还好吧?没什么……不一样的感觉吧?"

女孩摇摇头。

"也许是食物中毒?我吃了什么?咱们吃的都一样……杰洛特!快去洗手。让希瑞也把手洗干净……"

"冷静。把这个喝了。"

"这是什么?"

"普通的止痛草药汁,蕴含的魔力几乎为零,应该不会给你带来任何痛苦,但能缓解绞痛。"

"杰洛特,绞痛……倒不要紧。但我万一开始发烧……那可能会是……痢疾,或者副伤寒。"

"可你应该有免疫力吧?"

特莉丝一言不发,转过头去,咬住嘴唇,更加用力地蜷起身子。猎魔人不再追问。

等她休息片刻,他们把女术士抬上洛奇的马鞍。杰洛特坐在她身后,用双手撑着她。希瑞骑马与他们并行,一手握着缰绳,一手牵着特莉丝的骟马。他们甚至没能走出一里路。女术士不断从杰洛特手中滑脱:她没法坐在马鞍上。她的身体突然开始抽搐,开始发烧,腹痛也越来越严重。杰洛特告诉自己,她只是对他那瓶猎魔人药剂里的些许魔力产生了过敏反应。他这么告诉自己,但他并不相信。

"哦,阁下。"中士说,"你来得真不是时候。说实话,你选的时机简直不能更糟了。"

中士说得没错。杰洛特没法争辩,更无从反驳。

这座桥头堡通常只有三名士兵、一个马夫、一个收费员,外加最多几个过路人,此刻却人满为患。猎魔人看到三十多名轻步兵,全都身穿科德温王国的服色,还有足足五十个盾牌手在低矮的栅栏周围扎营。大多数人遵循着古老的士兵守则,躺在营火边养精蓄锐,以备不时之需。敞开的大门处人头攒动——原来要塞里也有不少人马。有点歪斜的瞭望塔顶上，两名士兵正在放哨，手里始终握着十字弓。饱受马蹄踩踏的老旧桥面上，停着六辆农夫的牛车，还有两辆商人的马车。要塞的院子里，一群卸轭的牛悲伤地垂着头，看着地上的烂泥和粪便。

"这座要塞受到袭击——就在昨晚。"中士猜到了他的问题，"我们带着援军及时赶到，不然这儿就只剩一片白地了。"

"谁袭击你们？强盗？土匪？"

中士摇摇头，吐了口唾沫，随后看了看希瑞，还有蜷缩在马鞍上的特莉丝。

"进来吧。"他说，"你那位女术士眼看就要摔下马了。我们这儿有不少伤员，再多一个也没什么分别。"

院子里有栋开放式棚屋，里面躺着几个人，伤口裹着染血绷带。稍远处，在栅栏与水井之间，杰洛特看到六具尸体，盖着麻布，一动不动，只露出穿着破旧靴子的双脚。

"把她放那儿，伤员旁边。"中士指指棚屋，"哦，阁下，这时候生病真是太不幸了。有几个人负了伤，我们可不想拒绝魔法方面的帮助。我们帮一个伤员拔掉他身上的箭时，箭头卡在了肚子里。他现在很虚弱，最多只能撑到明早……能救他的女术士却发起了高烧，还向我们求助。不是时候啊，我说，真不是时候……"

发现猎魔人目不转睛地看着盖着麻布的尸体，他停了一下。

"两个是这儿的守卫，两个是我们带来的援兵，还有两个……是对方的人。"他走过去掀起麻布一角，"想看就看吧。"

"希瑞，到边上去。"

"我也想看！"女孩从他身后探出身子，张大嘴巴，看着那些尸体。

"拜托,到边上去。照顾一下特莉丝。"

希瑞鼓起腮帮子,不情不愿地照办。杰洛特走近些。

"精灵!"他毫不掩饰语气里的惊讶。

"精灵。"中士确认道,"Scoia'tael。"

"什么?"

"Scoia'tael,"中士重复一遍,"森林匪帮。"

"真是个怪名字。如果我没弄错,意思是'松鼠党'?"

"是啊,阁下。松鼠党。这是他们对自己的精灵语称谓。有人说,因为他们的毛皮帽上有时会用松鼠尾巴作装饰。还有人说,因为他们住在森林里,吃的只有坚果。我只能说,他们惹的麻烦越来越大了。"

杰洛特摇摇头。中士把尸体盖好,在束腰外衣上擦擦手。

"来吧。"他说,"没必要站在这儿。我带你去见指挥官。我们的下士会尽量照看你带来的病人。他知道怎么缝合伤口和正骨,大概也知道怎么调和药剂。他是个聪明的小伙子,从山里来。走吧,猎魔人。"

昏暗而满是烟味的收费亭里,正有一场热闹的对话。有位骑士留着平头、身披无袖锁甲和黄色外衣,正对两名商人和一位镇长大喊大叫。收费员在旁边看热闹,脑袋上绑着绷带,脸上挂着冷漠阴郁的表情。

"我说了,不行!"骑士一拳砸在快要散架的桌子上,站直身子,正了正颈甲,"直到巡逻队回来之前,你们哪儿都不能去!不能让你们到大路上游荡!"

"我得在两天之内赶到戴文!"镇长大喊,把手中一根刻有符号的短杖伸到骑士鼻子底下,"我得把货物送到!如果我迟到了,执法官会砍掉我的脑袋！我要向你们的总督申诉！"

"尽管去。"骑士嘲笑道，"但我建议你先往裤子里垫一层稻草，因为总督大人喜欢踢人屁股。不过眼下，下达命令的人是我——总督远在天边，你的执法官对我而言只是一坨大便。嘿，尤尼斯特中士！你又带谁来了？另一个商人？"

"不。"中士不情不愿地回答，"长官，是个猎魔人。他自称利维亚的杰洛特。"

令杰洛特惊讶的是，骑士露出开朗的笑容，迎上前来，打了个招呼。

"利维亚的杰洛特。"他笑容不减，"我听说过你，而且不光是道听途说。什么风把你吹来了？"

杰洛特解释了来意。骑士的笑容渐渐退去。

"你来得真不是时候，也不是地方。这儿在打仗，猎魔人。一队松鼠党正在附近出没，昨天还发生了小规模战斗。我在这儿等待援军，然后就可以反攻了。"

"你们在跟精灵打仗？"

"不光是精灵！但这怎么可能？你，一个猎魔人，居然没听说过松鼠党？"

"是啊，没听说过。"

"你这两年跑哪儿去了？漂洋过海了吗？在这儿，在科德温，人人都知道松鼠党，他们已经臭名远扬了。跟尼弗迦德开战之后，头一批松鼠党就开始现身了。这些该死的非人种族简直是落井下石。我们在南方作战，他们在我们后方打游击。他们以为尼弗迦德人能打败我们，于是宣扬什么人类统治已经结束，是时候恢复旧秩序了。'把人类赶回海里!'是他们的战斗口号,也是他们谋杀、纵火和抢掠的借口!"

"这是你们的过错,你们的问题。"镇长闷闷不乐地评论道,用那根象征身份的手杖敲打自己的大腿,"是你们,还有其他贵族与骑士搞出来的。你们压迫非人种族,不允许他们用自己的方式过活,现在你们付出代价了。而我们一直在这条路上运货,没人阻止过我们。我们不需要军队。"

"说得没错。"两个商人一直坐在椅子上,默不作声,其中一人这时开了口,"松鼠党不比先前肆虐道路的强盗更凶恶。而精灵先对付的是谁呢?就是那些强盗!"

"我才不在乎躲在树丛里、要把我一箭穿心的是强盗还是精灵呢!"脑袋缠着绷带的收费员突然叫道,"那晚在我头顶烧着的茅草屋也一样——谁点着了它又有什么区别?阁下,你说松鼠党比强盗好?扯淡!强盗要的是钱,可精灵只想看人类流血。不是所有人都有金子,可我们的血管里都有血在流。镇长阁下,你说这是贵族的问题?这话就更蠢了。在空地上中箭的伐木工,在山毛榉林里被剁成碎片的焦油匠,村庄被烧毁、跑出来逃难的农夫,他们伤害非人种族了吗?他们比邻而居,每天一起干活,突然背上就多了一支箭……而我呢?我这辈子从没伤害过一个非人种族,可你瞧,我的脑袋是被矮人的弯刀砍破的。要不是被你痛骂的那些大兵,我早就在地下长眠了……"

"说得太对了!"黄衣骑士又是一拳砸在桌上,"我们在保护你这副臭皮囊,镇长阁下,保护你不受你所谓的'备受压迫'的精灵伤害。但我得反驳你一句——我们确实太纵容他们了。我们容忍他们,把他们看作人类,看作我们的同胞,结果他们却在背后捅我们刀子。我敢用性命担保,是尼弗迦德人在资助他们,为那些来自群山的野蛮精灵提供军备。但他们真正的支持来自生活在我们身边的家伙们——精灵、半精灵、矮人、侏儒和半身人。他们窝藏松鼠党，给他们送食物，给他们补充人手……"

"也不尽然。"另一个商人说，他身材苗条，有张贵族般精致的脸，完全不像是个商人，"阁下，大多数非人种族也谴责松鼠党，完全不想跟他们扯上关系。他们中的大部分都很忠诚，有时甚至会因忠诚付出高昂的代价。别忘记班·阿德的镇长，他就是个半精灵，时常呼吁两族的和平与合作，最终死在刺客箭下。"

"而射出那一箭的无疑是他的邻居，某个假装忠诚的半身人或矮人。"骑士嘲笑道，"要我说，他们没一个是忠诚的！他们中的每一个……嘿！你是谁？"

杰洛特四下张望。希瑞站在他身后，翡翠色的大眼睛扫过房间里的每一个人。就悄然走动的能力而言，她的进步相当明显。

"她是跟我一起的。"他解释道。

"唔……"骑士打量希瑞一番，然后转向长着贵族面孔的商人，显然把他看成了这场对话里最重要的交谈对象，"没错，阁下，别再跟我提非人种族的忠诚。他们都是我们的敌人，只不过其中一些更擅长伪装。半身人、矮人和侏儒跟我们一起生活了几个世纪——在某种程度上可谓融洽。但精灵不过刚抬起头，其他非人种族就拿起武器，跑进了森林。要我说，当初容忍自由的精灵和树精就是个错误，就不该允许他们保留森林和高山作为领地。他们还不满足，现在又开始叫嚣：'世界是我们的！滚开，陌生人！'看在诸神的分上，我们会让他们瞧瞧该滚的是谁，瞧瞧谁会连一丁点儿痕迹都留不下。我们把尼弗迦德人打得屁滚尿流，现在也该对那些无赖做点什么了。"

"想在森林里抓住精灵可不容易。"猎魔人说,"我也不建议到山里追赶侏儒或矮人。他们的队伍规模有多大?"

"是小队。"骑士纠正道,"他们以小队行动,猎魔人。数量足有一百,有时甚至更多。他们称之为'突击队',借用自侏儒语。你说他们很难抓,这倒不假,你显然很有经验。在树木和灌木之间追赶他们毫无意义,唯一的办法是切断他们的补给线,孤立他们,让饥饿迫使他们投降。逮捕协助松鼠党的非人种族,捏住他们的后颈皮。那些来自城镇、村庄和农场……"

"问题在于,"贵族脸商人说,"我们不知道哪些非人种族在帮助他们。"

"那就全抓起来!"

"哈!"商人笑道,"我懂了。我以前在哪儿听过这句话。捏住每个非人种族的后颈皮,把他们丢下矿井,丢进采石场。所有人,包括无辜者,包括妇孺。是这样吧?"

骑士抬起头来,拳头狠狠拍在剑柄上。

"只能这样,别无他法!"他语气尖锐地说,"你同情孩子,可你自己也像个孩子,亲爱的阁下。跟尼弗迦德的休战协议就像蛋壳一样脆弱。今天,或者明天,战火随时会重新点燃,而战争中,什么事都有可能发生。如果他们击败我们,你觉得会发生什么?我来告诉你吧——精灵突击队会冲出森林,他们装备精良、人数众多,而那些'忠诚的国民'会立刻加入他们。你那些忠诚的矮人、友好的半身人,你觉得那时,他们还会谈论和平与合作吗?不,阁下。他们会把我们开膛破肚。尼弗迦德人打算借他们的手来对付我们。他们会把我们赶进海里,就像他们说的那样。不,阁下,我们不能再处处退让了。不是他们,就是我们,没有第三条路!"

小屋的门嘎吱一声打开。一个士兵穿着血淋淋的围裙,站在门口。

"打扰了,请原谅。"他大声说道,"尊敬的阁下们,你们哪位带来了那个生病的女人?"

"是我。"猎魔人说,"怎么了?"

"请跟我来。"

他们来到庭院里。

"她的情况不太妙,阁下。"士兵指了指特莉丝,"我喂她喝了些烈酒,里面掺了胡椒和硝石——结果很糟糕。我真不是……"

杰洛特不置一词,因为没什么可说的。女术士弓起身子,掺了胡椒和硝石的烈酒显然让她的胃无法承受。

"恐怕是某种瘟疫。"士兵皱起眉头,"或者那个,叫什么来着……琴特里病。如果传染给我们的人……"

"她是个女术士。"猎魔人反驳道,"术士不会生病……"

"太对了。"跟着他们出门的骑士讽刺地说,"依我看,你这位女术士简直再健康不过了。杰洛特,听我说。这个女人需要帮助,可我们帮不了她。我也不能冒险让我的部下染上传染病。你明白的。"

"明白,我立刻就走。我别无选择,只能返回戴文或阿德·卡莱城。"

"你们走不了那么远,巡逻队接到的命令是拦住所有人。而且太危险了,松鼠党正好在那边活动。"

"我会想办法。"

"我听过你的传闻,"骑士抿住嘴唇,"也毫不怀疑你的能力。不过记住,你不是孤身一人。你要带着这个重病缠身的女人,还有个毛孩子……"

　　希瑞正把靴底沾到的牛粪在楼梯上蹭干净，闻言抬起头。骑士清了清嗓子，低下头去。杰洛特微微一笑。过去两年里，希瑞几乎忘记了自己的出身，也几乎彻底忘掉了王家礼仪，但她怒目而视的样子像极了她的外婆。如果卡兰瑟王后依然在世，无疑会为她的外孙女感到自豪。

　　"好……好吧，我说到哪儿了……"骑士尴尬地扯扯腰带，吞吞吐吐地说，"杰洛特阁下，我知道你该怎么做。过了这条河，往南，你会在小路上追上一支车队。天就快黑了，车队肯定会停下来休息。明天黎明时分，你就能追上他们。"

　　"什么样的车队？"

　　"我不知道。"骑士耸耸肩，"但他们不是商人，也不是普通的护送车队。他们一举一动都井然有序，马车也都一个样子，盖得严严实实……毫无疑问，他们是王室的手下。我允许他们过桥，因为他们要走去南方的小路，多半是想从浅滩穿过莱克希拉河。"

　　"唔……"猎魔人看着特莉丝，思索起来，"倒是跟我们同路。但他们会帮我们吗？"

　　"也许会，"骑士冷冷地说，"也许不会。但这儿没人帮得了你们，这点我可以肯定。"

　　他们没听到猎魔人接近的声音，也没发现他的身影。他们正围坐在营火旁聚精会神地谈话，黄色的火光照亮了围成一圈的马车上的白

色帆布。杰洛特轻轻拉住缰绳,让母马响亮地嘶鸣一声。他希望提醒一下在夜色中扎营的车队,免得他的突然到访造成不必要的惊讶,更要避免无谓的过激反应。但根据他的经验,那种给十字弓装填箭矢的声音不像出于紧张。

火旁的众人一跃而起,尽管他提醒在先,他们的反应仍相当激动。他发现其中大部分都是矮人,这让他安心了些——矮人尽管极端暴躁,但在类似情况下会先问问题,然后才会举起十字弓。

"谁?"一名矮人用沙哑的声音喊道,迅速有力地拔出砍在旁边树桩上的斧子,"你是哪位?"

"是朋友。"猎魔人跳下马。

"鬼知道你是谁的朋友!"矮人恶狠狠地说,"靠近点儿。伸出双手,叫俺们瞧见。"

杰洛特走近些,伸手向前,让就连得了结膜炎和夜盲症的人也能看得清清楚楚。

"再近点儿。"

他照办。矮人放下斧子,略微扬起头。

"除非俺的眼睛欺骗了俺,"他说,"不然你肯定是利维亚的杰洛特,那个猎魔人。或跟他长得很像的家伙。"

营火突然旺盛起来,迸发出金色的光,照亮了黑暗里的面孔和身影。

"亚尔潘·齐格林?"杰洛特惊讶地说,"竟然是活生生的亚尔潘·齐格林,连胡子都一根不少!"

"哈!"矮人挥挥斧子,仿佛晃动一根柳条。斧刃划破空气,伴着沉闷的声音砍进树桩。"解除警报!这位真是朋友!"

其他人明显放松下来,杰洛特甚至听到不少人释然地松了口气。矮人朝他走去,伸出手,力道堪比铁钳。

"欢迎你,猎魔人。"他说,"无论你来自何方,去往何处。小伙子们,过来!猎魔人,还记得俺的小伙子们吗?这位是雅尼克·布拉斯,这是泽维尔·莫兰,这两个是保利·达尔伯格和他弟弟里根·达尔伯格。"

杰洛特哪个都不记得了。他们长得都很相像:胡须浓密,又矮又壮,穿着厚厚的填絮短上衣,看起来方方正正的。

"我没记错的话,"他一只接一只握住矮人长满老茧的手,"你们总共有六个。"

"记性不错。"亚尔潘·齐格林大笑,"没错,俺们总共六个。不过卢卡斯·科托结婚了,他在玛哈坎定居下来,离队隐退了。那个蠢货。俺还没找到顶替他的人。真可惜,六个刚刚好,不多也不少。要吃掉一头牛犊,喝光一桶酒,六个……"

"依我看,"杰洛特点点头,指指犹豫不决地站在马车旁边的人,"你的人足够吃光三头牛犊,外加相当数量的家禽。亚尔潘,你指挥的都是什么人?"

"管事的可不是俺。请允许俺向你介绍。请原谅,温克,俺没马上介绍你。俺跟俺的小伙子们和利维亚的杰洛特算是老相识了——俺们一起经历过不少事。杰洛特,这位是威尔弗里德·温克专员,他为科德温的仁君、阿德·卡莱城的亨赛特王效力。"

威尔弗里德·温克比杰洛特还高,差不多有矮人的两倍。他的穿着简单而朴实,看起来像是执法官或骑马信使的装束,但举手投足都透着锐气。尽管天色漆黑,周围只有营火的微弱光芒,可猎魔人能精准地看出那股坚定与自信。只有习惯穿盔戴甲、佩带武器之人才会有这种动作。杰洛特敢拿自己的全部财产打赌：温克是个职业军人。他握住对方伸出的手，略微鞠了一躬。

"坐下说吧。"亚尔潘指指嵌着斧子的树桩，"告诉俺们，杰洛特，你来这儿做什么？"

"寻求帮助。我跟一个女人和一个年轻人一起旅行。女的生了病，病情很重。我来是为请求你们的帮助。"

"该死的，俺们这儿可没有医师。"矮人冲燃烧的木柴吐了口唾沫，"你把他们留在哪儿了？"

"路边，离这儿半弗隆。"

"你来带路。喂，那边的！三个人上马，给备用的马装上马鞍！杰洛特，你那女人还能骑马吗？"

"恐怕不行。所以我才把她留在路旁。"

"到马车上拿羊皮、帆布和两根木棍！快！"

威尔弗里德·温克交叠双臂，响亮地咳嗽一声。

"咱们可是在路上。"亚尔潘·齐格林看也不看他，"路上有难，不能不帮。"

◆━━━◆━━━◆

"该死的。"亚尔潘把手掌从特莉丝的额头拿开，"她热得像个火炉。俺不喜欢这样，万一是伤寒或痢疾怎么办？"

"这不可能。"杰洛特坚定地说着谎，扯下马背上的毯子裹住特莉丝，"女术士对那些疾病免疫。她是食物中毒，不会传染。"

"唔……哦，好吧，俺去包里翻翻。俺习惯带一堆药备用，没准儿还有剩下的。"

"希瑞，"猎魔人嘟囔着，递给她一块从马背上取下的羊皮，"去睡吧，你都快站不稳了。不，别睡马车。我们要让特莉丝睡马车。你睡火边。"

"不。"希瑞看着矮人走到一旁，轻声抗议，"我要躺在她身边。如果你不让我靠近她，他们就不会相信你的话了。他们会以为这病真会传染，然后赶走我们，就像要塞里那些士兵。"

"杰洛特？"女术士突然呻吟起来，"我们在……在哪儿？"

"跟朋友在一起。"

"我在这儿。"希瑞说着，轻抚她红棕色的头发，"我在你身边。别怕，你感觉到这儿有多暖和吗？他们生了火，还有个矮人准备去拿药……治你的肠胃。"

"杰洛特，"特莉丝啜泣起来，试图挣开毯子，"不……别忘了，不要魔法药剂……"

"我记得。躺着别动。"

"可我得……喔……"

猎魔人一言不发地弯下腰，连同毯子一起将她抱起来，大步走到林间阴暗处。希瑞叹了口气。

她听到粗重的喘气声，于是转过身。矮人从马车后跑过来，胳膊底下夹着一大包东西。营火照亮了他腰带上的斧刃，他那件皮革短上衣的铆钉也闪闪发光。

"病人在哪儿？"他咆哮道，"骑着扫帚飞走了？"

希瑞指指暗处。

"好吧，"矮人点点头，"俺知道那种病有多痛苦，有多烦人。俺年轻时，也是不管抓到什么都敢吃，所以也食物中毒了好几次。那女术士是什么人？"

"特莉丝·梅利葛德。"

"不认识，也没听说过。不过俺跟这号人反正也没什么交情。好吧，出于礼貌，俺该自我介绍一下。俺叫亚尔潘·齐格林。你叫什么，小野鹅？"

"反正不叫小野鹅。"希瑞两眼闪着光，没好气地回答。

矮人呲着牙，咯咯地笑了起来。

"哈！"他夸张地鞠了一躬，"俺请求您的原谅。天色太暗，俺没认出来。您当然不是野鹅，而是位高贵的年轻女士。您的气度让俺折服。如果不需要保密的话，敢问这位年轻女士的芳名？"

"不用保密。我叫希瑞。"

"啊哈，希瑞。敢问这位年轻女士的身份？"

"那个，"希瑞骄傲地翘起鼻子，"就得保密了。"

亚尔潘哼了一声。

"这位年轻女士舌头锋利，堪比黄蜂。如果年轻女士愿意屈尊原谅俺，俺就奉上这些药，外加一点儿吃的。年轻女士是愿意接受呢，还是想叫乡巴佬亚尔潘·齐格林赶紧滚蛋？"

"对不起……"仔细考虑之后，希瑞低下了头，"特莉丝真的很需要帮助，齐格林……阁下。她病得很厉害。多谢你的药。"

"没关系。"矮人又咧咧嘴，友好地拍拍她的肩膀，"来吧，希瑞，帮把手。这药得现做。俺照外婆的方子捏点药丸出来，什么样的肠胃疾病都能药到病除。"

他打开包裹,取出块泥炭一样的东西,还有个小巧的陶制器皿。希瑞好奇地走上前去。

"要知道,希瑞,"亚尔潘说,"俺外婆知道她的药无人可比。不幸的是,她相信大多数疾病的源头是懒惰,而治疗懒惰,最好的方法是用棍子。对俺和俺的兄弟姐妹来说,她把这招当成了预防疾病的手段,有事没事就揍俺们一顿。她就是个又凶又丑的老太婆。有一次,她突然给俺一大块抹了油和糖的面包,俺吓得一哆嗦,把面包弄掉了,结果外婆狠抽了俺一顿。那个恶毒的老婆娘。然后她又给了俺一块面包,但这回没加糖。"

"我外婆也打过我一次。"希瑞理解地点点头,"用鞭子。"

"鞭子?"矮人大笑,"俺外婆直接上鹤嘴锄的锄柄。不过怀旧到此为止吧,咱们该做药丸了。拿着,把这撕开,揉成小团。"

"这是什么?又黏又脏……咿咿!……好臭!"

"这是发霉的油粕面包,超级好的肠胃药。揉成小团。再小点儿。这是给女术士吃的,不是喂牛。给俺一粒。很好。现在,咱们把这小团子揉进药里。"

"咿——"

"臭吗?"矮人把朝天鼻凑近那只陶制器皿,"不可能啊。哪怕放了一百年,碾碎的大蒜和泻盐也不该发臭嘛!"

"太臭了,呸。特莉丝不会吃的!"

"那就用俺外婆的法子。你捏住她的鼻子,俺把药丸塞进去。"

"亚尔潘!"杰洛特抱着女术士突然走出黑暗,"别乱搞!小心我也往你嘴里塞点什么。"

"这是药!"矮人生气地说,"很有疗效!霉菌、大蒜……"

"没错。"毯子里的特莉丝呻吟道,"是真的……杰洛特,这药应该能帮到我……"

"听见没?"亚尔潘用手肘碰碰杰洛特,自豪地冲特莉丝翘起大胡子。后者费力地吞下药丸,满脸殉道者的表情。"聪明的女术士,她知道啥东西对她有好处。"

"你说什么,特莉丝?"猎魔人凑过去,"哦,我懂了。亚尔潘,你有白芷吗?或者藏红花?"

"俺去瞧瞧,找人问问。俺给你们带来些水,还有吃的……"

"多谢。不过她们更需要休息。希瑞,躺下吧。"

"我去给特莉丝的敷布沾点水……"

"让我来吧。亚尔潘,我想跟你谈谈。"

"到火堆边上。俺去开桶酒……"

"我只想跟你谈谈,不需要别人旁听。完全不需要。"

"当然,俺听着呢。"

"你们在护送什么?"

矮人抬起锐利的小眼睛,盯着他。

"国王的货物。"矮人缓缓地、不容置疑地说。

"我也这么认为。"猎魔人对上他的目光,"亚尔潘,我问你这些,并非出于不恰当的好奇心。"

"俺知道。俺明白你的意思。不过这支护卫队,确实……唔……有点特殊。"

"那你们的货物是什么?"

"咸鱼,"亚尔潘满不在乎地说,不动声色地修饰他的谎话,"饲料、工具、马具,各种军需零碎物品。温克是国王军的军需官。"

"如果他是军需官，我就是德鲁伊了。"杰洛特笑道，"不过这是你的事——我没有打探他人秘密的习惯。但你也看到特莉丝的状况了。让我们随行吧，亚尔潘，让她睡在一辆马车里，只要几天就好。我没问你们要去哪儿，因为这条路径直向南，到莱克希拉河之前没有岔路。而到莱克希拉河，还有足足十天路程。到那时，特莉丝的高烧也该退了，应该也能骑马了。就算她没好，我也可以在河对岸的镇上落脚。让她在马车里待十天吧，有充足的御寒物、热腾腾的食物……拜托了。"

"可下命令的人不是俺，是温克。"

"我不相信你对他没有任何影响力。护卫队的主要成员都是矮人，他肯定会考虑你的意见。"

"这个特莉丝是你什么人？"

"都这个时候了，她跟我的关系很重要吗？"

"这事本身不重要。俺问你这些，恰恰出于不恰当的好奇心，因为俺想在酒馆里有些新的谈资。不过杰洛特，不管俺怎么看，这个女术士都相当喜欢你嘛。"

猎魔人悲哀地笑了笑。

"那个女孩呢？"亚尔潘朝希瑞偏偏头，她正在羊皮下扭动着身子，"是你女儿？"

"对！"他不假思索地回答，"是我女儿，齐格林。"

◄━━━▶

次日黎明，光线灰白，空气潮湿，散发着夜雨和晨雾的味道。希瑞觉得自己根本没睡多久。她的脑袋靠在马车的麻袋上,好像只过了一分钟。

杰洛特正扶着特莉丝在她身边躺下,他刚刚又带特莉丝去了一趟树林。裹着女术士的毯子沾着露珠,杰洛特的双眼下浮现出了黑眼圈。希瑞知道,他片刻都没合过眼——因为特莉丝整晚都在发烧,且痛苦不堪。

"吵醒你了?抱歉。睡吧,希瑞。天色还早。"

"特莉丝怎么样了?好些了吗?"

"好多了。"女术士呻吟着说,"好多了,不过……听着,杰洛特……我想……"

"什么?"猎魔人凑上前去,可特莉丝已经睡着了。他挺直背脊,伸了个懒腰。

"杰洛特,"希瑞小声问,"他们会让我们坐马车吗?"

"到时候再说。"他咬住嘴唇,"趁现在再睡一会儿吧。"

他跳下马车。希瑞听到整个营地都传来收拾东西的响动——马儿的跺脚声、马具的叮当声、木杆的嘎吱声、马车横木的摩擦声,还有说话和咒骂声。随后,亚尔潘·齐格林沙哑的嗓门和高个子男人温克的冷静嗓音从不远处传来,还有杰洛特冷冰冰的声音。她坐起身,透过帆布小心地朝外窥探。

"这件事,我不完全反对。"温克宣称。

"太好了,"矮人快活地说,"就这么说定了?"

温克稍稍抬起手,表示还没说完。他沉默片刻,杰洛特和亚尔潘不耐烦地等待着。

"问题是,"温克终于说道,"如果车队没能安全抵达,掉脑袋的可是我。"

他再度沉默,这次没人插嘴,没人提出质疑——跟专员说话时,你得习惯每句话之间漫长的停顿才行。

"我要确保它安全抵达,"过了一会儿,他续道,"还要及时抵达。而照看病人可能会拖慢我们的速度。"

"咱们的速度比预计的快。"停顿良久后,亚尔潘信誓旦旦地说,"咱们会比预计时间更早赶到,温克阁下,咱们不会超过最后期限的。至于安全……俺不认为猎魔人的同行会影响安全。这条路穿过树林,直通莱克希拉河,左右两边都是蛮荒的树林。俺听说林子里游荡着各种各样的邪恶生物。"

"的确。"专员赞同道。他直视猎魔人的双眼,似乎在掂量要说的每一个字,"在科德温的森林里,我们可能会遇见某些邪恶生物,而它们又是被其他邪恶生物煽动的。他们很可能会危及我们的安全。亨赛特王清楚这一点,因此授予我招募勇士加入武装护送队的权力。怎么样,杰洛特?这一来,你的问题就解决了。"

猎魔人的沉默持续良久,比温克说完整段话的时间更长,尽管对方每句话之间都有习惯性的停顿。

"不。"他最后开口,"不,温克。先把话说清楚。我愿意报答你们对梅利葛德女士的帮助,但不是以这种方式。我可以照料马匹、搬水砍柴,甚至煮饭,但我不会充当国王麾下的士兵。请别指望我的剑。如果要我去杀戮你们所谓的邪恶生物,只因为另一些我不觉得优越多少的生物下了命令,恕我难以从命。"

希瑞听到亚尔潘·齐格林倒吸一口气,用卷起的袖子堵嘴咳嗽一声。温克平静地看着猎魔人。

"明白了。"温克干巴巴地说,"我喜欢你的开诚布公。那好吧,齐格林,你要确保我们赶路的速度不会放慢。至于你,杰洛特……我知道你会以你自认为合适的方式提供帮助。帮助落难女子是分内之事,如果你以为我会借此要挟你,那不光是对你的侮辱,也是在侮辱我自己。她今天感觉好些了吗?"

猎魔人点点头。在希瑞看来,他的动作比平时要礼貌和恭敬得多。温克的表情毫无变化。

"那我就放心了。"习惯性的停顿过后,温克说,"我允许梅利葛德坐进车队的马车,就代表我会对她的健康、舒适及安全负责。齐格林,下令出发。"

"温克。"

"什么事,杰洛特?"

"谢谢。"

在希瑞看来,温克点头的动作也恭敬并礼貌了些,不像之前那么敷衍。

亚尔潘·齐格林沿着队列走动,一路大声发号施令,随后他爬上车夫的位置,吆喝一声,冲马匹甩甩缰绳。马车开始沿林间小路颠簸前行,动静吵醒了特莉丝,但希瑞安抚她重新睡下,又换了一块她额头上的敷布。

单调的马蹄声起到了一些催眠作用,女术士很快睡着了。希瑞也打起了瞌睡。

醒来时,日头已经高挂空中。希瑞透过木桶和包裹向外窥视。她所在的马车位于车队前部,后面那辆车的车夫是个脖子上围着红方巾的矮人。从矮人间的谈话判断,她猜他的名字叫保利·达尔伯格。他身边坐着弟弟里根。她还看到温克骑着马,身旁陪着两名执法官。

杰洛特的坐骑洛奇拴在马车上,朝她轻轻嘶鸣一声。她看不到自己的红棕马,也看不到特莉丝的灰褐色骟马。毫无疑问,它们都在车队后部,跟备用马匹拴在一起。

杰洛特坐在车夫旁边的位置,靠近亚尔潘。他们一边轻声说话,一边喝着二人中间那只桶里的啤酒。希瑞竖起耳朵,但很快就厌倦了——他们谈的是政治话题,主要是亨赛特王的意图和计划,还有某些不为人知的特殊行动:亨赛特王打算支援邻国亚甸的德马维王,因为亚甸正面临战争的威胁。杰洛特对区区五车咸鱼能怎么帮助亚甸守军表现出极大的兴趣。亚尔潘装作没听出杰洛特的嘲弄,解释说某些品种的鱼十分贵重,所以区区几车咸鱼就足以雇佣一支全副武装的部队征战一年,而每一支全副武装的部队都能带来可观的帮助。杰洛特为他们的行动如此隐秘而感到惊讶,但矮人回答说,这本来就是个秘密任务。

特莉丝在睡梦中翻了个身,弄掉了头上的敷布,还含混不清地说着梦话。她叫某个叫科文的家伙把手拿开,又立刻宣称命运无法逃避。最后,在声称所有人——无一例外——都是某种程度上的变种人之后,她安详地睡着了。

希瑞也觉得很困,但亚尔潘的轻笑声让她清醒起来:他正跟杰洛特聊他们过去的冒险。他说他们去狩猎一条金龙,可那龙就是不肯就范,最后还把猎手们打得落花流水,甚至把一个补鞋匠吞下了肚。希瑞一下子来了精神。

杰洛特问到什么"掠夺者"的近况,亚尔潘说不知道。他转而问起一个名叫叶妮芙的女人,杰洛特立刻沉默下来。矮人喝了几口酒,开始抱怨叶妮芙到现在还在记恨他，虽然那些事已经过去好多年了。

"俺在苟斯·维伦的集市上遇见了她。"他讲道，"她一开始没注意到俺——等她发现，就像只母猫一样冲俺吐口水，还狠狠地侮辱俺过世的母亲。俺拼了老命才跑掉，她却在俺背后大喊大叫，说早晚会抓到俺，让俺的屁股里长出草来。"

希瑞想象亚尔潘屁股长草的样子，不由咯咯笑了起来。杰洛特嘟囔一句女人和她们冲动的天性什么的——而矮人觉得，这远远不足以描述她的恶毒、固执和记仇。杰洛特没接茬，于是希瑞又打起瞌睡。

这一次，她被响亮的人声吵醒了。确切地说，是亚尔潘的声音——他在大叫。

"哦，是啊！这么说你知道？这就是俺的决定！"

"小点声儿。"猎魔人安静地说，"车上还有个生病的女人。你要明白，我不是在批评你的决定或决心……"

"是啊，当然啦。"矮人讽刺地说，"你只是心照不宣地笑笑而已。"

"亚尔潘，作为朋友，我只是警告你：无论哪方都唾弃骑墙派，至少会投以猜疑的目光。"

"俺没骑墙。俺已经明确表示了自己的立场。"

"但你始终是个矮人。你对这一方来说是异类，是外人。而另一方……"

他闭了嘴。

"好啊！"亚尔潘咆哮着转过身，"好啊，继续说，你还等什么？尽管说俺是叛徒，说俺是人类的走狗，说俺为了几块银币和难吃的食物就去对付为自由而战的同胞！哦，说啊，说出来。俺不喜欢听人含沙射影。"

"不,亚尔潘。"杰洛特平静地说,"不,我什么也不会说。"

"哦,是吗?"矮人赏了拉车的马一鞭子,"你不想说?宁可这么盯着俺笑?一个字也不想说,对吗?可你却能对温克说:'请别指望我的剑。'多傲慢啊,多么高贵又自豪啊!让你的傲慢跟该死的自尊都见鬼去吧!"

"我只是实话实说。我不想掺和这场冲突。我想保持中立。"

"这不可能!"亚尔潘大喊,"你不可能保持中立!你还不明白吗?对,你什么都不明白。滚,滚下俺的马车,骑上你的马,带着你中立的傲慢滚出俺的视线。你让俺烦透了。"

杰洛特转过头,希瑞期待地屏住呼吸。但猎魔人一言不发,只是站起身,轻快而灵巧地跳下马车。亚尔潘等他解开拴在扶梯上的母马,便又朝拉车的马甩出鞭子,同时低声咒骂一句。希瑞听不明白,但他的语气很吓人。她站起身,也准备跳下车去找她的红棕马。矮人转过身,不情愿地打量着她。

"你也是个讨厌鬼,小女孩。"他气呼呼地喷着鼻子,"俺们最不需要的就是女士和小女孩,该死的,俺甚至没法直接在这儿撒尿——俺还得停下马车,跑进树丛去!"

希瑞双手叉腰,甩开淡灰色刘海,仰起头。

"你自找的!"她愤怒地尖声回答,"只要你少喝点酒,齐格林,就用不着费事了!"

"俺喝多少酒关你屁事,黄毛丫头!"

"别嚷嚷,特莉丝刚睡着!"

"这是俺的马车!俺想嚷嚷就嚷嚷!"

"矮树桩！"

"你说啥？你这没教养的小崽子！"

"我说矮树桩！"

"俺劈了你这小……啊，该死！吁——！"

矮人仰起身子，在最后一刻抓紧缰绳，再迟一点儿，两匹马就要踩到挡路的树桩了。亚尔潘在车夫的座位上站起身，用通用语和矮人语大声咒骂。在唿哨声和咆哮声中，他终于让马车停了下来。矮人和人类同时跳下马车，跑上前来。他们拉着马匹的缰绳和挽具，把它们牵到没有障碍物的路面上。

"亚尔潘，你打瞌睡了？"保利·达尔伯格走过来，怒气冲冲地说，"活见鬼，要是你撞上去，车轴就完蛋了，车轮也会粉身碎骨。该死的，你到底……"

"滚一边去，保利！"亚尔潘·齐格林咆哮道，愤怒地用缰绳甩打马屁股。

"你运气好。"希瑞在矮人身边坐下，甜甜地说，"你也看到啦，让猎魔人女孩坐上你的马车，总比你独自一人强。我提醒得很及时。要是你在驾驶位上撒尿，然后撞上那根树桩——哎呀呀，光是想想可能的后果，我就怕得……"

"你能安静会儿吗？"

"那我不说了。一个字都不说。"

她只沉默了不到一分钟。

"齐格林阁下？"

"俺不是什么阁下。"矮人用手肘推推她，龇了龇牙，"俺是亚尔潘，听明白没？咱们一起赶车，行不行？"

"行。我能抓着缰绳吗?"

"想抓就抓。等等,这样不对。把缰绳绕到食指上,再用拇指往下拉,像这样。左边那匹也一样。别使劲儿,也别太用力。"

"这样对吗?"

"对。"

"亚尔潘?"

"啊?"

"'保持中立'是什么意思?"

"就是冷漠。"他不情不愿地嘀咕道,"别让缰绳垂下来。把左边那匹拉近些!"

"什么叫冷漠? 对什么冷漠?"

矮人探出身子,往马车下面吐口唾沫。

"如果松鼠党袭击俺们,你的杰洛特会站在一边,心平气和地看他们割断俺们的喉咙。你也许会跟他站在一起,因为那将是一堂示范课。今天的主题:猎魔人如何面对智慧种族间的冲突。"

"我不明白。"

"俺一点也不意外。"

"所以你跟他吵架,还那么生气? 那个……松鼠党,他们是什么人?"

"希瑞,"亚尔潘粗暴地揪揪胡子,"这不是小女孩的脑袋瓜能理解的事。"

"啊哈,你又开始冲我发火了。我才不小。我在桥头堡听士兵说起过松鼠党。我看到……我看到两个死掉的精灵。有个骑士说他们死前杀过人。而且松鼠党里不光有精灵,还有矮人。"

"俺知道。"亚尔潘闷闷不乐地回答。

"你也是矮人。"

"这点毫无疑问。"

"那你干吗害怕松鼠党?他们好像只对付人类。"

"很不幸,"他的表情严肃起来,"没这么简单。"

希瑞沉默良久,咬着下唇,皱起鼻子。

"现在我明白了。"她突然开口,"松鼠党是为自由而战。虽然你是矮人,但也是亨赛特王的秘密手下,受人类指挥。"

亚尔潘哼了一声,用袖子擦擦鼻子,然后探身出去,确认温克在不在附近。温克离得很远,正跟杰洛特谈话。

"小丫头,耳朵挺灵嘛,像只土拨鼠。"他咧嘴一笑,"对于命中注定要生孩子、烧饭跟纺纱的人来说,你聪明得过头了。你以为你啥都知道,对吗?你只是个毛孩子。别拉长个脸,这样不会让你显得成熟,只能让你更丑。你对松鼠党的本质领会得倒挺快,还喜欢他们的口号。知道你为啥了解他们吗?因为松鼠党也是一群毛孩子,是群愣头青,不明白是谁在煽动他们,谁在利用他们的幼稚和愚蠢、用自由的口号欺骗他们。"

"可他们真是为自由而战啊。"希瑞抬起头,瞪大绿色的双眼看着矮人,"就像布洛克莱昂森林里的树精。他们杀人是因为人类……有些人类在伤害他们。因为这儿从前是你们的国家,属于矮人、精灵和那些……半身人、侏儒,以及别的种族……自从人类来到,精灵就……"

"精灵!"亚尔潘嗤之以鼻,"准确地说,他们跟你们人类一样,是外人,尽管他们的白船比你们早到了一千年。这会儿他们争着跟我们交好,好像我们突然成了兄弟;这会儿他们咧嘴笑着说:'我们是同胞。''我们都是上古种族。'可在从前，狗娘——咳，咳……从前，他们的箭可常常从我们耳边掠过……"

"这么说，最先来到这个世界的是矮人？"

"说实话，是侏儒。至少这部分世界是如此——整个世界大得超乎你的想象，希瑞。"

"我知道。我见过一张地图……"

"你不可能见过。没人画得出那样的地图，俺怀疑短时间内也不会有。没人知道火焰群山和浩瀚大海的另一头有什么。就算是自称无所不知的精灵，相信俺，他们也不知道。"

"呃……可现在……人类数量很多……比你们多得多。"

"因为你们生孩子的速度堪比兔子。"矮人咬牙切齿地说，"你们不问时间、不论地点、不管对象是谁，只顾没日没夜乱搞一气。你们的女人只要坐上男人的大腿，肚子就能大起来……你的小脸蛋为啥红得跟罂粟花似的？其实你也想知道，对吧？那你就该明白这个事实：历史告诉俺们，在这世界上，最擅长打碎别人脑壳和搞大女人肚子的种族才能称王。而在谋杀和上床这两方面，你们人类的确是行家……"

"亚尔潘，"杰洛特骑在洛奇背上，冷冷地说，"麻烦你选词用句矜持点儿。还有希瑞，别再扮演女车夫了，去照顾特莉丝，看她醒没醒，需不需要帮忙。"

"我醒好久了。"女术士在车厢里有气无力地说，"但我不想……打断这么有趣的谈话。别打扰他们，杰洛特。我想……再听听性爱在社会演化中扮演了什么角色。"

"我能烧点水吗?特莉丝想洗澡。"

"去吧。"亚尔潘·齐格林点头答应,"泽维尔,把烤肉叉拿走,野兔已经烤好了。把锅递给我,希瑞。哟,瞧瞧你,都快溢出来了!你一个人把这么多水从溪边搬回来的?"

"我有力气。"

达尔伯格兄弟中的长兄大笑起来。

"别以貌取人,保利。"亚尔潘一边严肃地说,一边熟练地把烤灰兔切成几部分,"没啥可笑的。她确实又瘦又小,但俺看得出,她是个健壮又能吃苦的小丫头。像条皮腰带:虽然细,但没法用手拉断,就算你用它上吊,也能禁得住你的重量。"

没人再笑了。希瑞挨着营火周围的矮人坐下。这一次,亚尔潘·齐格林和他的四个"小伙子"自己生了堆火,因为他们不想跟别人分享泽维尔·莫兰射中的野兔。对他们来说,这只兔子只够他们每人吃一口,最多两口。

"再添点柴,"亚尔潘舔着手指说,"把水早点烧开。"

"这主意不怎么样。"里根·达尔伯格吐出一根骨头,"洗澡对病人有害无益,对健康人也一样。还记得老施拉德尔吧?他老婆有次叫他洗澡,他去了,然后没多久就死了。"

"因为有条疯狗咬了他。"

"要是他不去洗澡,狗也不会咬他。"

"我也觉得,"希瑞用手指试探锅里的水温,"没必要每天洗澡。

可这是特莉丝的要求——她有次甚至还哭了……所以杰洛特和我……"

"俺们知道。"达尔伯格长兄点点头,"但那猎魔人……俺每次看到都很吃惊。喂,齐格林,你的女人会让你给她擦洗身子和梳头吗?你会抱着她去灌木丛,好让她……"

"闭嘴,保利。"亚尔潘打断他的话,"别说猎魔人的坏话,他是个好人。"

"俺说啥了?俺只是震惊……"

"特莉丝,"希瑞冒冒失失地插嘴道,"不是他的女人。"

"俺越来越震惊了。"

"你是越来越傻了。"亚尔潘总结道,"希瑞,往锅里再倒点水。俺们给女术士再泡点藏红花和罂粟种。她今天感觉好多了吧?"

"也该好多了。"雅尼克·布拉斯嘟囔道,"咱们今天只为她停下了六次。俺知道路上有难不能不帮,不这么想的家伙都是混球,拒绝帮人的家伙更是混球中的混球,是婊子养的。但咱们在这林子里待得太久了。咱们是在藐视命运,该死的,是在狠狠地藐视命运。小伙子们,这儿不安全。松鼠……"

"有屁放干净,雅尼克。"

"呸,呸!亚尔潘,俺不怕打架,流血对俺也不新鲜了,可……可要跟咱们的同胞作战……该死的!咱们为啥会碰上这种事?这批该死的货该由一百个该死的骑兵护送才对,不是咱们!愿魔鬼带走阿德·卡莱那帮自以为是的混蛋,愿他们……"

"闭嘴。把那锅荞麦粥递给我。见鬼,兔子只是点心,俺还得吃点能填肚子的东西。希瑞,跟俺们一起吃不?"

"当然。"

很长一段时间里，周围只能听见咂嘴声、咀嚼声，还有木勺剐蹭锅子的声音。

"真要命。"保利·达尔伯格打了个长长的饱嗝，"俺还能再吃点儿。"

"俺也是。"希瑞大声宣布，也打了个饱嗝。她很喜欢矮人毫不矫饰的作风。

"只要不是荞麦粥。"泽维尔·莫兰说，"俺也不想再吃麦片了。还有咸肉。"

"挑什么挑？舌头这么刁，干吗不去草地上找食儿去？"

"或者用牙撕桦树皮。河狸饿极了就这么干。"

"河狸——终于有点俺能吃的东西了。"

"俺想吃鱼。"保利嚼着从自己胡须里剔出的荞麦壳，出神地说，"俺告诉你们，俺最喜欢吃鱼。"

"那就去抓。"

"去哪儿抓？"雅尼克·布拉斯咆哮道，"灌木丛？"

"去小溪。"

"那真是条'小'溪，一泡尿能滋到对面。那里能有什么鱼？"

"有鱼。"希瑞舔净勺子，把它塞进靴子，"我去水边时见到了。不过那些鱼肯定生了什么病，身上长着疹子，还有黑色和红色的斑点……"

"鳟鱼！"保利咆哮道，吐出那块荞麦壳，"好极了，小伙子们，向小溪快步行军！里根，把你的裤子脱了！俺们要用它抓鱼。"

"为啥用俺的？"

"脱，快点！不然俺揍死你，你这蠢瓜！妈妈不是叫你听俺的话吗?"

"要是你们想抓鱼,就给我动作快点,天马上黑了。"亚尔潘说,"希瑞,水烧好没?躲开,躲开,你会烫伤你自个儿,锅子还会把你衣服蹭脏。俺知道你有力气,不过让俺来——俺来搬过去。"

杰洛特已经在等着他们了。他们大老远就能透过马车上帆布的缝隙看到他的白发。矮人把水倒进大木桶。

"要帮忙吗,猎魔人?"

"不用,谢谢,亚尔潘。希瑞会帮我的。"

特莉丝高烧已退,但身子仍十分虚弱。杰洛特和希瑞熟练地帮她脱掉衣服,擦洗身子。他们不想伤到她的自尊,但她眼下完全无法自理。他们合作无间——杰洛特用双臂扶着女术士,希瑞帮她清洗、擦干。只有一件事开始让希瑞吃惊并恼火:她觉得特莉丝跟杰洛特贴得太近了,有一次,她甚至想亲他。

杰洛特用下巴指指女术士那匹骟马的鞍囊。希瑞立刻明白了他的意思,因为特莉丝总会要求他们给她梳头。希瑞摸出梳子,跪在她身旁。特莉丝冲她低下头,双臂搂住猎魔人。希瑞觉得,是不是搂得太紧了?

"哦,杰洛特。"她啜泣起来,"我好后悔……好后悔我们之间的一切……"

"特莉丝,拜托。"

"……不该发生的……不该是现在。等我好些……就完全不一样了……我可以……我甚至可以……"

"特莉丝。"

"我嫉妒叶妮芙……我嫉妒她和你……"

"希瑞,下车。"

"可……"

"麻烦你,快下去。"

她跳下马车,差点踩到亚尔潘。后者正靠着车轮,嘴里嚼着一根野草,好像在思考什么。矮人伸手扶住她。他跟杰洛特不同,这么做不用弯腰。他的个子不比她高。

"可别犯同样的错啦,猎魔人女孩。"他喃喃说着,双眼看向马车,"如果有人怜悯、同情并关心你,如果他们的正直让你感动,你应该珍惜,但别错当成……别的意思。"

"偷听可不好。"

"俺知道,而且还很危险。你把肥皂水倒出来时,俺差点没躲开。来吧,咱们去瞧瞧里根的裤子里钻进了多少条鱼。"

"亚尔潘?"

"啊?"

"我喜欢你。"

"我也喜欢你,孩子。"

"可你是矮人,我不是。"

"这能有啥区……哦,松鼠党。你在想松鼠党的事,对不?他们让你烦心得很,是不是?"

希瑞挣开他粗壮的手臂。

"你也烦心。"她说,"其他人也是。我看得出来。"

矮人一言不发。

"亚尔潘?"

"什么?"

"谁才是对的？松鼠党，还是你们？杰洛特想……保持中立。你是个矮人，但你替亨赛特王卖命。桥头堡里的骑士叫嚣说：所有非人种族都是我们的敌人。他说的'所有'……包括所有矮人。甚至包括孩子。亚尔潘，为什么？谁才是对的？"

"俺不清楚。"矮人费力地说，"俺并非无所不知。俺只在做俺觉得对的事。那些松鼠党带上武器，跑进林子叫嚣：'把人类赶回海里！'但他们完全没意识到，这句好记的口号是尼弗迦德密探告诉他们的。他们不明白，这句口号的宣传对象不是他们，而是人类，是为点燃人类的憎恨，而不是煽动年轻精灵上战场。俺清楚这些——所以俺才觉得松鼠党的行为既愚蠢又丢人。你说俺该怎么做？没准再过几年，俺也会被叫成出卖同胞的叛徒，可他们却成了英雄……在俺们的历史上，在俺们世界的历史上，早就有过这样的事。"

他揉着胡须，陷入沉默。希瑞也沉默不语。

"艾莉蕾娜……"他喃喃道，"如果艾莉蕾娜是个英雄，如果她做的事是英雄事迹，那就太糟了。就让他们叫俺叛徒和懦夫吧。因为俺，亚尔潘·齐格林，懦夫、叛徒和变节者，觉得俺们不该自相残杀。俺觉得俺们应该活下去，用不需在将来向别人请求宽恕的方式活下去。那位英勇的艾莉蕾娜……她才该请求宽恕。原谅我，她这么恳求说，原谅我吧。让她见鬼去！做完亏心事再向别人乞求宽恕，倒不如立马死了好。"

他再次陷入沉默。希瑞有些问题就含在嘴边，但没能问出口。她本能地觉得自己不该问。

"俺们必须学会相处，"亚尔潘续道，"俺们和你们人类。因为俺们没别的选择。俺们两百年前就知道这个，而为之努力了超过一百年。

你想知道俺为啥会给亨赛特王效力吗?因为俺不能允许这些努力白费。一百多年来,俺们一直在努力跟人类友好相处。半身人、侏儒、俺们,就连精灵都在这么干——俺可没提水泽仙女、宁芙和小妖精,你们还没来这儿时,她们就相当野蛮。该死的,俺们花了一百年时间,总算能跟邻居和睦相处了。俺们成功地让人类相信,俺们跟他们也没太多不同……"

"我们确实没什么不同,亚尔潘。"

矮人猛地看向她。

"我们确实没什么不同。"希瑞重复一遍,"说到底,你能思考、有感觉,就像杰洛特。就像……就像我。我们在同一只锅里吃同样的东西。你帮了特莉丝,我也是。你有外婆,我也有外婆……但我外婆被尼弗迦德人杀了,在辛特拉。"

"俺外婆被人类杀了。"矮人作了一番努力才说道,"在布鲁格,死于大屠杀。"

"骑手!"温克的先头部队大喊道,"前方有骑手!"

专员拍马追上亚尔潘的马车,杰洛特从另一边赶上来。

"到后面去,希瑞。"他粗鲁地说,"离开车夫的座位,进车厢!陪着特莉丝。"

"可我在那儿什么都看不到!"

"别争了!"亚尔潘咆哮道,"赶紧到后面去,动作麻利点儿!把战锤递给我!那块羊皮下面。"

"这个吗？"希瑞拿起一个沉沉的、看起来很吓人的东西，外形像锤子，但锤头部位有个尖锐的钩子。

"就是它。"矮人确认道。他把锤柄塞进靴子，斧子放上膝盖。温克冷静地手搭凉棚，看着前方的道路。

"班·格林的轻骑兵。"过了一会儿，他推测说，"所谓的褐旗营——我认得出他们的斗篷和河狸皮帽。保持冷静，也别放松警惕。斗篷和帽子很容易弄到。"

骑兵迅速接近，大概有十个人。希瑞看到，在她身后那辆马车上，保利·达尔伯格把两把装填好的十字弓放到膝盖上，里根则用斗篷把它们盖好。希瑞轻手轻脚钻出帆布，躲在亚尔潘宽阔的身躯后面。特莉丝本想起身，却咒骂一句，瘫倒在铺盖上。

"停！"最前面的骑手大喊道——他无疑是这队人的头儿，"你们是什么人？打哪儿来，往哪儿去？"

"问话者是谁？"温克冷静地在马鞍上坐直身子，"以何人的名义？"

"爱打听的阁下，我们是亨赛特王的部队！问话者乃长枪下士札维克，他不喜欢重复提问！立刻回答！你是谁？"

"国王军的军需官。"

"谁都能这么说！我没看到有人穿着国王的服色！"

"过来点儿，下士，看看这枚戒指。"

"干吗冲我亮戒指？"士兵皱眉，"我像认识什么戒指的人吗？这种戒指谁都能戴，不过有个显眼的图案而已！"

亚尔潘·齐格林在驾驶位上站起身，抬起斧子，迅疾无比地伸到士兵的鼻子底下。

"瞧瞧这个,"他咆哮道,"这你总认得吧?好好闻闻,看你记不记得这股味道。"

下士扯住缰绳,转过马头。

"你敢威胁我?"他咆哮道,"我,可是国王的部下!"

"我们也是。"温克平静地说,"而且我相信,我比你资历更深。我警告你,骑兵,别做过头了。"

"我在这儿放哨!我怎么知道你们是谁?"

"你看到我的戒指了。"专员慢吞吞地说,"如果认不出上面的图案,那我有理由怀疑你的身份。你们的制服上有同样的图案,所以你应该认得。"

士兵明显收敛了些,温克冷静的言辞和严肃坚定的表情无疑对他产生了影响。

"嗯……"他把河狸皮帽往左耳挪了挪,"好吧。如果你们的身份真跟宣称的一样,那应该不会介意让我瞧瞧马车里的货物。"

"事实上,我们介意。"温克皱起眉头,"非常介意。我们运送的货物与你无关,长枪下士。另外,我不明白你想找什么。"

"你不明白,"士兵点点头,把手伸向自己的佩剑,"那我就告诉你,阁下。我们的国王禁止人口买卖,这儿却有很多无赖向尼弗迦德人贩卖奴隶。要是我在你的马车里发现有人,就不会相信你们是国王的部下了。就算你再拿出十几只戒指也没用。"

"好吧,"温克干巴巴地说,"如果你想找奴隶,那就去找吧。我同意了。"

士兵让马儿沿中间的马车一溜小跑,从马鞍上探过身,掀起帆布。

"桶里是什么?"

"你以为能是什么？囚犯吗？"雅尼克·布拉斯嘲笑着，在驾驶位上伸了个懒腰。

"我问里面有什么？回答我！"

"咸鱼。"

"箱子里呢？"骑兵来到下一辆马车前，踢了踢车身。

"牛蹄。"保利·达尔伯格厉声道，"后面装的是水牛皮。"

"知道了。"下士摆摆手，咂咂嘴，绕回最前面，看向亚尔潘的车厢。

"有个女人躺在那儿，她是谁？"

特莉丝·梅利葛德无力地笑笑，用手肘撑起身子，手在空中勾勒出一个复杂小巧的图案。

"我是谁？"她轻声问道，"你明明看不到我。"

骑兵紧张地眨眨眼，身子微微颤抖。

"原来是咸鱼。"他坚定地说，放下帆布，"一切正常。这个孩子是？"

"蘑菇干。"希瑞无礼地盯着他道。士兵陷入沉默，嘴巴张得大大的。

"那是什么？"过了一会儿，他皱着眉头问道，"什么东西？"

"你检查完没，士兵？"温克策马上前，冷冷地问。那骑兵看着希瑞碧绿的双眼，几乎没法转开视线。

"检查完了。继续赶路吧，愿诸神指引你们。不过当心，两天前，松鼠党在野獾峡谷消灭了一整支巡逻骑兵队。那支小队人数很多，实力也很强。的确，野獾峡谷离这儿很远，但精灵在森林中穿行的速度比风还快。我们接到命令去围捕他们，可谁能抓住精灵？那就像是捕风……"

"很好,够了,我们不感兴趣。"专员唐突地打断他,"时间紧迫,我们还有很长的路要赶。"

"那就再会了。嘿,跟我来!"

"听到没,杰洛特?"亚尔潘·齐格林目送骑兵队远去,大声道,"这附近有该死的松鼠党。俺能感觉到。俺背上一直有种刺痛感,就像被弓手瞄准了似的。不,该死的,咱们不能像先前那样没头没脑地赶路了,不能悠闲地吹着口哨,一边打瞌睡一边放屁了。咱们得知道前面有些啥。听着,俺有个主意。"

希瑞猛地一勒红棕马,然后在马鞍上俯下身,策马向前冲去。杰洛特正专心地同温克谈话,这时赶忙坐直身子。

"别乱跑!"他喊道,"不许发疯,孩子!你想摔断脖子吗?别跑太远……"

她已经听不见了——她的马早就跑远了。希瑞是故意这么干的,因为她不想再听那些老生常谈的警告。别跑太快,别跑太急,希瑞!呸呸。别跑太远!呸呸呸。当心!呸呸!好像我是个孩子,她心想。我都快十三岁了,骑着一匹红棕快马,背着把利剑。我什么都不怕!

再说,春天已经到了!

"喂,当心,你屁股着火了吗?"

亚尔潘·齐格林,又一个自以为是的家伙。呸呸!

向前,继续向前,纵马飞驰,沿着颠簸的小路,穿过翠绿的草地和灌木丛，跨过银亮的水坑，越过柔软的蕨类植物。一头受惊的小鹿消失在树丛中，黑白相间的臀尾一闪而过。鸟儿们纷纷飞离枝头——色彩斑斓的松鸡和食蜂鸟，还有尖叫的黑喜鹊，滑稽的尾巴拖在身后。马蹄在水坑里扬起阵阵水花。

向前，继续向前！这匹马在马车后面慢悠悠走了太久，这时的步履欢快轻盈。它终于能肆意奔跑，大腿上肌肉绷紧，潮湿的马鬃抽打着她的面庞。希瑞松开缰绳，让马儿尽情伸展脖子。向前，亲爱的马儿，别理什么马嚼子，继续向前，快点儿，再快点儿！驾，驾，春天！

她放慢速度，回头张望。终于只剩她自己了。终于远离所有人了。没有人会责备她，提醒她，要求她专心，威胁说不会再让她骑马了。终于独自一人，自由自在，无人约束。

慢点儿。小跑就好。毕竟这次骑马不是为取乐，她也有责任在身。毕竟她现在是骑马的巡逻兵，是先头部队。哈，她扫视四周，心想，现在整支车队的安全都要靠我了。他们都在不耐烦地等我回去汇报：道路通畅，没看到任何人，没有车轮或马蹄的痕迹。我会这么汇报。有着冰冷蓝眼睛的温克阁下会严肃地点头，亚尔潘·齐格林会亮出发黄的牙齿，保利·达尔伯格会大喊："干得好，小家伙！"然后杰洛特会微笑。他会微笑，虽然他最近很少发笑。

希瑞四下张望，在脑海里做着记录。两棵倒下的桦树——没问题。一堆树枝——马车可以通过。雨水冲出的裂口——算是小小的障碍，只要第一辆马车的轮子碾过去，后面的马车直接跟上就好。一片宽敞的空地——很适合休息……

痕迹？能有什么痕迹？这儿一个人都没有。这里是森林。鸟儿在新鲜的绿叶间鸣叫。一只红狐狸悠闲地穿过路面……一切都散发着春天的气息。

道路突然在半山腰中断，消失在沙土覆盖的山谷中，然后蜿蜒穿过山坡上那些歪脖松树。希瑞离开路面，为从高处审视周围，她爬上了陡峭的山坡。这一来，她就能摸到散发着甜香气息的潮湿树叶……

她下了马，把缰绳挂到一棵树的断枝上，缓缓穿过覆盖整座小山的刺柏。小山另一边是片开阔地带，在密林中格外显眼——无疑是场肆虐的大火留下的，但应该是很久以前的事了，因为空地里没有发黑或烧焦的树干，到处都绿意盎然，长着矮小的桦树和冷杉。在她目力能及之处，路线似乎畅通无阻。

而且安全。

他们在怕什么？她心想。松鼠党吗？可他们有什么好怕的？我就不怕精灵。我又没对他们做过什么。

精灵。松鼠。松鼠党。

在桥头堡，被杰洛特赶走之前，希瑞瞥见了那些尸体。她对其中一具记得尤其清楚——他的脸上盖着头发，粘连着发黑的血，脖子不自然地扭曲，面孔上凝固着骇人的狰狞表情，上唇后露出又白又细的牙齿，半点都不像人类。她还记得那个精灵的靴子：破破烂烂，长及膝盖，底部饰有花边，靴帮上扣着好些铸铁搭扣。

两个精灵杀了人类，又在战斗中死去。杰洛特说必须保持中立……亚尔潘又说做事要无愧于心，免得将来求人原谅……

她踢散一块鼹鼠的土堆，用脚跟踩着沙土，陷入沉思。

谁该乞求谁的原谅呢？

松鼠党杀戮人类。尼弗迦德人在资助他们，利用他们，煽动他们。尼弗迦德人。

希瑞没忘辛特拉发生的事——尽管她很想遗忘。恍惚、绝望、恐惧、饥饿与痛苦……很久以后,河谷地区的德鲁伊找到并接纳她之后,又多了冷漠与麻木。在她的记忆中,当时的事仿佛笼罩着一层迷雾,她只希望自己再也不要想起。

可它们还是会回来。回到她的脑海,钻进她的梦中。辛特拉。雷鸣般的马蹄声、野蛮的呼喊声、尸体、火焰……头戴羽翼盔的黑骑士……以及之后……河谷地区的小木屋……大火烧黑的烟囱竖立在焦黑的废墟中……废墟旁边,一口完好无损的水井旁边,有只黑猫正在舔舐身侧的可怕烧伤。水井……水泵……水桶……

满满一桶血。

希瑞抹把脸,吃惊地低下头,看着自己的手。掌心是湿的。女孩擤擤鼻子,又用袖子擦掉眼泪。

中立?冷漠?她想尖叫。猎魔人要冷漠地袖手旁观?不!猎魔人必须守护民众,保护他们不受林地矮妖、吸血鬼和狼人的伤害。不仅如此,他还必须保护人类不被任何一种邪恶所伤。而在河谷地区,我见识到了邪恶。

猎魔人必须守护和拯救。保护人们不被人吊在树上,被刀剑刺穿,慢慢流血而死。保护漂亮女孩不被人绑在木桩上,强行分开双腿。保护孩子们不被人屠杀,然后丢进水井。就连点燃的谷仓里,眼看要被烧死的猫儿都值得保护。所以我才想成为猎魔人,所以我才会拿到这把剑:为保护索登和河谷地区的人们——因为他们没有剑,不懂步法、侧身、闪躲和转体。没人教过他们如何战斗。面对狼人和尼弗迦德侵略者,他们既脆弱又无助。他们教我战斗,是为让我守护无助之人。这才是我要做的。我绝不会保持中立。我绝不会冷漠。

绝不！

她不知自己先察觉到了哪一点——是突然像冰冷的阴影一样笼罩住森林的寂静，还是她眼角余光捕捉到的动作。一瞬间，她本能地作出反应——这是她在逃离辛特拉时，在河谷地区的森林里为保命而学会的反应。她趴倒在地，爬到一棵圆柏树下，不再动弹。**但愿马儿也能保持安静**，她心想。

山谷另一边，有什么东西又动了一下：她看到树叶间浮现一道模糊的轮廓。有个精灵在灌木丛中警惕地朝外打量。他掀开兜帽，四下张望片刻，竖起耳朵，然后无声而迅速地走上山脊。在他身后，另有两个精灵探出身子。随后，其他精灵也动了。他们数量众多，排成一条直线，其中半数骑在马背上——他们放慢速度，在马鞍上坐直身子，显得专注而警惕。有那么一瞬间，她清楚地看到了他们所有人。在彻底的寂静中，在明亮天空的映衬下，他们鱼贯走入林木间一道光线明亮的开口——然后，他们不见了，融入蛮荒森林散发微光的阴影。他们就像鬼魂一样，无声无息地消失了。没有一匹马跺脚或喷出鼻息，精灵和马也没踩到任何一根树枝。悬在他们腰间的武器甚至没发出叮当的响动。

他们消失了，但希瑞没动。她还趴在圆柏树下的地面上，尽可能放轻呼吸。她知道，受惊的鸟和野兽会暴露她的位置，而任何声音或动作都可能让鸟和野兽受惊——即便是最微小、最谨慎的动作。直到森林彻底安静下来，就连精灵消失之处的树上，喜鹊也开始唧唧喳喳，她才爬起身。

她刚起身，就被一只手牢牢抓住。一只黑色皮革手套捂住她的嘴，模糊了她恐惧的尖叫。

"安静!"

"杰洛特?"

"我说了,安静。"

"你看到他们了?"

"看到了。"

"是他们……"她小声说,"松鼠党,对吗?"

"对。快回去找马。注意脚下。"

他们骑着马,谨慎而无声地下了山,但没回到路上。他们藏在树丛里。杰洛特警惕地扫视四周。他不准她独自骑马,也没给她红棕马的缰绳,而是自己牵着它。

"希瑞,"他突然开口,"千万别把我们见到的事说出去。别告诉亚尔潘,也别告诉温克。别告诉任何人。明白吗?"

"不。"她垂下头,嘟囔道,"我不明白。为什么不能说?我必须警告他们。杰洛特,我们站在哪一边?我们要对抗哪一边?谁是我们的朋友,谁又是我们的敌人?"

"明天我们就跟车队分开了。"沉默片刻过后,他说,"特莉丝已经康复得差不多了。我们会跟他们道别,各走各的路。我们有自己的问题,有自己的麻烦和烦心事。还有,我希望你别再把这个世界的居民划分成朋友和敌人。"

"我们要……保持中立?要冷漠,对吗?如果他们杀过来……"

"他们不会。"

"可如果……"

"听我说。"他转头看着她,"你想想,亨赛特王支援亚甸王国的贵重物品为什么不让人类运送,却偏偏找上矮人?我昨天就发现有个精灵在树上打量我们。我听到他们在夜里经过营地的声音。松鼠党不会攻击矮人的,希瑞。"

"可他们在这儿。"她喃喃道,"在这儿。他们正四下移动,包围我们……"

"我知道他们来这儿的原因。我来告诉你。"

他突然拨转马头,把缰绳丢给她。她用脚跟踢踢红棕马的肚皮,让马儿跑得快些,但他示意她跟在他身后。他们穿过路面,重新进入蛮荒的森林。猎魔人跑在前面,希瑞紧随其后。他们在沉默中前进了好一会儿。

"看。"杰洛特勒住马,"你看,希瑞。"

"那是什么?"她长吸一口气。

"莎依拉韦德。"

在他们前方,林木没有遮住视线的位置,竖立着光滑的花岗岩,还有边角粗钝的大理石块。风磨损了表面,雨水侵蚀了装饰图案,寒霜让石面开裂粉碎,树根将石块分成几片。在一棵棵树木之间,能看到折断的圆柱和闪闪发光的白色拱廊,残存的装饰雕带上盘绕着常春藤,还裹着厚厚的绿色苔藓。

"那……曾是座城堡?"

"是宫殿。精灵不建城堡。下马吧,马没法在乱石间行走。"

"谁毁了它?人类吗?"

"不,是他们自己。在他们离开之前。"

"为什么?"

"他们知道自己不会再回来了。这事发生在两百多年前,他们与人类的第二次冲突之后。在那之前,他们还没有在撤退时毁掉城镇的习惯。而人类也习惯了在精灵留下的建筑上建造城镇。诺维格瑞、牛堡、维吉玛、崔托格、马里波、希达里斯，都是这么建成的，包括辛特拉。"

"辛特拉？"

他点点头以示确认，目光不离这片废墟。

"他们离开了。"希瑞低声说，"可现在又回来了。为什么？"

"为了看看。"

"看什么？"

他一言不发，把手按在她肩头，轻轻推着她往前走。他们跳下大理石阶梯，落在富有弹性的榛树枝上：苔藓覆盖的石板地面上，几乎每条裂缝、每个开口里都生长着榛树。

"这儿是宫殿的中央，是它的核心。一座喷泉。"

"这儿？"奇形怪状的石块与石板间长着浓密的赤杨丛和白桦树，她看着它们，惊讶地问道，"在这儿？可这儿什么都没有。"

"过来。"

作为喷泉源头的小溪肯定改道过许多次，耐心且从不间断地冲刷着大理石块和雪花石膏制成的石板。后者或是凹陷，或是倒下形成水坝，再次改变了溪水的流向，结果便形成了许多浅水沟，将这片区域分割开来。到处都能见到瀑布般的水流，冲刷在残留的建筑物上，冲走了树叶、沙砾及其他杂物。在那些地方，大理石、陶土和马赛克工艺依然色彩鲜明，好像只伫立了三天，而非两个世纪。

杰洛特跳过小溪，走在残留的支柱间。希瑞跟了过去。他们跳下废弃的台阶，低头穿过拱廊里那道半埋在土丘下、但完好无损的拱门。猎魔人停下脚步，伸手指了指。希瑞惊叹一声。

五颜六色的陶土碎屑间,生长着一丛高大茂密的玫瑰,开满美丽而洁白的花朵。白银般明亮的露珠在花瓣上闪闪发光。玫瑰丛的枝条包裹着一大块白色石板,石板上有张雕刻精美的脸,水流和雪花并没有模糊或洗去它精细而高贵的五官。抢掠者的凿子挖出了浮雕上装饰用的黄金、马赛克和宝石,却没能毁损这张面孔。

"爱黎瑞恩。"长久的沉默过后,杰洛特说道。

"她真美。"希瑞攥住他的手,低声说道。猎魔人似乎没注意到。他凝视着那座浮雕,仿佛身陷遥远的另一个时空、另一个世界。

"爱黎瑞恩,"半晌后,他重复一遍,"也就是矮人和人类熟知的艾莉蕾娜。两百年前,她率领精灵与人类开战,而精灵中的长者们反对这一决定。他们知道自己没有取胜的可能,他们知道败北后精灵将一蹶不振,他们想保护自己的同胞,想继续生存下去。于是他们决定毁掉城镇,躲进人类难以接近的蛮荒群山……在那里等待。精灵寿命很长,希瑞,以我们的标准看,他们近乎永生。他们觉得人类终究会成为过去,就像干旱、寒冬或蝗灾,在那之后,雨水、春天和新的丰收便会到来。他们想坐等人类灭亡,想生存下去。他们毁掉了自己的城镇和宫殿,其中便包括美丽的莎依拉韦德宫——他们无上的骄傲。他们想挺过这场风暴,可艾莉蕾娜……艾莉蕾娜煽动了年轻人。他们拿起武器,追随她加入孤注一掷的最终一战。然后,他们遭到屠杀。无情的屠杀。"

希瑞一言不发,只是看着那张美丽而静谧的面容。

"他们死前还在呼喊她的名字。"猎魔人平静地续道,"他们不断重复她的口号,为莎依拉韦德而死。因为莎依拉韦德是个象征。他们为这堆岩石和大理石……为爱黎瑞恩而死。就像她承诺的那样,他们英勇、光荣又体面地死去。他们保全了荣誉，但结果仍是满目疮痍，还有濒临灭亡的命运。他们祸害了自己的同胞。你还记得亚尔潘说过的话吧？谁能掌控世界，谁又将面临灭绝？他的说法很粗俗，但每句都是实话。精灵活得很久，但只有他们中的年轻人才有生育能力，只有年轻人才能诞下子孙。可几乎所有年轻精灵都追随了艾莉蕾娜。他们追随爱黎瑞恩，莎依拉韦德的白玫瑰。我们如今就站在她宫殿的废墟上，站在她每晚都会聆听水声的喷泉旁边。而这些……这些就是她的花儿。"

希瑞沉默不语。杰洛特把她拉过来，伸出胳膊搂住她。

"松鼠党为什么在这儿，他们想看什么，现在你知道了吧？为什么绝不能再屠杀年轻的精灵和矮人，为什么你我不能参与到这场屠杀当中，现在你明白了吗？这些花儿四季盛开，它们本该到处疯长，本该比精心照料的花园玫瑰都更美丽。精灵还会回到莎依拉韦德，希瑞，许多许多精灵。对急躁和愚蠢的精灵来说，开裂的岩石是个警示，而对明智的精灵来说，这些永不枯死、不断重生的玫瑰才是真正的象征。那些精灵明白，如果有人拔出这丛玫瑰，焚烧地面，莎依拉韦德的玫瑰就再也不会绽放了。你明白了吗？"

她点点头。

"中立令你心烦意乱，但你明白它代表什么吗？保持中立不等于冷漠或麻木。你无须扼杀自己的感受，只要扼杀心中的仇恨就够了。你明白了吗？"

"是的。"她轻声回答，"我明白了。杰洛特，我……我想摘……摘一朵玫瑰花，好提醒我自己。可以吗？"

"去吧。"他犹豫片刻，然后说道，"为让你记住，去吧。我们得走了。该回车队了。"

希瑞把一朵玫瑰别进短上衣的束带。她突然轻呼一声,抬起手。一滴鲜血自她手指流淌而下,落进她的掌心。

"你被玫瑰刺伤了?"

"亚尔潘……"女孩看着填满自己手掌生命线的鲜血,轻声说道,"温克……保利……"

"什么?"

"特莉丝!"她用尖厉的、不像发自她喉咙的嗓音大声叫道。她全身震颤,又用手臂擦了擦脸。"快,杰洛特!我们得去帮忙!上马,杰洛特!"

"希瑞!你怎么了?"

"他们快死了!"

她纵马飞奔,耳朵几乎紧贴马颈。她催促坐骑,用脚跟踢着马腹,叫喊不停。林间小路的沙土在马蹄下飞扬。她听到远方传来尖叫声,嗅到了烟味。

两匹马拖着缰绳、挽具和断裂的车辕,径直冲向他们。希瑞没勒缰绳,就这么全速擦过,马嘴边的星点白沫甩到她的脸上。她听到身后传来洛奇的嘶鸣,还有被迫停下的杰洛特的咒骂。

她飞快地跑过一段弯道,来到一大片林间空地。

车队着火了。点燃的箭矢如一只只火鸟,自密林向马车飞去,射穿帆布,陷进木板。松鼠党发出战吼和呐喊,发动了进攻。

杰洛特在身后叫喊，但希瑞不闻不顾，径自朝最靠前的两辆马车奔去。其中一辆侧翻在地，亚尔潘·齐格林一手握斧，一手持十字弓，站在车旁。他脚边躺着个一动不动的人影，凌乱的蓝色衣裙下露出大腿，那是……

"特莉丝——！"希瑞在马鞍上坐直身子，脚跟重磕马腹。松鼠党的目标转向她，箭矢从女孩耳边掠过。她头一偏，但没减慢速度。她听到杰洛特的呼喊，他命令她逃进森林，但她不打算照办。她伏低身子，朝那些弓箭手冲去。突然间，她嗅到了衣服上那朵白玫瑰的芬芳。

"特莉丝——！"

几个精灵飞身避开疾驰而来的快马，希瑞的马镫蹭到其中一个。她听到一声锐响，坐骑随即发出嘶鸣，侧倒下去。希瑞看到一支箭深深埋进马儿的肩隆处，就在她大腿上方。她将双脚抽出马镫，跳起身，踩在马鞍上，用力跃起。

她轻巧地落在倾倒的马车上，用双手维持住平衡，再次一跃，以蹲伏的姿势落在一边怒吼一边挥舞斧子的亚尔潘身旁。他们旁边的第二辆马车上，保利·达尔伯格正在战斗，里格则身子后仰，双腿抵着木板，奋力控制住拉车的马。那几匹马狂乱地嘶吼着，四蹄扑腾，用力拉扯车辕，一心只想逃离吞噬帆布的烈焰。

她飞奔到特莉丝身旁，后者正躺在散乱的木桶和箱子中间。她抓住特莉丝的衣服，把她拖向倾倒的马车。女术士呻吟着，两手按在耳朵上方，抱住脑袋。希瑞身旁突然传来马嘶与蹄声——两个精灵挥舞长剑，朝亚尔潘发起猛攻。矮人像陀螺一样旋转身体，用斧子敏捷地挡开刺来的剑刃。希瑞听到咒骂声、嘟囔声、金属的摩擦与撞击声。

又有几匹马脱离着火的车队，卷着浓烟、烈焰和烧焦的破布朝他们直冲过来。车夫的身体无力地倒在驾驶位上,雅尼克·布拉斯站在他身边,只能勉强保持住平衡。他一手攥着缰绳,另一只手提着斧子,挡住从马车两边朝他攻来的两个精灵。第三个松鼠党跟拉车的马保持平行,朝马车侧面射出一支又一支箭。

"跳车!"亚尔潘抬高嗓门,盖过周围的喧嚣,"跳车啊,雅尼克!"

希瑞看到杰洛特追上那辆马车,手中剑光一闪,便将一个精灵扫下马鞍。温克从另一边拍马赶上,长剑砍向正朝马匹射箭的精灵。雅尼克丢掉缰绳,跳下车——正好落在第三个松鼠党的坐骑前方。精灵在马镫上站起,挥剑砍去。矮人倒在地上。与此同时,燃烧的马车闯进混战的双方之间,将他们冲散。疯马乱蹄踩下,希瑞在最后一刻勉强拉开了特莉丝。马车前的横木噼啪一声裂开,车身飞到空中,然后砸到地上,一只车轮脱落,正在闷燃的货物散得到处都是。

希瑞把女术士拖到亚尔潘倾倒的马车下,保利·达尔伯格急忙赶来搀扶。杰洛特为掩护他们,骑着洛奇挡在冲锋而来的松鼠党面前。马车周围,战火烧得正旺:希瑞听到叫喊声、刀剑交击声、马匹嘶鸣声,还有马蹄的踩踏声。面对精灵的围攻,亚尔潘、温克和杰洛特战意正酣,仿佛凶狠的恶魔。

又一辆马车冲散了双方,驾驶位上的里根正跟一个戴山猫皮帽的半身人扭打。半身人骑到里根身上,想用一把长刀砍他。

亚尔潘敏捷地跳上马车,抓住半身人的脖子,把他踢了下去。里根发出一声刺耳的尖叫,接着抓住缰绳,朝拉车的马挥鞭子。马匹用力拉扯挽具,车轮滚滚向前,瞬间开始加速。

"绕圈,里根!"亚尔潘大吼,"绕圈!绕着圈子跑!"

马车掉转车头，再次冲向精灵，迫使他们散开。其中一个精灵跳了起来，抓住了右前方那匹马的笼头，但没法阻止它前进。前冲的力道反而将他甩到马蹄和车轮之下。希瑞听到了一声极其痛苦的惨叫。

另一个精灵骑马从旁接近，长剑反手一扫。亚尔潘俯下身，剑刃砍中支撑帆布的铁环，冲力带着那精灵继续向前。矮人突然弓起身子，手臂猛地一挥。松鼠党大叫一声，僵硬地滚落马鞍，倒地不起。他的肩胛骨中间嵌着一把战锤。

"来啊，你们这群婊子养的！"亚尔潘挥舞他的战斧，咆哮道，"还有谁？绕圈，里根！绕圈跑！"

箭矢呼啸掠过，里根甩甩一头沾血的乱发，在驾驶位上弓起身，厉声怒吼，无情地抽打马匹。马车绕着小圈飞奔，制造出一道喷吐火焰和浓烟的移动屏障，掩护住倾倒的马车，掩护住躲在下面的希瑞，以及遍体鳞伤、神志不清的女术士。

离他们不远，温克的坐骑——一匹鼠灰色骏马——正轻快地迈着脚步。温克却弓起了身子。希瑞看到，一根白翎箭插在他的侧腹上。尽管受了伤，他仍娴熟地挥舞长剑，挡下从两侧攻来的两个徒步的精灵，随后从他们中间穿过。希瑞看到另一支箭射中他的背脊。专员身子前倒，趴在马颈上，但没落马。保利·达尔伯格赶忙上前援助。

希瑞只能靠自己了。

她伸手拔剑。训练时，她拔起剑来毫不费力，这时却怎么也拔不出来。它在抗拒她，顽固地留在剑鞘里，像被焦油黏住一般。在周围的混乱中，在过于迅速、以致在她眼里模糊不清的动作之间，她的剑慢得出奇——好像要过上许多世纪，她才能拔出那把剑似的。大地在颤抖。但希瑞突然意识到，颤抖的并非地面，而是她的膝盖。

保利·达尔伯格用斧子挡住一名精灵的进攻,同时将受伤的温克拖下马。洛奇从马车旁疾驰而过,杰洛特纵身扑向那个精灵。他的束发带不见了,白发在他脑后随风飞扬。两把剑碰撞在一起。

另一个徒步的松鼠党从马车后跃出,保利丢下温克,站起身来,挥出斧子。但他的动作突然一僵。

他面前站着个矮人,戴一顶松鼠尾巴装饰的帽子,黑胡须编成两条辫子。保利犹豫了。

黑须矮人却连片刻都没犹豫。他伸出双臂,斧刃呼啸落下,砍进保利的锁骨。伴随着骇人的骨骼碎裂声,保利一声不吭地倒了下去:这一斧的力道仿佛折断了他的双膝。

希瑞尖叫起来。

亚尔潘·齐格林跳下马车。黑须矮人旋身挥出一斧。亚尔潘敏捷地扭身避开,嘟囔一声,凶狠地挥斧反击。斧刃劈开了黑须矮人的喉咙、下巴和面孔,一直劈到鼻子。松鼠党仰天倒下,双手捶打地面,脚跟猛蹬泥土。

"杰——洛——特——!"希瑞尖叫起来。她感觉身后有什么东西在接近。她感觉死亡就在身后。

那是个稍纵即逝的模糊身影,但希瑞的反应迅如闪电,用在凯尔·莫罕学来的斜向格挡和伴攻应对。她的剑挡住对方的进攻,但立足不稳,身体向侧面斜得过了头,没法抵消全部力道。那一击让她倒在马车上,剑脱手了。

穿着长筒靴、双腿修长的精灵美女站在她面前,露出恶狠狠的笑容,随后掀开兜帽,抬起长剑。剑刃闪着耀眼的寒光,精灵手腕上的手镯也在闪闪发光。

希瑞连躲闪的力气都没了。

但长剑并未落下,也没刺出。精灵的眼睛没有看向希瑞,而是看着别在她衣服上的白玫瑰。

"爱黎瑞恩!"松鼠党高声叫道,仿佛要用这声呼喊粉碎自己的迟疑。但她太迟了。杰洛特推开希瑞,手中长剑劈开了精灵的胸口。鲜血飞溅上精灵女孩的脸和外衣,鲜红的液滴泼洒到纯白的玫瑰花瓣上。

"爱黎瑞恩……"精灵刺耳地呻吟着,跪倒在地。在倒下之前,她拼命发出另一声呼喊。那是一声响亮而绝望的长呼:

"莎——依——拉——韦——德——!"

◆━━◆━━◆

意识回到希瑞的身体中,正如它消失时一样突然。在充斥双耳的单调而沉闷的嗡鸣声中,希瑞听到了说话声。透过模糊的泪水,她看到了生者和死者。

"希瑞,"杰洛特跪在她身旁,轻声说道,"醒醒。"

"战斗……"她呻吟着坐起身,"杰洛特,怎……"

"结束了。多亏班·格林的部队前来增援。"

"你没有……"她闭上双眼,轻声说着,"你没有保持中立……"

"没有。但你还活着,特莉丝也活着。"

"她怎么样了?"

"亚尔潘赶去灭火时,她掉下马车,撞到了头。但她现在没事了,还能照顾伤员。"

希瑞扫视四周。在仅剩的几辆烧焦的马车飘出的烟雾之间,武装士兵的身影不时闪现。箱子和桶四处散落，其中有些摔得粉碎，里面的东西洒在地上。那只是些再普通不过的灰色石头。她目瞪口呆。

"给亚甸王德马维的援助！"亚尔潘·齐格林站在不远处咬牙切齿，"格外重要的秘密援助！意义重大的护送！"

"是个陷阱？"

矮人转身看着她，又看看杰洛特，然后把目光转回桶里洒落的石块，吐了口唾沫。

"没错，"他确认道，"是个陷阱。"

"给松鼠党设的陷阱？"

"不。"

阵亡者排成整齐的一排，并肩躺在一起——无论是精灵、人类还是矮人。雅尼克·布拉斯位列其中。穿高筒靴的黑发精灵也在。还有那个把黑胡须编成辫子的矮人，他身上干涸的血迹反射着火光。在他们身旁……

"保利！"里根·达尔伯格啜泣着，把哥哥的脑袋放在膝盖上，"保利！为什么？"

没人说话，一个都没有。就连知道原因的人也缄口不语。里根将沾着泪水、又因痛苦扭曲的面孔转向他们。

"俺该怎么告诉俺娘？"他哀号道，"俺该怎么跟她说？"

没人说话。

不远处，温克躺在地上，身着黑金相间服色的科德温士兵围在他身旁。他呼吸艰难，每口气都让他的唇角浮出血沫。特莉丝跪在他身旁，一位身穿闪亮铠甲的骑士站在两人身前。

"怎么样？"骑士问道，"术士夫人，他能活下来吗？"

"我已经竭尽全力了。"特莉丝站起身,抿住嘴唇,"可是……"

"什么?"

"他们用了这个。"她拿出一支箭,箭头十分古怪。她把箭插在旁边的木桶上。箭尖脱落,分裂成四根带有倒钩的细针。骑士咒骂起来。

"费雷德嘉德……"温克艰难地说,"费雷德嘉德,听我……"

"别说话!"特莉丝语气严厉,"也别乱动!咒语只能勉强维持你的生命!"

"费雷德嘉德。"温克重复一遍。他的嘴角渗出血沫,紧接着又渗出一团,"我们都错了……所有人都错了。不是亚尔潘……我们不该怀疑他……我为他担保。亚尔潘没有背叛……没有背……"

"安静!"骑士大喊,"别说了,威尔弗里德!喂,快点儿,拿担架来!担架!"

"没必要了。"女术士盯着温克不再有血沫渗出的嘴唇,语气空洞地说。希瑞转过头,把脸贴在杰洛特身侧。

费雷德嘉德站起身。亚尔潘·齐格林没看骑士,他正看着死者,看着依然跪在兄长身边的里根·达尔伯格。

"这很必要,齐格林。"骑士说,"我们在打仗。这是命令。我们必须确认……"

亚尔潘一言不发。骑士垂下目光。

"原谅我们。"他轻声说道。

矮人缓缓转头,看向骑士,看向杰洛特,看向希瑞。看向他们所有人。所有人类。

"你们对俺们做了什么?"他语气苦涩,"你们对俺们做了什么?你们把俺们当成了什么?"

没人回答。

长腿精灵的双眼呆滞无神，扭曲僵硬的嘴唇仿佛在无声地呐喊。

杰洛特把希瑞搂进怀里，缓缓取下那朵沾染了黑红污迹的白玫瑰，一言不发地丢在精灵松鼠党的尸体上。

"别了。"希瑞轻声道，"别了，莎依拉韦德的玫瑰。别了，还有……"

"原谅我们。"猎魔人补充道。

他们在大陆上流浪，顽固而傲慢，声称自己是邪恶的追猎者、狼人的降服者和幽灵的根除者。他们从轻信之人手中敲诈金钱，收到不光彩的酬劳后，便会前往附近地区，散播同样的谎言。最容易上钩的是诚实、单纯而又缺乏头脑的农夫，他们会轻易将所有不幸和坏事归咎于咒语、超自然生物和怪物，归咎于捕风捉影的妖精或邪灵。这些傻瓜不愿向神灵祈祷，也不愿为神庙提供慷慨的捐赠，宁愿把最后一枚铜币交给卑鄙的猎魔人。他们相信猎魔人——那些不信神灵的换生儿[①]——会扭转他们的命运，帮他们摆脱不幸。

——《怪胎，或对猎魔人的描述》
作者不详

我对猎魔人没什么不满的。让他们去狩猎吸血鬼吧，只要他们缴税就成。

——瑞达尼亚国王、"无畏者"拉多维德三世

如果你渴求正义，就雇个猎魔人吧。

——牛堡大学法律系教学楼墙上的涂鸦

[①]指欧洲民间传说中被妖怪偷换的孩子。

第五章

"你说什么?"

男孩吸着鼻涕,推推他那顶过大的丝绒帽——帽子侧面俏皮地装饰着一根野鸡羽毛——露出额头。

"你是骑士吗?"他重复一遍,用蓝得像天空的大眼睛看着杰洛特。

"不。"猎魔人回答,他为自己居然有闲心回复而吃惊,"我不是。"

"可你有把剑!我爸是弗尔泰斯特王的骑士。他也有把剑,而且比你的大!"

杰洛特用双肘挂着栏杆,朝驶船尾部不断打转的水面吐了口唾沫。

"你背在背上。"那个小鼻涕虫不依不饶。他的帽子又滑落下来,遮住了眼睛。

"什么?"

"你的剑。背在背上。你为什么把剑背在背上?"

"因为有人偷走了我的船桨。"

小鼻涕虫张开嘴巴，乳牙间的空隙大得令人惊叹。

"离船边远点儿。"猎魔人说，"还有，闭上嘴巴，不然苍蝇会飞进去。"

男孩的嘴巴张得更大了。

"灰毛蠢货！"小鼻涕虫的母亲大吼。她是个穿着华丽的贵妇人，正揪着儿子那件河狸皮斗篷的领子，把他拖开。"过来，埃弗雷特！告诉你多少回了，别跟路过的下等人搭话！"

杰洛特叹了口气，盯着晨雾中若隐若现的岛屿和诸多小岛的轮廓。在懒洋洋的三角洲水流中，这艘丑如乌龟的驳船正以恰如其分的速度——也就是堪比乌龟的速度——艰难前进。乘客们（大多是商人和农夫）纷纷趴在自己的行李上打起瞌睡。猎魔人再次展开卷轴，阅读希瑞的来信。

……我睡在一间叫"宿舍"的大厅里，你知道吗，我的床大得吓人。我跟中期班的女孩住在一起，一共十二人，但我跟尤妮德、凯蒂和爱若拉二世关系最好。今天我喝了肉汤，这儿最糟糕的是，有时我们必须用很快的速度喝完，还得早起。比在凯尔·莫罕还早。剩下的部分我明天再写，因为我们要去祷告了。在凯尔·莫罕，从来没人做过祷告，我真想知道为什么自己非得来这儿。这儿毫无疑问是座神殿。

杰洛特，南尼克嬷嬷读了我的信，说我不该写那些蠢事，而且字迹要清晰，不能出错。她要我写学习方面的事，说我过得既好又健康。我确实既好又健康，不幸的是，我很饿，好在晚餐时间就快到了。南尼克嬷嬷还说，祈祷对任何人都没坏处，对我是这样，当然啦，对你也是。

杰洛特，我又有空闲时间了，所以我会写自己在学什么：阅读和书写正确的符文字母、历史、自然、诗歌和散文，还有用通用语和上古语表达自己的看法。我在上古语课上表现最好，我也会写上古符文。我现在写一句，你可以自己看。Elaine blath, Feainnewedd。意思是：美丽的花儿，太阳之子。你看，我真的会写。还有……

我又能继续写了，因为我找到一支新羽毛笔，正好代替坏掉的那一支。南尼克嬷嬷读了这段，还表扬了我，说我的语法和拼写都没错。她让我告诉你，我很听话，你不用为我担心。别担心，杰洛特。

我又有时间了，所以我会写之前发生的事。我们在喂雌火鸡时——我、爱若拉和凯蒂——有只超大的火鸡袭击了我们，那家伙非常好斗，而且非常非常吓人。它先袭击了爱若拉，然后想袭击我，但我不怕，因为它比钟摆小得多，也慢得多。我躲开了，转体一周，然后用一根树枝狠抽它两下，最后它逃跑了。可惜南尼克嬷嬷不许我把剑带在身边，不然我就能让火鸡见识见识我在凯尔·莫罕学到的东西。我已经知道，用上古符文的话，凯尔·莫罕要写成 Caer a' Muirehen，意思是"上古之海的要塞"。难怪城墙的石头里嵌着那么多贝壳、蜗牛和小鱼。辛特拉的正确写法是 Xin'trea。我的名字来自上古符文里的 Zireael，意思是燕子，也就是说……

"你在读什么东西吗？"

他抬起头。

"是啊，怎么了？出什么事了？有人注意到什么了？"

"不，什么都没有。"船长说着，在皮革短上衣上擦擦手，"水面很平静，但周围起雾了，我们快接近鹤岛……"

"我知道。这是我第六次坐船来这边了,波特巴格,还不算回程。我熟悉这条路线。别担心,我不会放松警惕的。"

船长点点头,朝船首走去,一路跨过乘客们到处乱堆的行李和包裹。挤在驳船中部的马匹喷着鼻子,马蹄在甲板上踩得噔噔直响。船身位于水面中央,笼罩在浓密的雾气中。驳船的船头分开水面的百合。杰洛特转过头,继续读信。

……也就是说,我有个精灵名字。但我毕竟不是精灵,杰洛特。这儿也有人在谈论松鼠党。有时甚至会有士兵过来问问题,还叫我们不要医治受伤的精灵。别担心,春天的事我没跟任何人说过。我也没忘记练习,这点也不用担心。只要有时间,我就会去公园练习。但不是每天都去,因为我得跟其他女孩一样,去厨房或果园帮工。我们要学的东西多得要命。不过别介意,我会学的。因为南尼克嬷嬷告诉我,你也在神殿学习过。她告诉我,随便哪个傻瓜都能学会用剑,但女孩想做猎魔人,还得足够睿智才行。

杰洛特,你答应过会来的。来吧。

你的希瑞

又及:来吧,来吧。

再及:南尼克嬷嬷让我在结尾写上,赞美伟大的梅里泰莉,愿她的祝福和恩惠与你常伴。愿你万事顺利。

希瑞

我也想去艾尔兰德,他放下信,心想。但这样很危险。他们也许会跟着我——我不能再跟她通信了。南尼克用的是神殿的信使,但还是……该死的，太冒险了。

"唔……唔……"

"又怎么了，波特巴格？已经过鹤岛了。"

"而且没出任何意外，谢天谢地。"船长叹口气，"哈，杰洛特，看来这回又是一次平安的航行。雾随时都会消散，等阳光照过来，我就不用再担惊受怕了。那怪物不会在阳光下现身。"

"我可一点儿都不担心。"

"我也这么想。"波特巴格挖苦地笑笑，"公司雇你随行，无论路上有没有意外发生，你的钱袋都不会少一分钱酬劳，不是吗？"

"说得好像才知道似的。你在羡慕什么？羡慕我光是靠着栏杆看鸟就能赚钱？那你的酬劳呢？不也跟我一样，只要人在船上就行？一切顺利时，你根本无事可做。你从船首闲逛到船尾，对女人咧嘴微笑，或者怂恿哪个商人喝一杯。他们雇我随行是为以防万一。这次航行能够顺利，恰恰因为有个猎魔人在船上。猎魔人的开销已经包含在旅费里了，不是吗？"

"呃，这当然没错。"船长叹口气，"公司不会自己掏钱的。我太了解他们了。这五年来，我一直为他们在三角洲地带航行，从浮沫城到诺维格瑞，再从诺维格瑞回浮沫城。好吧，该干活儿了，猎魔人阁下。你继续靠着栏杆，我从船首闲逛到船尾。"

雾气消散了些。杰洛特从包里取出另一封信，这是他前不久从一位陌生信使那里收到的。他已经读了差不多三十次。

亲爱的朋友……

猎魔人轻声咒骂一句，看着这些有棱有角的工整文字，有力的笔触完美地反映出写信者的心情。他的心里再次涌起对自己的强烈愤怒。一个月前，写信给那位女术士时，他用了整整两晚思考如何开头。最后，他决定用"亲爱的朋友"。现在报应来了。

亲爱的朋友，你出人意料的来信给我带来了莫大的欢欣——自从三年前最后那次见面，我再也没收到过你的书信。更令我欢欣的是，这几年流传着不少谣言，提到你的意外惨死。还好你决定用写信的方式否认这些传闻，真是太好了；更好的是，你这么快就给我写了信。从信中内容看，你似乎过着平静而又百无聊赖的生活，缺乏任何形式的刺激。现如今，这样的生活弥足珍贵。亲爱的朋友，我为你能过上这种生活而欣喜若狂。

你突然屈尊关心我的健康，让我非常感动，亲爱的朋友。我会恭敬地回答你，是的，我现在感觉不错，身体的不适已经过去，我也解决了那些麻烦，具体细节我就不拿来烦你了。

命运带给你的那件意外的礼物令我担忧并烦心。你需要专业协助的看法完全正确。尽管你对困难的描述令人费解——这倒也合情合理——但我相信自己很了解问题的根源。而且我同意你的看法：另一位巫师的帮助绝对必要。

作为你求助的第二个人，我深感荣幸。能在你的名单上排这么高，我更是受宠若惊。

放心吧，亲爱的朋友，如果你打算请求其他巫师的帮助，请打消念头，因为没有必要。我会立刻出发，前往你以拐弯抹角的方式——当然原因我也非常理解——指明的地点。不用说，我会以非常隐秘的方式离开,并且处处小心。我能推测出目前面临的麻烦的本质,并尽我的全力平息那股力量。我会努力不让你求助过、正在求助或是经常求助的那位女士把我比下去。毕竟,我是你亲爱的朋友。你珍贵的友谊对我至关重要,所以我不会让你失望的,亲爱的朋友。

如果你在随后几年里想给我写信,请片刻都不要犹豫。你的来信总能带给我无穷的快乐。

你的朋友,叶妮芙

信纸散发着丁香和醋栗的味道。

杰洛特咒骂起来。

脚步声和甲板的摇晃将他拉回现实:驳船正在改变航向。一部分乘客挤在右舷。波特巴格船长正在船头发号施令,驳船缓慢而费力地转向泰莫利亚的河岸,离开航道,为迷雾中浮现的另外两条船让路。猎魔人好奇地看着这一幕。

靠前的是艘庞大的三桅帆船,至少一百四十码长,桅杆上飘扬的深紫色旗帜带着银边。后面是艘相对矮小细长的划桨帆船,四十只船桨划得很有节奏,桅杆上飘着一面黑旗,旗面上有个金红色的 V 形图案。

"哦哦,好大的船。"波特巴格在猎魔人身边说,"瞧瞧它们在河里行驶的模样,掀起的浪头多大呀。"

"有意思。"杰洛特嘟囔道,"三桅帆船打着瑞达尼亚的旗号,划桨帆船却来自亚甸。"

"的确来自亚甸。"船长确认道,"还是哈吉总督的旗号。不过仔细看,两艘船的龙骨都很锋利,吃水都在四码左右,说明它们要去的不是哈吉要塞——这两艘船根本没法通过那边的急流和浅滩。他们要去浮沫城，或者白桥。你看，甲板上还挤满了士兵。那可不是商船，是战舰，杰洛特。"

"三桅帆船上有位重要人物。他们在甲板上搭了帐篷。"

"没错，贵族旅行都这样。"波特巴格点点头，用驳船船壳上剥下的一块木片剔着牙齿，"坐船更安全。精灵突击队在森林里神出鬼没，没人知道哪棵树后会飞出一支箭来，但在水上就不必担心了。精灵就像猫，不喜欢水。他们宁可蹲在草丛里……"

"肯定是个真正的大人物。那帐篷很豪华。"

"没错，有这可能。谁知道呢，也许是国王维兹米尔本人大驾光临了？现在各种各样的人都走水路……说到这个，在浮沫城时，你要我留意有没有人对你感兴趣，或者打听你的事。好吧，那边那个废物，瞧见没？"

"别指着他，波特巴格。是谁？"

"我怎么知道？他过来了，你自己问吧。瞧他摇摇晃晃的样子！活见鬼，现在河水平得跟镜子一样。那个脓包，要是船稍微摇晃一点儿，恐怕他就得趴地上了。"

"脓包"是个瘦小的男人，年龄很难判断，穿件肥大且算不上干净的斗篷，上面别着一根圆形的黄铜胸针。胸针上的别针显然弄丢了，取而代之的是根掰弯的平头钉子。那人走上前来，清清嗓子，眯缝起近视的双眼。

"唔……请问您是闻名遐迩的猎魔人、利维亚的杰洛特吗？"

"是的，阁下。我就是。"

"请允许我自我介绍。我是莱纳斯·皮特，牛堡学院自然历史系的硕士导师兼讲师。"

"认识您我很荣幸。"

"唔……我听说您,阁下,正接受马拉迪乌斯和格洛克公司的委托,负责保护这条船。显然因为某只怪物可能会发起袭击。我很想知道,那是一只怎样的'怪物'。"

"我也很好奇。"猎魔人靠向栏杆,看着泰莫利亚河堤上湿地草甸的黑色轮廓在迷雾中若隐若现,"而我自己得出结论,他们雇用我,很可能是为防范正在附近出没的松鼠党突击队的袭击。我从浮沫城到诺维格瑞航行过六次,但连一只蜻蜓怪都没见过……"

"蜻蜓怪?那是民间的通俗称呼吧?我希望你能用更系统的科学术语。唔……蜻蜓怪……我当真不知道你是指哪种……"

"我指的是长满疙瘩、皮肤粗糙、身长足有四码的怪物,外表就像布满藻类的树桩,长着十只爪子,牙齿像圆锯。"

"这段描述在科学准确性方面还有很大的改进空间。会不会是龙虱科昆虫的某一种?"

"我不排除这种可能性。"杰洛特叹口气,"据我所知,蜻蜓怪属于各科生物中异常恶毒的一种,无论用多难听的名字称呼都不算侮辱。问题在于,硕士导师阁下,据说这种残忍生物的一员两周前袭击了这家公司的驳船。就在这儿,三角洲地带,离我们目前的位置不远。"

"这么说的人,"莱纳斯·皮特发出刺耳的笑声,"要么非常无知,要么就是在说谎。这种事根本不可能发生。我很了解三角洲地带的动物群。这儿根本没有龙虱科的昆虫,也没有其他危险的食肉物种。这片水域盐度可观,水中的化学成分也很不正常,尤其是在满潮时——"

"在满潮时,"杰洛特插嘴道,"潮水会流经诺维格瑞运河,准确地说，三角洲连一滴正常的水都不会剩下。只有充斥着排泄物、肥皂沫、油和死老鼠的液体。"

"真不幸，真不幸。"硕士导师悲伤地说，"环境恶化得……也许你不会相信，仅仅五十年前，这条河里还栖息着两千种鱼，而现在还剩下不到九百种。真是令人伤感。"

他们一起靠着栏杆，看着浑浊深邃的绿水。涨潮肯定开始了，因为水的臭味变得浓烈。第一只死老鼠浮上水面。

"白鳍胖头鱼已经死绝了，"莱纳斯·皮特打破沉默，"胭脂鱼也绝种了，还有黑鱼、西萨拉鱼、斑纹泥鳅、红腹鲦鱼、长须白杨鱼、帝王梭鱼……"

距离船侧大概二十码远，水面翻涌起来。有那么一瞬间，两人都看到一条至少二十磅重的帝王梭鱼吞吃了一只死老鼠，然后优雅地一甩尾鳍，消失在水下。

"那是什么？"硕士导师发起抖来。

"不知道。"杰洛特看着天，"也许是企鹅？"

学者瞥了他一眼，咬住嘴唇。

"但我百分之百肯定，它不是你虚构的蜻蜓怪！我听说猎魔人对某些稀有物种有相当可观的了解。而你呢，你只会重复谣言和传说，还用极其粗鲁的方式嘲笑我……你到底有没有听我说话？"

"这雾不会散的。"杰洛特轻声说道。

"啊？"

"风还是很弱。等我们的船航行到小岛间的河湾，风只会更弱。就算到了诺维格瑞，雾也不会散。"

"我不去诺维格瑞。我会在牛堡下船。"皮特干巴巴地说，"你说这场雾？它还没浓到影响航行的程度，你说对吧？"

戴羽毛帽的小男孩从他们身旁跑过，奋力探出身子，用手里的树枝去够贴着船身的死老鼠。杰洛特走上前去，从他手里夺走了树枝。

"走开。别站在栏杆旁边！"

"妈妈——"

"埃弗雷特！赶紧过来！"

硕士导师站起身，目光锐利地打量着猎魔人。

"看起来，你真相信我们有危险？"

"皮特阁下，"杰洛特尽可能冷静地说，"两星期前，在船运公司的一条驳船上，有两名乘客被某个东西掳走。那件事就发生在雾里。我不知道那是什么。也许真是你所谓的'龙虱'，也可能是条长须白杨鱼。但我觉得是只蜻蜓怪。"

学者撇嘴。"推测，"他宣称，"应当建立在可靠的科学依据之上，而非传闻和谣言。我告诉过你，龙虱——也就是你坚持称为蜻蜓怪的东西——在三角洲水域中并不存在。它在半个世纪前就灭绝了。顺带一提，那正是因为你这种人随时会杀死任何看起来不对劲的东西，不经过思索和观察，甚至不去考虑它的生态位。"

有那么一瞬间，杰洛特由衷地想把蜻蜓怪的生态位告诉给这位学者，但他改变了主意。

"硕士导师阁下，"他平静地说，"被掳走的乘客之一是个怀孕的年轻少妇，她只是想在凉水里泡一泡发肿的脚。从理论上来说，她的孩子某天可能会成为你们学校的校长。就生态学来说，我的看法有什么问题吗？"

"这种看法不科学。你过于情绪化，过于主观。自然由它自身的规律支配，尽管那些规律残忍又无情，却不须人为的修正。这是一场生存斗争！"硕士导师靠在栏杆上，往水里吐口唾沫，"无论你有什么借口，都不能为灭绝物种正名，哪怕灭绝的是掠食性动物。你还想说什么？"

"我想说，你这样探出身子很危险。也许附近就有一只蜻蜓怪。你想为蜻蜓怪的生存斗争付出自己的生命吗？"

莱纳斯·皮特放开栏杆，突然跳到一旁。他的脸色有些发白，但很快恢复了镇定。他又抿起嘴唇。

"猎魔人，你对想象出来的蜻蜓怪想必很了解喽？"

"肯定不如你。择日不如撞日，趁这机会开导一下我吧，硕士导师阁下，给我讲讲你在水生食肉动物方面的知识。我很乐于聆听，而且这一来，旅途时间也就容易打发了。"

"你在嘲笑我？"

"完全没有。我当真是想填补自己知识上的空白。"

"唔……如果你真心……有何不可？那就听着吧。龙虱科属端足目，在科学界包含四个已知物种。两种只生活在热带水域。在我们的气候带，你可能遇见的——虽然可能性很低——只有体型不大的长尾龙虱，以及稍大些的红边龙虱。这两个品种的群落生活环境是静止或流速非常缓慢的水域。两种龙虱的确是食肉动物，倾向于捕捉温血动物……你有要补充的吗？"

"现在没有。我正在专心听讲。"

"好吧，唔……学术著作里提过名为'伪龙虱'的亚种，生活在安格林的沼泽水域。但艾德斯伯格那位博学的巴姆勒最近证实，所谓'伪龙虱'是个截然不同的物种，属于稚鳕科，捕食对象只包括鱼类和小型两栖动物。它被命名为'巴姆勒贪食鱼'。"

"那怪物真走运,"猎魔人笑道,"这是它第三次被人类命名了。"

"怎么会?"

"你说的生物是巨水蜻,在上古语里叫 cinerea。如果博学的巴姆勒说它只捕食鱼类,那我猜他从没在有巨水蜻的湖里洗过澡。不过有件事上巴姆勒没说错:蜻蜓怪和巨水蜻的共同点,正如我和狐狸的共同点——我们都爱吃鸭子。"

"什么巨水蜻?"博士导师轻蔑地昂起头,"巨水蜻只是虚构生物!的确,你在学识方面的匮乏令我失望。说真的,我为你的……"

"我知道,"杰洛特打断他的话,"只要对我稍有了解,我的魅力就会大打折扣。但我还是希望再稍稍纠正一下你的理论,皮特阁下。蜻蜓怪一直生活在三角洲地带,而且会继续生活下去。的确,它们一度有灭绝的危险,因为它们以小海豹为生——"

"是河生鼠海豚。"硕士导师纠正道,"别这么无知。别把鼠海豚当成——"

"它们以鼠海豚为生,而鼠海豚因为长得像海豹而遭到捕杀,它们的皮和油脂就像海豹皮和海豹油脂。后来,这条河的上游区域开掘了运河,建造了水坝和水闸,水流越来越缓慢,三角洲淤泥堆积,陆地逐渐扩大。接着,蜻蜓怪发生了突变。它们适应了环境。"

"啥?"

"人类重建了它的食物链,用其他温血动物替代了鼠海豚。羊、牛和猪被运送到三角洲。蜻蜓怪很快发现,三角洲水域的每条驳船、木筏或三桅帆船,实际上都是一碟美餐。"

"那突变呢?你提到突变!"

"这种液体肥料,"杰洛特指指绿色的水面,"似乎很适合蜻蜓怪,有助于它们生长。那些该死的怪物能长得非常巨大,甚至不费什么力气就能把一头牛拖下木筏——把人类拖下甲板更是不算什么——尤其是船运公司用来运送乘客的大驳船的甲板。你自己也能看到这船吃水有多深。"

硕士导师飞快地后退,穿过拥挤的马车和行李,尽可能远离船边。

"我听到水声!"他盯着小岛间的雾气,喘息不定,"猎魔人!我听到……"

"冷静。除了水声,你还能听见桨架上船桨的嘎吱声。那是瑞达尼亚河岸海关人员坐的船。你很快就能看到了,而他们引起的骚动足以和三只——甚至四只——蜻蜓怪相比。"

波特巴格飞奔而过,差点撞到头戴羽毛帽的小男孩,他恶狠狠地咒骂起来。乘客们变得紧张,纷纷查看自己的随身物品,努力藏起那些走私货物。

又过一会儿,一条大船和驳船接舷,四个愤怒、吵闹而又精力充沛的家伙跳上甲板。他们围住船长,凶狠地大喊大叫,试图让船长重视他们的身份。然后,他们热切地扑向旅客们的财产和行李。

"还没靠岸就来检查了!"波特巴格走向猎魔人和硕士导师,抱怨道,"这是违法的吧?毕竟我们还没踏上瑞达尼亚的国土呢。瑞达尼亚在右岸,离这儿还有半里呢!"

"不,"硕士导师反驳道,"瑞达尼亚和泰莫利亚的边界线位于庞塔尔河的正中央。"

"河水该他妈怎么测量?这儿可是三角洲!小岛、浅滩和岩岛会不断改变水流的路线,航路每天都不一样!真该死!嘿!你这小鼻涕虫!"

把那钩篙放下，不然我打肿你的屁股！尊贵的女士！看好你的孩子！真该死！"

"埃弗雷特！放下，你的手会弄脏的！"

"箱子里是什么？"海关官员大吼，"嘿，解开包裹！这马车是谁的？有流通币吗？我说，有流通币吗？泰莫利亚货币还是尼弗迦德货币？"

"关税战争就是这样。"莱纳斯·皮特看着这场混乱，脸上挂着睿智的表情，评论道，"维兹米尔王强迫诺维格瑞①启用优先售卖权②。泰莫利亚的弗尔泰斯特王作出反击，在维吉玛和苟斯·维伦全面开放优先售卖权。这对瑞达尼亚商贩是个沉重的打击，于是维兹米尔王开始对泰莫利亚商品增收关税。他在维护瑞达尼亚的经济。泰莫利亚充斥着尼弗迦德工坊生产的廉价货物，所以这些海关官员才会这么激动，如果太多尼弗迦德商品入境，瑞达尼亚的经济就会一蹶不振。瑞达尼亚几乎没有任何工坊，他们的手艺人也没法跟外国同行竞争。"

"简而言之，"杰洛特笑着说，"尼弗迦德正用商品和黄金慢慢占领它没能用武力夺取的土地。泰莫利亚王国不会自卫吗？弗尔泰斯特怎么不封锁南部边境？"

"怎么封锁？那些商品是从玛哈坎、布鲁格、维登，还有希达里斯的港口流入的。商人只在乎利润，他们不关心政治。如果弗尔泰斯特王封锁边境，商人行会将提出强烈抗议……"

---

①诺维格瑞是自由城市，位于瑞达尼亚境内，但没向瑞达尼亚王国称臣。
②类似欧洲中世纪法律赋予的一种权利，让某些城市可以强迫过往商旅先在本地售卖一段时间，然后才能带着剩余货物离开。

"有流通币吗？"一个海关官员站在旁边大吼，用充血的双眼打量他们，"有什么东西要申报的？"

"我是学者！"

"你咋不说你是亲王？我在问你带了什么。"

"离他们远点儿，博拉泰克。"为首的海关官员道，他个子高挑，双肩宽阔，留着一副黑色大胡子，"不认识这位猎魔人吗？你好啊，杰洛特。你认得他吗？他是学者？阁下，这么说你要去牛堡，对吗？没带任何行李？"

"正是。去牛堡。没带任何行李。"

官员拿出一块硕大的手帕，擦了擦额头、胡子和脖颈。

"杰洛特，今天情况如何？"他问，"那怪物现身了吗？"

"没有。你呢，奥尔森，瞧见什么没？"

"我可没时间四处张望。我在工作。"

"我爸，"埃弗雷特无声无息地凑上前来，大声说，"是弗尔泰斯特王的骑士！他的胡子比你更长！"

"滚开，小孩儿。"奥尔森说着，重重叹了口气，"杰洛特，有伏特加吗？"

"没有。"

"我有。"来自学院的学者从包里拿出一只皮酒壶，让所有人吃了一惊。

"我这儿有小吃。"波特巴格不知从哪儿冒了出来，"熏河鳕！"

"我爸……"

"滚犊子，你这鼻涕小鬼！"

他们走到马车阴影下，坐在盘起的缆绳上，轮流抿着酒壶里的酒，大口吃着熏鳕鱼。奥尔森中途离开一会儿，去处理一场争执。有个来自玛哈坎的矮人商贩要求少交些税，还想让海关官员相信，他带着的毛皮并非取自银狐，而是某种大得离谱的猫。至于流鼻涕的捣蛋鬼埃弗雷特，他母亲完全不想接受检查，不断叫嚣自己丈夫的地位，以及贵族应该享有的特权。

驳船拖曳着越聚越多的睡莲、百合和水草，沿着宽阔的海峡，缓缓穿行于灌木覆盖的小岛之间。芦苇间的大黄蜂发出吓人的嗡嗡声，乌龟也时不时发出尖锐的鸣哨。单脚站立的鹤冷静地凝视着水面，知道自己无须花费太多力气——鱼儿迟早会自己游过来。

"杰洛特，你怎么想？"波特巴格又舔了一遍鳕鱼皮，"又一次平静的航行。你明白我在说什么吧？那怪物不是傻瓜，它知道你蹲在船上。听我说——我老家村里有条河，河里住着一只水獭，它经常钻进我家院子，咬死家养的母鸡。它非常狡猾，总趁我爸、我和我兄弟们不在家时溜进来。它只在我爷爷一人看家时出现。要知道，我爷爷脑袋有点糊涂，两条腿还瘫痪了。好像那只水獭，那只狗娘养的水獭知道这些似的。然后有一天，我爸……"

"从价①的百分之十！"驳船中部，矮人商贩挥舞着狐狸皮大喊道，"我就欠你这么多，我不会再多付你一枚铜板！"

"那我就全部没收！"奥尔森怒吼道，"我会告诉诺维格瑞守卫，让你跟你的'从价'一起进班房！博拉泰克，他的税金一个子儿也不能少！嘿，你们一点儿都没给我留吗？剩的酒全喝光了？"

"坐吧，奥尔森。"杰洛特给他让出位置，"看得出，你工作压力

---

①原文为拉丁语，指根据货物价格的百分比收税。

不小。"

"唉，总有人这么跟我说。"奥尔森叹口气，喝口壶里的酒，抹了把胡子，"我打算辞职，回亚甸去。我是个温格堡出生的老实人，跟姐姐姐夫来了瑞达尼亚，但我要回去了。你知道吗，杰洛特？我有参军的想法。他们说德马维王正在招募特殊部队。在营地受训半年，就能拿到士兵的酬劳，足有我现在收入——算上贿赂——的三倍。这熏鳕鱼好咸。"

"我听说过这支特殊部队。"波特巴格确认道，"为对付松鼠党建立的，因为常规部队没法应付精灵突击队。我听说他们尤其鼓励半精灵入伍。但训练他们作战的营地听起来就像地狱。受训者只有一半拿到了士兵的酬劳，另一半进了墓地。"

"理所应当。"奥尔森说，"船长阁下，能进特殊部队的可不是普通士兵。他们不像笨手笨脚的盾牌兵，只要学会用标枪的尖头扎人就行。特殊部队必须精通战斗！"

"奥尔森，原来你是这么勇猛的战士啊！你真不怕松鼠党？不怕他们用箭射你的屁股？"

"有啥好怕的！我也懂得怎么拉弓。我跟尼弗迦德人战斗过，精灵对我来说不算什么。"

"我听说，"波特巴格颤抖着说，"如果有人被松鼠党活捉……会生不如死。松鼠党会用各种残忍的手段折磨俘虏。"

"哦，拜托你闭嘴吧，船长阁下。别跟婆娘似的胡言乱语。战争就是战争。你痛打敌人，他们当然会还手。别担心，我们的人也没让精灵俘虏好受过。"

"真可怕。"莱纳斯·皮特把吃剩的鳕鱼头和鱼尾丢到船下，"暴力只会催生暴力,憎恨已扎根人心……同胞手足遭到毒害……"

"啥?"奥尔森皱起眉头,"说人话!"

"艰难的时代近在眼前。"

"这倒没错。"波特巴格表示赞同,"大战无可避免。渡鸦每天都聚集在空中,它们已经闻到了腐肉的味道。女先知伊丝琳也预言了世界的终结。白光即将到来,随后是白霜。也可能先白霜后白光,我把顺序给忘了。人们都说天空中能看到征兆……"

"你该留神看着航路,船长,而不是天空,不然你这小船就该开到浅滩上了。哦,我们已经接近牛堡了。瞧啊,都能看见大木桶了!"

雾气这时已稀薄了不少,他们能看到右边河岸上的小山和沼泽草甸,还有更高处的一部分高架渠。

"先生们,那是一套实验性质的下水道净化设备,"硕士导师吹嘘道,推开递来的酒壶,"是科学上的巨大成功,学院的重要成果。我们修复了精灵陈旧的高架渠、运河和沉淀物捕集器,已经开始对学院、城镇、周边村落和农庄的下水道进行净化。你们所说的大木桶是台沉淀物捕集器。这是科学上的巨大成功——"

"低头,快低头!"奥尔森说着,在栏杆后面蹲下,"去年那玩意儿爆炸了,粪便一直崩到鹤岛。"

驳船在岛屿间穿行,塔楼般的沉淀物捕集器和高架渠消失在迷雾中。所有人都松了口气。

"波特巴格,你不打算在牛堡靠岸了?"奥尔森问。

"我得先去橡实海湾,好捎上泰莫利亚的鱼贩和商人。"

"唔……"海关官员挠挠脖子,"那个海湾……听我说,杰洛特,你跟泰莫利亚人没什么矛盾吧?"

"干吗问这个?有人向你打听我?"

"你猜对了。你说过,要我留意对你感兴趣的人。啊,你肯定想不到,泰莫利亚卫兵打听过你。那儿的海关官员跟我关系不错,是他告诉我的。味道不对啊,杰洛特。"

"你说水?"莱纳斯·皮特紧张地问,看向高架渠的方向。

"还是那个小鼻涕虫?"波特巴格指着仍在附近转悠的埃弗雷特。

"我说这事儿味道不对。"奥尔森的脸有些抽搐,"听着,杰洛特,泰莫利亚海关官员说,卫兵问了些奇怪的问题。他们知道你在马拉迪乌斯和格洛克公司的驳船上担任护卫。但他们打听……你是不是一个人。你是不是——活见鬼,别笑啊!他们似乎想知道,是不是有个未成年女孩陪着你。"

波特巴格笑出了声。莱纳斯·皮特看着猎魔人的眼神带上了厌恶——多半以为这个白发男人的恋童倾向引来了执法者的关注。

"正因如此,"奥尔森咳嗽一声,"那位泰莫利亚海关官员觉得,这里或许牵扯了什么私人恩怨,比如……呃,女孩的家人或未婚夫前来寻仇什么的。于是那位官员谨慎地向卫兵询问,最后发现,原来委托他们的是个贵族。那家伙巧舌如簧,出手阔绰,他自称……里恩斯,或者类似的名字。他左脸颊上有块红印,看起来像是烧伤。你认识这么个人吗?"

杰洛特站起身。

"波特巴格,"他说,"我要在橡实海湾下船。"

"出什么事了?怪物怎么办?"

"那是你的问题了。"

"说到问题,"奥尔森插嘴道,"往右舷看,杰洛特。说啥啥就来。"

在一座岛屿背后,一条平底驳船在迅速消散的雾气中浮现,桅杆上挂着一面缀着银色百合图案的黑色三角旗,旗子有气无力地摆荡着。船员由几个头戴制式尖顶帽的泰莫利亚守卫组成。

杰洛特飞快地伸手进包,取出两封信——一封是希瑞写的,一封来自叶妮芙。他将信纸迅速撕成小片,丢进河里。奥尔森沉默地看着他。

"我能问问你在做什么吗?"

"不行。波特巴格,照顾好我的马。"

"你想……"奥尔森皱起眉头,"你打算……"

"我怎么打算是我的事。别插手,否则后果自负。他们打着泰莫利亚的旗号。"

"让他们的旗号见鬼去。"奥尔森把腰带上的弯刀挪到更称手的位置,又用袖子擦擦他的彩饰护颈甲,上面的图案是红底上的一头老鹰,"只要我还在船上检查,这儿就是瑞达尼亚的领地。我不允许——"

"奥尔森,"猎魔人抓住他的袖子,插嘴道,"拜托,别插手。面带烧伤的男人不在那条驳船上,而我必须弄清楚他是谁,有什么目的。我得跟他面对面。"

"你打算就这么跟他们走?别犯傻了!假如这事真是私人恩怨,是那家伙委托卫兵帮他报仇,那只要过了这座小岛,他们就会把船锚缠在你的脖子上,把你丢下河。到那时,你就只能跟河底的螃蟹面对面了!"

"他们是泰莫利亚卫兵,不是强盗。"

"真的?瞧瞧他们凶神恶煞的样子!还有,我很快就能弄清他们真正的身份。等着瞧。"

平底驳船迅速靠近，跟他们的船接舷。一个守卫丢过绳索，另一个人则把钩篙挂在栏杆上。

"我是船长！"三个守卫跳上甲板，波特巴格拦住他们，"这条船属于马拉迪乌斯和格洛克公司！你们……"

一个健壮的秃头守卫伸出橡树般粗细的胳膊，粗暴地推开他。

"我找杰拉德，利维亚的杰拉德！"他的嗓门活像炸雷，上下打量着船长，"船上有这人吗？"

"没有。"

"我就是。"猎魔人跨过行李和包裹，走近些，"我是杰洛特，利维亚的杰洛特。怎么回事？"

"我奉律逮捕你。"秃头男人的双眼扫过诸多乘客，"女孩在哪儿？"

"只有我一个。"

"你撒谎！"

"等等，等等。"奥尔森从后面走来，把手按在杰洛特肩上，"冷静点儿，别大喊大叫。你们来迟了，泰莫利亚人。他已被依法逮捕了。被我逮捕。罪名是偷运货物。我奉按命带他去牛堡的卫兵室。"

"这算啥？"秃头男人皱起眉头，"那个小女孩呢？"

"这儿没什么小女孩，从来没有。"

卫兵面面相觑，犹豫起来。奥尔森露出大大的笑容，摸摸他的黑胡子。

"知道现在该怎么做吗？"他哼了一声，"泰莫利亚来的各位，跟我们去牛堡吧。我们都是头脑简单之人，怎么懂得复杂的法律细节呢？

牛堡卫兵室的指挥官通晓世故，他会主持公道。你们认识我们的指挥官，对吧？因为他跟你们在海湾的指挥官很熟。你们只要把情况告诉他……给他看看你们手里的文件和印章……你们肯定把必要的章都盖全了，对吧？"

秃头盯着奥尔森，眼神狰狞。

"我没时间，也不想去牛堡！"他突然大吼，"我要带这无赖去我们的国家，就这样！斯特兰、维特克！抓紧时间，搜索驳船！给我找到那个女孩！"

"等等，别急。"奥尔森不理他的大叫大嚷，慢条斯理地说，"你们正在三角洲的瑞达尼亚这边，泰莫利亚人。你们该不会带着要申报的东西吧？或者违禁品？我们得检查一下，搜你们的身。如果找到什么东西，你们就只能跟我们去牛堡了。只要我们想，总能找到点什么。伙计们！过来！"

"我爸是个骑士！"埃弗雷特突然出现在秃头男人身旁，尖声说道，"他的剑比你的更大！"

秃头一把抓住男孩的河狸皮领，把他揪离船板。男孩饰有羽毛的帽子掉了下来。他用手臂箍住男孩的腰，把弯刀举到男孩颈边。

"后退！"他大吼道，"快后退，不然我砍断这小鬼的脖子！"

"埃弗雷特——！"那个贵妇人惨叫道。

"你们这些泰莫利亚卫兵，"猎魔人缓缓地说，"行事作风还真奇怪。说实话，很难让人相信你们是卫兵。"

"闭嘴！"秃头男人摇着埃弗雷特，男孩发出小猪般的尖叫，"斯特兰、维特克，抓住他！绑住他的手脚，把他带到船上！还有你，退后！女孩在哪儿？我问你呢！把她交出来，不然我宰了这鼻涕虫！"

"那就宰了吧。"奥尔森慢吞吞地说，冲他的手下打个手势，拔出弯刀，"反正不是我儿子，对吧？等你宰了他，咱们再慢慢谈。"

"别插手！"杰洛特把剑丢到甲板上，示意海关官员和波特巴格的水手们别动，"我跟你们走，冒牌卫兵阁下。放了男孩。"

"到船上去！"秃头男人退到驳船边，仍没放开埃弗雷特，他抓起一根绳索，"维特克，把他绑起来！你们所有人都到船尾去！谁敢动一下，这孩子就得死！"

"杰洛特，你疯了吗？"奥尔森咆哮道。

"别插手！"

"埃弗雷特！"

泰莫利亚平底船突然一阵震颤，摇晃着漂远了些。河面突然炸开，飞溅的水花中，伸出两只长而粗糙、仿佛螳螂前肢一样布满尖刺的绿色爪子，抓住了手握钩篙的卫兵，只一眨眼工夫便把他拖进水里。秃头守卫怒吼一声，放开埃弗雷特，紧紧抓住平底驳船侧面垂下的绳索。埃弗雷特扑通一声掉进被鲜血染红的河水。两条船上的人都像着魔一样尖叫起来。

杰洛特挣脱两名试图捆住他的人，一拳打中其中一人的下巴，把他丢下了船。另一人用铁钩砸向猎魔人，随即晃了晃身体，无力地倒向奥尔森——海关官员的弯刀刺穿了他的肋部。

猎魔人纵身跃过低矮的栏杆。在漂着厚厚藻类的河水彻底没过头顶之前，他听到牛堡学院自然历史系的讲师莱纳斯·皮特大喊："那是什么？什么品种？这种动物根本不存在！"

他在泰莫利亚平底驳船旁边浮起，奇迹般地避开秃头的手下朝他刺来的鱼叉。那个卫兵来不及再次刺出鱼叉，就一头栽进水里，喉咙上插着一根箭。杰洛特抓住落下的鱼叉,双脚一蹬船侧,借力潜入泡沫翻涌的漩涡,用力刺中什么东西。他只能祈祷那不是埃弗雷特。

"这不可能!"他听到硕士导师还在叫喊,"这种动物不可能存在!至少不该存在!"

我完全同意最后那句,猎魔人心想。他用鱼叉继续戳刺蜻蜓怪坚硬粗厚的甲壳。怪物镰刀状的颚骨咬住泰莫利亚卫兵的尸体,鲜血仍在涌出。蜻蜓怪用力摆动扁平的尾巴,游向水底,扬起团团泥沙。

他听到一阵微弱的哭喊。埃弗雷特像小狗一样踢打河水,想顺着平底驳船侧面的绳索爬上去,结果却抱住了秃头男人的双腿。绳索突然断了,汩汩的水声中,秃头卫兵和男孩一起掉进河里。杰洛特潜向更深处,朝他们的方向游去。幸运的是,他立刻摸到了男孩的河狸皮领。他把埃弗雷特从纠缠的水藻中拖出,双腿踩水,用后仰的姿势游向水面,最后回到驳船边。

"这边,杰洛特!这边!"他听到许多人的叫喊,一声比一声响亮,"把他给我!""绳子!抓住绳子!""见——鬼!""绳子!杰洛特——!""用钩篙,用钩篙!""我的孩子——!"

有人抓住男孩的双臂,把他拖上船去。与此同时,另一人从杰洛特身后扑来,打中他的后脑,又借助魁梧的身躯把他压到水下。杰洛特放开鱼叉,转过身,抓住袭击者的腰带。他伸出另一只手,想揪住对方的头发,可惜只是徒劳。对方是个秃头。

两人同时浮上水面,但只是一瞬间,泰莫利亚平底驳船便又漂远了,扭打的杰洛特和秃头男人处在两船之间。秃头男捏住杰洛特的喉咙,猎魔人则把大拇指戳进了他的眼睛。秃头男大叫一声,放开手,往远处游去。杰洛特却没法动弹——有什么东西抓住了他的腿,正将他拖向水底。在他身旁,半具尸体在水面飘荡,活像个软木塞。他知道是什么在拖他了——莱纳斯·皮特的说明纯属多余。

"是节肢动物!端足目!巨颚亚门!"

杰洛特用双臂奋力划水,试图将腿从怪物的爪子里扯出——它正把猎魔人往它有节奏一开一合的大嘴里拖。硕士导师又说对了,它的颚确实不小。

"抓住绳子!"奥尔森大喊,"绳子,抓住!"

一根鱼叉呼啸着从猎魔人耳边掠过,啪嗒一声刺进怪物爬满水藻的甲壳——它已经浮出了水面。杰洛特抓住鱼叉,用力下压,同时用能动的腿狠狠踢向蜻蜓怪。他挣脱了尖钉般的利齿,却留下了靴子、一截裤管和很大一块皮肤。又有几根鱼叉呼啸着划破空气,绝大部分都没能命中。蜻蜓怪收起爪子,一甩尾巴,姿态优雅地潜入绿色的水底。

杰洛特抓住那条砸中他面孔的绳索,把他戳得生疼的钩篙也终于钩住他的腰带。他感到一股向上的拉力,随后许多双手的力道将他拖离了水面。他翻过栏杆,倒在甲板上,身上满是河水、烂泥、水草和鲜血。乘客、船员和海关官员们围在他身旁。奥尔森和偷运狐皮的矮人靠在栏杆上,射出箭矢。埃弗雷特正在母亲怀里啜泣,他全身湿透,还沾着绿色的水藻,冷得牙齿打颤。他向所有人解释说,他不是故意的。

"杰洛特!"波特巴格在他耳边喊道,"你死了吗?"

"见鬼……"猎魔人吐出一根水草,"我老了,做不了这行当了……老了……"

一旁的矮人松开弓弦,奥尔森欢呼起来。

"正中肚皮！啊哈哈！射得漂亮，毛皮商朋友！嘿，博拉泰克，把他的钱还给他！就凭那一箭，他有资格享受减税！"

"住手……"猎魔人喘着粗气，徒劳地试图起身，"别杀光他们，该死的！我要活口！"

"留了一个，"奥尔森保证说，"就是跟我斗嘴的秃头，其余人等都射死了。不过那秃头还在往远处游呢，我这就把他抓回来。把钩篙递过来！"

"新发现！重大新发现！"莱纳斯·皮特大喊着，在栏杆边手舞足蹈，"科学界未知的全新物种！独一无二！哦，我太感激你了，猎魔人！从今天起，这种生物将以……'杰洛特亚·皮蒂虫'的名字出现在书本里！"

"硕士导师阁下，"杰洛特呻吟起来，"如果你真想表示感谢，就把那鬼东西命名为'埃弗雷特亚'吧。"

"这名字也不错。"学者赞同道，"哦，真是了不起的发现！多么独特又出色的样本啊！毫无疑问，它是三角洲仅有的一只……"

"不，"波特巴格突然严肃地说，"并非仅有。看啊！"

紧贴附近那座小岛的百合叶剧烈颤抖起来。他们看到涌起的浪头，还有个庞大细长的躯体——看起来像根腐烂的圆木——用众多肢体飞快地划起水来，嘴巴一张一合。秃头男人回头张望，立刻发出一声惊恐的尖叫。他四肢并用，奋力游向远处。

"多好的样本，多好的样本啊。"皮特激动地评论道，"适合抓握的头侧肢，四对钳爪……有力的扇形尾部……尖利的爪子……"

秃头男人又回望一眼，发出更加惊恐的尖叫。"埃弗雷特亚·皮蒂虫"伸出适合抓握的头侧肢，狠狠甩动有力的扇形尾部。秃头男绝望而徒劳地拼命划水，试图逃脱它的追捕。

"愿他游得再快些。"奥尔森说，但他没摘下帽子。

"我爸，"埃弗雷特牙齿打颤地说，"游得比他快多了！"

"把这孩子拖走！"猎魔人咆哮道。

怪物伸出尖利的爪子，巨颚用力一咬，莱纳斯·皮特脸色发白，转过头去。

秃头男发出一声短促的尖叫，消失在水下。河水泛起一片暗红。

"该死，"杰洛特重重地坐在甲板上，"我老了，做不了这行当了……老了……"

◆━━━┫┣━━━◆

还有什么可说的呢？丹德里恩热爱牛堡镇。

学院高墙环绕，广阔、喧闹而繁忙的城镇则围绕着学院的围墙。牛堡镇是座色彩斑斓的木头城镇，有狭窄的街道和尖锐的屋顶。牛堡镇仰赖牛堡学院，仰赖学院里的学生、讲师、学者、研究者及其来宾，而那些人则仰赖科学、知识，以及一切与学习过程相关的东西为生。在牛堡镇，正是那些理论和实验的副产品带来了商机和利润。

诗人在一条泥泞而拥挤的街道上缓缓骑行，经过工坊、工作室、货摊和大大小小的店铺。拜学院所赐，数以万计世间难寻的奇妙商品在这些地方生产并出售，其功用或难以置信，或毫无意义。他经过旅店、酒馆、看台、小屋、柜台和便携式烤架，那些地方摆满了色香味俱佳的精致菜肴，不光菜色本身，就连佐料、配菜和香料都世间独有。这就是牛堡镇，精明而积极的牛堡人一点点汲取了学院那些枯燥无用的理论，建起了这样一座多彩、欢快、吵闹且气味怡人的神奇城镇。它还是一座充满各式消遣的城镇，庆典从不间断，节日永无止息，狂欢永不休止。这里的街道日夜回响着音乐和歌声，还有高脚杯和大啤酒杯的清脆碰撞，因为众所周知，没有比获取知识更让人口渴的工作了。尽管校长严令禁止学生和导师在黄昏前饮酒作乐，但牛堡人还是昼夜不停地饮酒狂欢，因为众所周知，如果有什么事比获取知识更令人口渴，恐怕就要算部分或彻底禁止饮酒的规定了。

丹德里恩骑在枣红色骟马的背上，咂咂嘴，继续向前，穿过街上漫步的人群。小贩、摊主和江湖骗子大声吆喝他们的商品和服务，为周围的混乱添砖加瓦。

"鱿鱼！烤鱿鱼！"

"神奇药膏！包治各种斑点和疥疮！只此一家别无分号！可靠的神奇药膏！"

"猫！捕鼠猫！魔法灵猫！各位先生小姐，听听它们的喵喵叫吧！"

"护身符！灵药！春药、迷情药水，保您欲仙欲死！只要喝上一口，连死人都能精力勃发！谁要买？谁要买？"

"拔牙！几乎无痛！便宜，非常便宜！"

"你说便宜是什么意思？"丹德里恩咬着一串硬得像靴子的烤鱿鱼，好奇地问。

"每小时两个铜币！"

诗人打了个哆嗦，催促骟马继续前行。他悄悄回头张望。那两个从市政厅起就跟着他的家伙在理发店门口停下，假装研究黑板上的价目表。丹德里恩可不会被他们骗到，他知道他们真正感兴趣的是什么。

他继续前进，从高大的"玫瑰花蕾"妓院旁边经过，他知道那里会提供一些别的地方根本享受不到——或是不受欢迎——的精致服务。有那么一会儿,他的理性跟享乐的本能起了争执。最后理性胜利了。丹德里恩叹了口气,继续朝学院的方向走去,目光尽量避开传来欢声笑语的酒馆。

是啊,还有什么可说的呢——丹德里恩热爱牛堡镇。

他再次四下张望。那两人没去理发,尽管他们的头发确实该去理理了。眼下他们站在一家乐器行外面,装作在挑陶笛。店主卖力地夸耀着自己的商品,指望能赚些钱。丹德里恩知道,他这是白费力气。

他牵着马走向哲学家之门,也就是学院的正门。他飞快地办完手续,包括在来宾登记簿上签名,并让人把他的骟马牵去马厩。

穿过哲学家之门,一个截然不同的世界出现在他眼前。学院跟由普通建筑构成的城镇完全不同,也不像城镇那样,寸土寸金你争我夺。这里的一切都保持着精灵离开时的模样。宽敞的小巷里铺着五颜六色的砾石,两边是赏心悦目的小巧宫殿,以及镂空的围栏、墙壁、篱笆、运河、桥梁、花圃和绿色的公园,只有几处耸立着庞大而粗糙的宅邸,明显是精灵离开后建造的。一切都显得干净、安宁而庄严——这里禁止任何形式的贸易和有偿服务,更别提娱乐项目了。

学生们漫步在小巷间,专注地阅读大部头书籍和羊皮纸手稿。其他人坐在长椅上、草坪上和花圃里,讨论各自的家庭作业,或审慎地玩着"奇数或偶数"之类需要动脑的游戏。教授们也在附近徜徉,在热切地谈天或争论的同时又不失礼仪与风范。年轻的助教到处闲逛,眼睛盯着女学生的臀部。丹德里恩不无欣喜地发现,学院依然跟他就读时一样,没有半点改变。

从三角洲那边吹来一股清风,带来微弱的海水气息,稍显浓郁的硫化氢味道则从高耸于运河边的炼金系大楼传来。灰黄两色的朱顶雀在公园的灌木丛中啁啾——那座公园就位于学生宿舍隔壁——还有只猩猩蹲坐在白杨树上,无疑是从自然历史系的动物园里逃出来的。

诗人没浪费时间,在迷宫般的小巷和树篱间迅速穿行。他对学院的地形了如指掌。这并不奇怪,毕竟他在这儿上过四年学,又在叙事诗与诗歌艺术系教过一年书。当他以满分通过期末考试时——这让那些早就认定他懒惰、放荡而又愚蠢的教授们大跌眼镜——学校提议让他担任讲师。结果他却带着鲁特琴,跑到乡间徜徉数年,又以吟游诗人的身份广为人知,学院只好再下血本请他重返母校,还给了他客座讲师的职位。丹德里恩只是偶尔才接受他们的邀请,毕竟他对云游的热爱,跟对舒适、享受且收入稳定的生活的偏好不能两全。不过话说回来,他确实很爱牛堡镇。

他回头张望。那两人没买陶笛、长笛或小提琴,反而大步跟在他身后,与他保持一段距离,还不时留意周围的树梢与房屋。

诗人轻快地吹着口哨,转了个弯,朝医学和草药学系所在的宅邸走去。通往教学楼的小巷挤满了身穿独特淡绿色斗篷的女学生。丹德里恩开始寻找熟悉的面孔。

"夏妮!"

一个年轻的医学系学生,留着齐耳根的深红色头发,放下正在看的解剖学书籍,从长椅上站起。

"丹德里恩!"她微笑起来,快活地眯着榛子色的双眼,"好些年没见你了!来,我来介绍一下朋友们。她们都很喜欢你的诗……"

"回头再说。"诗人低声道,"小心,看看我身后,夏妮。看到那两人没?"

"探子。"夏妮皱起上翘的鼻子,哼了一声。学生们总能轻而易举认出密探、间谍和告密者,这点每次都会让丹德里恩吃惊。尽管有些不合情理,但学生对情报部门的厌恶众所周知。学院内的土地享有治外法权,神圣而不可侵犯,学生和讲师们在校园里也是完全的自由人——情报部门尽管喜好刺探,却不敢招惹学院中人。

"他们在集市那边就一直跟着我。"丹德里恩装出正在跟医学系学生拥抱和调情的样子,"夏妮,能帮我办件事吗?"

"要看什么事。"女孩晃晃匀称的脖子,像只受惊的小鹿,"如果你又做了什么蠢事——"

"不,不。"他连忙向她保证,"我只想送个口信出去,但这些讨厌鬼总跟着我,我没法自己——"

"要我叫男生来吗?只要我大喊一声,那些探子就不敢再纠缠你了。"

"哦,得了吧,你想引起骚乱吗?非人种族的座位歧视风波刚刚过去,你就等不及找麻烦了?再说,我痛恨暴力。我会对付那两个探子。不过要麻烦你……"

他把嘴唇贴近女孩的头发,轻声说了几句。

"猎魔人?真正的猎魔人?"

"看在诸神的分上,小点儿声。夏妮,你愿意帮我吗?"

"当然。"夏妮爽朗地笑笑,"只是出于好奇,我想近距离看看那位著名的……"

"我求你了,小点儿声。记住:别告诉任何人。"

"以医师的名义保证。"夏妮的笑容更美了,丹德里恩心中再次涌起为她这样的女孩谱写歌谣的冲动——像她这样的女孩,虽不妖艳,但美丽分毫不减。传统美女反而留不下太多印象,这种女孩却会经常出现在你梦里。

"谢谢,夏妮。"

"不客气,丹德里恩。回头见。你要当心。"

亲吻了彼此的脸颊,诗人和夏妮便朝相反的方向离去——她朝医学系走去,他则走向思考者公园。

他经过技术系那造型时髦却气氛阴郁、被学生戏称为"解围之神"的教学大楼,然后转上吉尔登斯滕桥。他没走多远。那两人埋伏在巷子转角处,就在竖立着学院第一任校长尼哥底母·德·布特的青铜半身像的花圃边。跟世上所有密探一样,他们避免与其他人视线接触;也跟世上所有密探一样,他们的面孔粗糙而苍白。尽管他们努力装出睿智的模样,看起来却像两只精神错乱的猴子。

"迪杰斯特拉向您致意。"间谍之一说,"我们走吧。"

"说得对。"诗人无礼地回答,"你们可以走了。"

两个间谍面面相觑,站在原地,盯着不知什么人用木炭在青铜半身像的底座上写下的下流文字。丹德里恩叹了口气。

"正如我所料。"他正了正肩头的鲁特琴,"先生们,我必须陪你们去某个地方,对吗?太糟了。那就走吧。您先请,我跟着。这种情况下,不是更该长者先行嘛?"

身为瑞达尼亚国王维兹米尔的情报部门首脑,迪杰斯特拉却半点也不像密探。在人们的刻板印象中,间谍就该矮小、瘦削、獐头鼠目,

黑色兜帽下的锐利双眼总是鬼鬼祟祟地打量着四周。但据丹德里恩所知，迪杰斯特拉从不戴兜帽，还坚定不移地偏爱色彩鲜亮的衣物。他有近七尺高，几乎重两担。他在胸前交叠双臂时——这是他的习惯动作——看起来就像两头抹香鲸匍匐在巨鲸身前。就他的五官、发色和皮肤而言，他更像一头刚刚洗刷完毕的猪。丹德里恩知道，很少有人的外表能像迪杰斯特拉这样富有欺骗性——这个又高又胖的家伙看似迟钝、懒散又愚蠢，却拥有格外灵活的头脑，以及熏天的权势。有这么一句俗话：在维兹米尔王的宫廷里，如果迪杰斯特拉说现在是中午，黑暗却依然笼罩大地，那你就该担心一下太阳的命运了。

但在眼下，诗人还有别的事要担心。

"丹德里恩，"迪杰斯特拉睡眼蒙眬地说，又把两条抹香鲸交叠在巨鲸身前，"你这没脑子的蠢货、彻头彻尾的笨蛋。你非要毁掉自己碰过的一切吗？你这辈子就不能做一回正确的事？我知道你没法独立思考。我知道你快四十了，看起来也有三十岁，但我觉得你的心智才二十出头，做起事来更像不到十岁。你要明白，我通常会给你明确的指示，会告诉你要做什么、什么时候做、该怎么做。可我常常觉得，自己在跟一堵墙说话。"

"而我呢，"诗人装出傲慢的模样，反驳道，"常常觉得你说话只为锻炼口舌。所以赶紧说重点，省掉修辞手法和毫无意义的辞藻吧。你这次有何贵干？"

他们坐在一张大橡木桌前，周围的书架上塞满了书本和羊皮纸文稿。他们正在副校长办公室顶楼的租赁客房里，迪杰斯特拉给这儿取了个可笑的名字："最当代历史系"，丹德里恩则称之为"比较密探与应用破坏系"。包括诗人在内，房间里共有四人——除了迪杰斯特拉，还有两人参与了这场对话。其中之一照例是奥里·鲁文,瑞达尼亚密探头子那位上了年纪、总爱抽鼻子的书记。另一位肯定也不是普通人。

"你很清楚我的来意。"迪杰斯特拉冷冷回答,"不过嘛,既然你喜欢扮演傻瓜,我也就不破坏你的兴致了,我会用尽量简单的字眼解释给你听。或者,菲丽芭,你打算亲自解释?"

丹德里恩看向与会的第四人,后者直到现在都保持着沉默。菲丽芭·艾哈特肯定刚到牛堡不久,或者打算马上离开,因为她既没穿裙子,没戴她最爱的黑玛瑙首饰,在妆容上也没花太多心思。她身穿男式短上衣、裹腿和高筒靴——按诗人的说法,这就是她的"户外工作装"。女术士令人赏心悦目的黑发平日披散在肩头,此刻却梳得整整齐齐,挽在颈背处。

"那就别浪费时间了。"她扬起平整的眉毛,"丹德里恩说得对,我们是该省去毫无意义的比喻和修辞,毕竟眼下这事既简单又微不足道。"

"啊,说得对。"迪杰斯特拉笑道,"微不足道。一个危险的尼弗迦德密探,原本可以微不足道地被关进崔托格最深的地牢,却微不足道地逃脱了追捕,就因为名叫丹德里恩和杰洛特的两位阁下出于微不足道的愚蠢,微不足道地警告并吓跑了他。我见过有人因为更微不足道的小事而上了绞架。丹德里恩,干吗不把你遭遇伏击一事告诉我?我不是警告过你,那个猎魔人所有的打算都要通报给我吗?"

"我不知道杰洛特有什么打算。"丹德里恩信誓旦旦地撒着谎,"我告诉过你,他去泰莫利亚和索登追捕那个里恩斯。我也告诉过你他回来了。我相信他已经放弃了。里恩斯就像隐形了似的,猎魔人找不到他任何痕迹,这一点——如果你还记得的话——我也告诉过你……"

"可你撒谎了。"密探头子冷冷地说,"猎魔人找到了里恩斯的踪迹,找到了他留下的尸体。从那以后,他改变了战术。他不再追赶里恩斯,而是等对方来找他。他跟马拉迪乌斯和格洛克公司签订了合约,担任他们的护卫。他是故意的。他知道船运公司会把他的事传播出去,直至传到里恩斯耳中,而后者会做出冒险举动。里恩斯的确动手了。奇怪又难以捉摸的里恩斯阁下、傲慢又自信的里恩斯阁下,他甚至连假名都懒得用。里恩斯阁下的尼弗迦德气味足能飘到一里之外。还有身为变节术士的味道。菲丽芭,我说得对吗?"

女术士既没承认,也没否认。她保持沉默,仔细而专注地盯着丹德里恩。诗人垂下双眼,犹豫地清清嗓子。他不喜欢她的目光。

丹德里恩把女人——包括女术士——分成四种:非常可爱、可爱、不可爱和非常不可爱。非常可爱那种会欣然默许上床的提议;可爱那种会露出快乐的微笑;不可爱女人的反应难以预测;而对吟游诗人来说,"非常不可爱"的那类女人,光是想想向她们提出类似要求,都能让他脊背发冷、膝盖打颤。

尽管菲丽芭·艾哈特极富魅力,但无疑属于"非常不可爱"的类型。

除此以外,菲丽芭·艾哈特是术士评议会的重要人物,也是维兹米尔王信赖的宫廷魔法师。她是个天资出众的女术士,据说更是仅有的掌握变形咒语的几位巫师之一。她看外表大概三十岁,事实上,恐怕至少三百岁了。

迪杰斯特拉把胖乎乎的手指交扣在肚皮上,摆弄他的大拇指。菲丽芭保持沉默。奥里·鲁文咳嗽一声,抽抽鼻子,扭扭身体,还不断调整宽大的袍子。他的宽外袍像是教授的装束,但又不像学院配发的,更像捡自垃圾堆。

"然而,"密探头子突然厉声道,"你的猎魔人低估了那位里恩斯阁下。猎魔人设下陷阱,却毫无常识地把计划建立在里恩斯会不辞辛苦亲自前来的基础上。按猎魔人的计划,里恩斯应该毫无戒心,应该察觉不到任何陷阱,也不会发现迪杰斯特拉大人的下属正在等他。因为,按猎魔人的指示,丹德里恩大师不会向迪杰斯特拉大人透露这精心计划的陷阱。但根据更早之前的指示,丹德里恩大师有责任向迪杰斯特拉大人透露。丹德里恩大师得到了清晰无误的指示,却选择充耳不闻。"

"我并非你的下属,"诗人骄傲地说,"也没必要遵行你的指示和命令。我有时会帮你的忙,但那纯粹出于个人意愿,出于爱国者的责任感,面对即将到来的改变不至于袖手旁观——"

"你为所有付钱的人打探消息,"迪杰斯特拉冷冷地打断他,"为所有握着你把柄的人刺探情报。我手里就有你不少把柄,丹德里恩,所以别这么无礼。"

"我不会屈服于勒索!"

"想打个赌吗?"

"先生们,"菲丽芭·艾哈特抬起一只手,"拜托,严肃点儿。还是专注于眼前的事务吧。"

"说得对。"密探头子在扶手椅里展开四肢,"听着,诗人。错已铸成,里恩斯已经起了戒心,不会再上当了。但我不允许类似的事再发生,所以想见见那个猎魔人。带他来见我。别在镇子里转来转去,企图甩掉我的手下了。直接去找杰洛特,把他带到这儿,带到这个房间里。我得跟他谈谈。就我和他两个。这样一来,我们就不必逮捕他,从而引发骚动了。带他来见我，丹德里恩。这是我目前对你唯一的要求。"

"杰洛特走了。"诗人冷静地说着谎。迪杰斯特拉瞥了眼女术士。丹德里恩绷紧身体，以为会有某种力量窥探进他的脑海，却什么都感觉不到。菲丽芭眯眼看着他，但半点不像在用咒语确认他说没说实话。

"那我就等到他回来为止。"迪杰斯特拉叹口气，假装相信了他的话，"我当真需要见他一面，所以我会变动一下日程表，继续在这儿等他。等他回来，你就带他来见我。越快越好，对很多人都好。"

"劝杰洛特来这儿，"丹德里恩扮了个鬼脸，"恐怕有点难。他——想象一下吧——对密探有种令人费解的厌恶。虽然他很清楚，这只是一门行当，跟其他行当没什么区别，但他反感这一行的人。可能他觉得，刨除爱国之心，密探这一行只能吸引彻头彻尾的恶棍和最卑劣的——"

"行了行了。"迪杰斯特拉漫不经心地摆摆手，"拜托，别说这些陈词滥调了。我最讨厌陈词滥调，实在太没新意了。"

"我也这么想。"吟游诗人哼了一声，"但那位猎魔人生性单纯，跟我们这些老于世故之人不同，是个既正直又不懂变通的笨蛋。他只是单纯地讨厌密探，无论如何也不愿意跟你们谈话，更别提协助情报部门了。而且你没有他的把柄。"

"你错了。"密探头子说，"我有，而且不止一个。就眼下来说，发生在橡实海湾的斗殴就足够了。你知道上船的都是什么人吗？他们不是里恩斯的手下。"

"对我来说，这不算新闻。"诗人满不在乎地说，"我敢肯定，他们只是泰莫利亚卫兵中从不短缺的几个恶棍。里恩斯打听过猎魔人的事，无疑还开出了相当不错的价码，好换取有关他的任何消息。很明显，猎魔人对他非常重要。所以几个狡猾的无赖打算抓走杰洛特，把他关进山洞，然后卖给里恩斯。他们会开出条件，尽可能从里思斯手里敲诈一笔。如果只是提供消息，那他们拿到的酬劳——如果真有的话——可就太少了。"

"这等真知灼见令人钦佩。但我表扬的是那位猎魔人，不是你——你不可能想到这些。不过问题比你们想象的更加复杂。因为我发现，我的同行，弗尔泰斯特王的情报人员也对里恩斯阁下很感兴趣。他们看穿了那些——用你的说法——那些狡猾无赖的打算。登上驳船、想要抓住猎魔人的也是他们。也许是为引来里恩斯，也许是为其他截然不同的目的。丹德里恩，猎魔人在橡实海湾杀死的是泰莫利亚的密探。他们的头儿非常、非常生气。你说杰洛特走了？希望他没去泰莫利亚，不然他恐怕再也回不来了。"

"这就是他的把柄？"

"没错，也是我的筹码。我可以安抚泰莫利亚人，但我不打算白干。丹德里恩，猎魔人去哪儿了？"

"诺维格瑞。"吟游诗人不假思索地撒谎道，"他去找里恩斯了。"

"真是个弥天大错。"密探头子笑了笑，装作没看穿他的谎言，"没能克服厌恶感跟我联系，这是他的损失。我会为他省去许多麻烦。里恩斯不在诺维格瑞，但那儿却有无数泰莫利亚密探，也许他们都在等那位猎魔人。他们也会搞懂一件我早就明白的事，就是如果能以正确的方式请来利维亚的猎魔人杰洛特，他就能回答各种各样的问题——四大王国的情报部门开始困惑的问题。我的安排很简单：请那位猎魔人到这儿来，到这个房间，为我解答那些问题，然后他就可以安然离开。我会安抚泰莫利亚人，并保证他的安全。"

"你想问什么问题？也许我能为你解答？"

"别逗我笑了，丹德里恩。"

"可是，"菲丽芭·艾哈特突然开了口，"也许他真能呢？也许他真能为我们节省时间呢？别忘了，迪杰斯特拉，我们的诗人已经彻底卷进来了，在这儿的人不是猎魔人，而是他。那个在科德温跟杰洛特同行的女孩是谁？那个灰色头发、绿色眸子的女孩，也就是里恩斯在泰莫利亚想从你嘴里逼问出来的女孩是谁，丹德里恩？你对那女孩了解多少？猎魔人把她藏哪儿了？叶妮芙收到杰洛特的信后去了哪儿？特莉丝·梅利葛德藏在哪儿？她又为什么藏起来？"

迪杰斯特拉神情镇定，但飞快地瞥了女术士一眼。这让丹德里恩明白，密探头子吃了一惊。菲丽芭显然不该这么快就开门见山，而且提问对象也完全错了。这一切显得既轻率又粗心。问题在于，菲丽芭·艾哈特也许有诸多缺点，但其中绝不包括轻率和粗心。

"我很抱歉。"他慢慢地说，"但我不知道这些问题的答案。我很想帮你的忙，但我无能为力。"

菲丽芭直视他的双眼。

"丹德里恩，"她慢吞吞地说，"如果你知道那个女孩在哪儿，请告诉我们。我向你保证，我和迪杰斯特拉很关心她的安全。而她的安全正受到威胁。"

"我不怀疑你们的关心。"诗人还在说谎，"但我真不知道你在说什么。我从没见过你们感兴趣的那个孩子。而杰洛特——"

"而杰洛特，"迪杰斯特拉插嘴道，"从不信任你。你肯定问过他不少问题,他却一个字都没告诉你。丹德里恩,你觉得这是为什么呢?那个性格单纯、厌恶密探的笨蛋会不会早就察觉了你的真实身份?别管他了,菲丽芭,你完全在浪费时间。他连个屁都不知道,别被他自信的表情和暧昧的笑容欺骗了。他只能用一种方式帮助我们。等猎魔人离开藏身之处,只会联络他一个。想想看吧,猎魔人可是把他当成了朋友。"

丹德里恩缓缓抬起头。

"没错,"他承认,"他把我看做朋友。想想看吧,迪杰斯特拉,这不是没有理由的。接受这个事实,然后得出你的结论吧。你已经得出结论了,对吗?那好,你可以尝试勒索了。"

"哎呀,哎呀,"密探头子笑着说,"你在这方面还真敏感。别生气,诗人,我只是在说笑。勒索我们的伙伴?这我可办不到。相信我,我不希望你那位猎魔人出任何意外,也没想过要伤害他。谁知道呢?我甚至能跟他达成共识,让我们双方都能获益。不过想实现这一点,我必须先见到他。等他出现,你就带他来见我。我诚恳地请求你,丹德里恩,非常诚恳。你明白我有多诚恳吗?"

吟游诗人哼了一声:"我当然明白你有多诚恳。"

"相信你说的是真话。好了,你走吧。奥里,送我们的大诗人出门。"

"保重。"丹德里恩站起身,"希望你工作和生活一切顺利。你也保重,菲丽芭。哦,还有,迪杰斯特拉!那些密探整天跟着我也很累了,叫他们回去吧。"

"当然。"密探头子说谎道,"我会让他们回来的。你还不相信我吗?"

"怎么可能？"诗人也说谎道，"我当然相信你。"

◆━━━◆━━━◆

丹德里恩在学院一直待到晚上。他不断仔细打量四周，但没发现任何密探跟在他身后。而这恰恰是他最担心的事。

在叙事诗与诗歌艺术系的教学大楼里，他听了一堂经典诗歌的讲座，然后在一堂现代诗歌的研讨会上美美睡了一觉。几位跟他熟识的助教叫醒了他，他们一起去哲学系，参加一场名为"生命的本质与起源"的激烈而持久的辩论。没等天黑下来，半数参与者就喝得酩酊大醉，其他人也开始相互推搡、大喊大叫，吵闹得无以复加。这一点正中诗人下怀。

他悄无声息地溜到阁楼，爬出排烟窗，顺着图书馆屋顶的排水管滑下，跳到解剖学系阶梯教室的屋顶上，差点摔断腿。他从那儿跳进与学院围墙相邻的花园。在浓密的醋栗丛间，他找到自己还是学生时挖出的洞。洞的另一头就是牛堡镇。

他融入人群，飞快地穿行于后巷，一路躲躲闪闪，像被猎狗追赶的野兔。赶到马车站后，他藏进阴影，等了足足半个钟头。他在周围没发现任何可疑之人，于是顺梯子爬上茅草屋顶，接着跳到他认识的酿酒师——沃尔夫冈·阿玛多伊斯·山羊胡[①]家的房顶。他抓住苔藓覆盖的屋瓦，终于来到要去的阁楼窗边。那个小房间里亮着一盏油灯。丹德里恩扶着排水管，费力地敲敲铅制窗格。窗户没锁，轻轻一碰就

[①]这里是在戏仿莫扎特的全名：沃尔夫冈·阿玛多伊斯·莫扎特。

开了。

"杰洛特！嘿，杰洛特！"

"丹德里恩？等等……拜托，别进来……"

"什么别进来？你说'别进来'是什么意思？"诗人推开窗户，"你有人陪还是咋地？你正跟谁上床吗？"

他没听到回答，也没打算等对方回答。他径直爬上窗台，把放在上面的苹果和洋葱扫了一地。

"杰洛特……"他上气不接下气地说着，突然陷入沉默，然后低声咒骂起来，紧紧盯住地板上那件医学系亮绿色长袍。他震惊地张开嘴巴，又咒骂一句。他什么都预想到了，除了这个。

"夏妮，"他摇摇头，"这可真……"

"什么也别说，非常感谢。"猎魔人坐在床上。夏妮把被单一直拉到自己的翘鼻头，把身子盖得严严实实。

"好吧，请进。"杰洛特伸手拿他的裤子，"既然你都从窗户进来了，肯定是要紧事。假如不是，我会把你直接丢出去。"

丹德里恩爬下窗台，把剩余的洋葱也扫落在地。他用脚把木头高背椅拉近些，坐下。猎魔人开始收拾他和夏妮丢在地板上的衣服。他面色困窘，沉默地穿好衣服。夏妮躲在他身后，费力地套上衬衣。诗人失礼地看着她，在头脑里搜寻合适的比喻和韵脚，好形容一下她被油灯照耀的金色肌肤和小巧胸脯。

"有什么事，丹德里恩？"猎魔人扣好靴子上的搭扣，"说吧。"

"收拾行李。"他简单地回答，"你快出发了。"

"有多快？"

"越快越好。"

"夏妮……"杰洛特清清嗓子，"夏妮告诉我有密探跟踪你。我想，你甩掉他们了？"

"你完全想错了。"

"是里恩斯？"

"更糟。"

"这样的话，我确实想错了……等等。是瑞达尼亚人？从崔托格来的？是迪杰斯特拉？"

"这回猜中了。"

"可他们没理由——"

"有充分的理由。"丹德里恩插嘴道，"他们不再关心里恩斯了，杰洛特。他们要找的是那女孩和叶妮芙。迪杰斯特拉想知道她们在哪儿。他会强迫你告诉他。现在你明白没？"

"明白了。所以我们要逃跑。非得走窗户吗？"

"必须的。夏妮？你可以吗？"

医学生抚平自己的长袍。

"我又不是没爬过窗户。"

"这我相信。"诗人仔细审视她，指望能看到一抹值得用韵文和比喻描述的红晕，但未能如愿。他只看到她淡褐色双眸里的欢喜，还有脸上放肆的笑容。

一只硕大的灰色猫头鹰滑翔而下，无声无息地落在窗台上。夏妮轻呼一声。杰洛特伸手去拿剑。

"别做蠢事，菲丽芭。"丹德里恩说。

猫头鹰消失不见，取而代之的是菲丽芭·艾哈特，她蹲坐在窗台上，姿势很别扭。女术士跳进房间，抚平头发和衣服。

"晚上好。"她冷冷地说,"为我作下介绍吧,丹德里恩。"

"这位是利维亚的杰洛特,这位是医学系的夏妮。这头狡猾的一路跟着我的猫头鹰当然不是猫头鹰,她是术士评议会的菲丽芭·艾哈特,目前是维兹米尔王的部下,也是崔托格宫廷的骄傲。可惜的是,我们这儿只有一把椅子。"

"足够了。"女术士在丹德里恩让出的高背椅上舒舒服服地坐下,愠怒的目光扫过在场几人,只在夏妮身上多停留片刻。令丹德里恩吃惊的是,夏妮的脸突然红了。

"原则上讲,我只想见利维亚的杰洛特一人。"短暂的沉默过后,菲丽芭开口道,"但我明白,要其他人离开很不得体,因此……"

"我可以走。"夏妮犹豫地说。

"不行。"杰洛特低声道,"直到情况弄清之前,谁也不能走。是这样吧,女士?"

"叫我菲丽芭就好。"女术士微笑着说,"抛开繁文缛节吧。没人需要离开——无论谁在场都不会让我烦心,最多有些吃惊,可我又能怎样?人生总有无穷无尽的意外,正如我一位朋友所说……是我们共同的朋友哦,杰洛特。你在读医学系,对吗,夏妮?几年级了?"

"三年级。"女孩嘟囔道。

"啊。"菲丽芭·艾哈特没看向她,而是看着猎魔人,"十七岁,多美妙的年纪。为了变回十七岁,叶妮芙肯定愿意付出很多东西。你觉得呢,杰洛特?如果有机会,我会问她的。"

猎魔人恶狠狠地笑了。

"我相信你会问她。我也知道你还会在问题后面附加一句评论。我更知道这会让你开怀大笑。拜托,说重点吧。"

"说得对，"女术士点点头，神情严肃起来，"是时候了，而且你没多少时间了。丹德里恩无疑已经告诉你，迪杰斯特拉突然想跟你谈话，好确定某个女孩在哪儿。迪杰斯特拉受命于维兹米尔王，所以我相信，在这件事上他会异常坚决。"

"没错，多谢你的提醒。但有件事我不太明白。你说迪杰斯特拉得到了国王的指示，国王就没命令你吗？毕竟你也是维兹米尔议会里的重要成员。"

"我确实是。"女术士没理会对方语气里的嘲笑，"你说得没错。我很重视我的职责，其中就包括提醒国王别犯错误。有时候——比如这一次——我没法直接告诫国王说他犯了错，也没法劝他不要莽撞行事。我只能让他没有犯错的机会。你明白我在说什么吧？"

猎魔人点点头，以示确认。丹德里恩怀疑杰洛特根本不明白，因为他很清楚，菲丽芭是在信口雌黄。

"这下我明白了，"杰洛特缓缓说道，证明他完全理解对方的话，"术士评议会也对我的监护对象很感兴趣。巫师们想弄清我的监护对象是谁，他们想抢在维兹米尔和其他人之前找到她。菲丽芭，为什么？我的监护对象怎么了？她为何如此引人关注？"

女术士眯起眼睛。"你不知道？"她嘶声道，"你对她的了解真这么少吗？我不想妄下结论，但这等无知只能证明你完全没有监护她的资格。说实话，我没想到在如此缺乏信息的情况下，你还会决定照顾她。不仅如此——你还不肯让其他人照顾她，虽然那些人既有资格，又有权利。最重要的是，你居然还问'为什么'？小心，杰洛特，不然你的自大只会给你带来灭亡。当心。还有，保护好那个孩子，该死的！保护好那个女孩，把她当作你最重要的人！如果你自己办不到，就找别人帮帮忙!"

有那么一瞬间,丹德里恩以为猎魔人会提到叶妮芙。这样既不会给他带来危险,又能击溃菲丽芭的论调。但杰洛特一言不发。诗人猜到了原因。菲丽芭知道一切。菲丽芭在警告他,而猎魔人明白她在警告什么。

诗人专注地看着他们的双眼和面孔,想知道他俩是否也有一段过去。丹德里恩知道,猎魔人和其他女术士也有过类似的言辞和暗示的交锋,这说明他俩彼此互有好感,而且多半会走到上床那一步。但就跟从前一样,他看不出任何端倪。只有一个办法能弄清猎魔人跟其他女人的联系——在恰当的时间钻进某扇窗户。

"照顾某人,"过了一会儿,女术士续道,"意思就是,在某人无法保证自身安全的情况下,担负起保护她的职责。如果你让你的监护对象现身……如果她遭遇任何意外,你就得负起责任,杰洛特。只有你。"

"我知道。"

"恐怕你知道的还是很少。"

"那就开导我吧。这么多人突然想帮我卸下重担,想接手我的职责,照顾我的监护对象,为什么?术士评议会想从希瑞那儿得到什么?迪杰斯特拉和维兹米尔王想要什么?泰莫利亚人呢?那个叫里恩斯的家伙,他在索登和泰莫利亚谋杀了三个在两年前跟我和女孩有过接触之人,他又有什么目的?他几乎杀掉丹德里恩,就为榨出她的消息,可这是为什么?菲丽芭,这个里恩斯是谁?"

"我不知道,"女术士说,"我不认识里恩斯。但跟你一样,我非常希望弄明白。"

"那个里恩斯，"夏妮出人意料地开口，"脸上是不是有块三度烧伤？如果有，那我知道他是谁，而且知道他在哪儿。"

房间里一片寂静。第一滴雨点敲打在窗外的排水管上。

杀人总归是杀人，无论动机或情况如何。杀过人，或准备去杀人之人，都是恶人和罪犯，无论他们拥有何种身份：国王、王子、元帅、法官……哪怕施加暴力前深思熟虑之人，也不比普通罪犯更优越。因为从本质上讲，所有暴力都会无可避免地导致犯罪。

——《关于生命、幸福与繁荣的默想》
尼哥底母·德·布特　著

第六章

"我们可别犯错。"瑞达尼亚国王维兹米尔说。他用戴戒指的手指拨开头发，按住太阳穴。"我们承担不起再次犯错的后果。"

其他人一言不发。亚甸国王德马维躺在扶手椅里，盯着放在肚皮上的啤酒杯。泰莫利亚、庞塔尔、玛哈坎和索登的统治者，新近成为布鲁格资深保护人的弗尔泰斯特把头转向窗户，将高贵的侧影展现在众人面前。桌子对面坐着科德温国王亨赛特，他留着土匪似的大胡子，富有穿透力的小眼睛扫过本次会议的其他参与者。莱里亚女王米薇闷闷不乐地摆弄着项链上的硕大红宝石，美丽而丰满的嘴唇不时扭曲起来。

"我们可别犯错。"维兹米尔重复道，"错误只能带来惨痛的损失。我们应该好好借鉴前人的经验。我们的先祖五百年前登陆时，精灵像把脑袋埋进沙子的驼鸟一样不肯直面威胁。先祖们从他们手中一点一点夺走土地，而他们一再撤退，总觉得这是最后一次，觉得敌人不会继续蚕食他们。我们可不能这么蠢！因为现在轮到我们了。现在我们成了那些精灵。尼弗迦德人刚攻到雅鲁加河边,我就听到有人说:'让他们待在那儿吧。''他们不会再攻过来了。'可他们会的,你们等着瞧吧。所以我重复一遍:我们可别再犯精灵的错误!"

雨水敲打窗格,诡异而凄厉的风声响起。米薇女王抬起头。她以为自己听到了渡鸦和乌鸦的沙哑叫声,但那只是风声。风声,还有雨声。

"别拿我们跟精灵相提并论。"科德温的亨赛特说,"这种比较是在侮辱我们。精灵根本不懂如何战斗——面对我们的先祖,他们只会躲进群山和森林。精灵可没在索登教训过我们的先祖,但我们让尼弗迦德人见识到了挑衅我们的后果。你也别拿尼弗迦德人威胁我们,维兹米尔,不要散布耸人听闻的论调。你说尼弗迦德人攻到雅鲁加河边?要我说,他们这会儿就像教堂里的老鼠一样本分,因为我们在索登打得他们落花流水。我们不光打败他们的军队,还摧毁了他们的士气。据说恩希尔·瓦·恩瑞斯并不赞同当时的大规模入侵,而袭击辛特拉的其实是反对他的派系。我不清楚这是不是真的——我只知道,如果打赢了,恩希尔只会鼓掌叫好,然后给他们封赏。可索登战役之后,他突然变成反对出兵的一方,之前发生的一切都变成了手下元帅们的抗命之举。然后是人头落地,断头台上鲜血直流。这些可都是事实,不是什么传闻。正式的处决有八场,不那么正式的更是数不胜数。好些人令人费解地死去,还有许多官员突然选择退休。我得说,恩希尔勃然大怒,几乎把自己的指挥官杀了个干净。所以说,现在谁还能率领他们的大军?那些士官吗?"

"不,不会是士官。"亚甸的德马维冷冷地说,"率领军队的将是年轻有为的军官们,他们在恩希尔手下受训已久,这样的机会他们等了很多年。正是那些上了年纪的元帅挡住了他们晋升和掌握军权的道路。至于那些年轻指挥官的名字，我们都已经听说了。他们粉碎了麦提那和那赛尔的起义，又迅速镇压了艾宾叛乱。那些指挥官重视迂回战术，重视长距离的骑兵突袭，重视步兵的高速行军和登陆作战。他们运用集中攻击的战术粉碎敌人的攻势，他们会使用最新的攻城技术，而不依赖不确定性太大的魔法。我们绝不能低估他们。他们渴望跨过雅鲁加河，以此证明自己已从老元帅的失败中学到了教训。"

"如果真学到了教训，"亨赛特耸耸肩，"他们就不会跨过雅鲁加河了。这条河的河口位于辛特拉和维登的边境线，那里仍由维登国王埃维尔和他的三座要塞控制——纳史特洛格、洛史洛格和波德洛格。他们不可能这么简单就攻占那里，任何新技术都办不到。希达里斯国王埃塞因的舰队会保护我们的侧翼，我们能守住河岸多亏了他们。当然，还有史凯利格群岛的海盗。你们应该记得，亚尔·克拉茨·安·奎特没跟尼弗迦德人签署停战协议，他经常袭击他们在普罗文斯群岛的定居点和要塞，然后放上一把火。尼弗迦德人给他取个绰号，叫蒂斯·伊斯·穆瑞，意思是'海上的野猪'。他们用他吓唬不听话的小孩！"

"吓唬吓唬尼弗迦德小孩，"维兹米尔讽刺地笑笑，"可没法确保我们的安全。"

"这的确不能，"亨赛特赞同，"但别的东西可以。如果不能控制河口与河岸，侧翼又遭到威胁，那等越过雅鲁加河后，恩希尔·瓦·恩瑞斯就没法确保部队补给线的安全。到时还怎么急行军，怎么用骑兵突袭？太荒谬了。他们的部队过河后至少得停顿三天。半数人会准备攻打要塞，其余那些则会缓缓散开，洗劫整个地区，搜寻食物和马匹饲料。等他们著名的骑兵队饿得吃光大多数马匹时，我们就可以重演一次索登之战。见鬼,我倒希望他们过河!不过别担心,他们不会的。"

"假如说,"莱里亚女王米薇突然道,"他们不会跨过雅鲁加河。假如尼弗迦德人会继续坐等。让我们考虑一下:这对谁更有好处?他们,还是我们?谁能等下去,谁又等不了?"

"完全正确!"维兹米尔接过话头,"米薇跟平时一样,话不多,但每句都一针见血。恩希尔有大把时间,我们却没有。你们还搞不清状况吗?三年前,尼弗迦德人弄松了山坡上的一颗小石子,现在正静静地等待山崩。他们只要看着石头不断滚下山坡就行了。因为对某些人来说,最初那颗小石子就像一块无法撼动的巨石。等人们发现,只要轻轻一碰就能让它滚落的时候,那么制造山崩也就不是什么难事了。从灰山到布利姆巫德海角,到处都有精灵突击队在林中出没——他们已经不再是小规模的游击队了,战争已经打响。再等下去,我们还会看到多尔·布雷坦纳的自由精灵拿起武器。玛哈坎的矮人正蠢蠢欲动,布洛克莱昂森林的树精也越来越放肆。这是一场战争,规模庞大的战争。是内战。我们的内部斗争。而尼弗迦德人会一直坐等……你们觉得时间站在哪一边?就连三四十岁的年轻精灵都加入了松鼠党的突击队,而他们有三百年的寿命!他们有的是时间,我们可没有!"

"松鼠党,"亨赛特承认,"的确成了我们的心腹大患。他们严重妨碍我的贸易和运输,还恐吓农夫……我们必须结束这一切!"

"既然非人种族想要战争,我们就给他们战争。"泰莫利亚国王弗尔泰斯特说,"我一向主张和平共处,但他们想要武力,我们就得让他们瞧瞧谁更厉害。我准备好了。我在此承诺:我会在六个月内解决泰莫利亚和索登境内的松鼠党。早在我们的祖先和精灵对抗时,那里的土地就流淌过精灵之血。在我看来,流血是悲剧,但我没有别的选择。悲剧只能重演了。我们必须平定精灵的势力。"

"只要你下命令,你的军队便会攻打精灵,"德马维点点头,"可他们会攻打人类吗?会攻打作为步兵来源的农民吗?会攻打行会吗?会攻打自由城镇吗?提到松鼠党,维兹米尔说了,他们只是山崩中的一块石头而已。好了,好了,大家别这么张口结舌地看着我!谣言早就传开了:据说在尼弗迦德占领区的村庄和城镇里,农夫和手艺人活得更好,他们更自由、更富有,商人行会也享有更多特权……我们的市场就快要被尼弗迦德生产的商品淹没了。在布鲁格和维登,他们的钱币正在取代我们的流通币。如果我们袖手旁观,就彻底没救了:我们会卷入与邻国的冲突,为平息叛乱和暴动而焦头烂额,同时在尼弗迦德人的经济压迫下慢慢崩溃。我们只能缩在自己的小角落里,慢慢死掉,因为——听好了——尼弗迦德人会阻止我们往南,可我们必须发展和扩张,否则我们的子孙后代很快就将无处容身!"

在场众人沉默不语。瑞达尼亚的维兹米尔重重地叹了口气,拿起桌上一只高脚杯,喝了一大口。在这漫长的沉默中,雨水不断拍打窗棂,呼啸的狂风也不时摇晃着窗扇。

"我们担心的这些事,"亨赛特最后总结道,"都是尼弗迦德人的杰作。恩希尔的特使在煽动非人种族,散播传闻,挑起暴乱。他们一掷千金,承诺给公司和行会特权,给公侯贵族权力和地位,答应让他们在新行省——也就是我们的王国——担任要职。我不知道在你们国家是什么样,但在科德温,到处都是牧师、传教士、占卜师和突然冒出来的神秘主义者,都在宣扬世界末日的到来……"

"在我的王国也一样。"弗尔泰斯特赞同道,"见鬼,和平都维持这么多年了。自从我祖父屠杀了大多数牧师,让他们认清自己的位置之后,剩下的都在做有意义的事。他们钻研书本,把知识传授给孩子,治疗病患,照看穷人、残疾人和流浪汉,不再掺和政治。可突然间,他们都醒悟了,开始对民众胡言乱语——而民众也听信了他们的话,自以为终于明白了生活艰难的原因。我之所以容忍这一切,是因为我不像祖父那么冲动,在王室的威信和尊严方面也不像他那么敏感。话说回来,如果我轻易被一群疯子的胡话影响,只能说明那些威信和尊严根本不存在。我的耐心就快到头了。最近的传道主题是:有一位救星会从南方到来。南方!雅鲁加河对岸!"

"白焰,"德马维喃喃道,"白霜将会到来,其后是白光。随后世界将借由白焰和白女王而重生……我也听过这些。这是对精灵女先知伊丝琳妮·爱普·艾维尼恩的预言的篡改。我下令逮捕了在温格堡集市散播这些预言的牧师,审问他的人礼貌而详细地问他:恩希尔究竟付给他多少黄金……可那牧师只会胡扯什么白焰和白女王……直到最后一刻。"

"小心,德马维。"维兹米尔皱起眉头,"别让他们成了殉道者。这正是恩希尔想要的。只要你愿意,大可以抓走所有尼弗迦德人,但别碰牧师,后果太难以预料。他们依然受到尊敬,且对民众有相当大的影响力。松鼠党带来的麻烦已经够多了,我们不能让城镇出现暴乱,也不能对治下的农夫宣战。"

"见鬼!"弗尔泰斯特哼了一声,"别这么做,别冒那个险,别这样,别那样……我们聚在这儿,难道是为讨论什么事不能做?德马维,你把我们拖到哈吉要塞,就为抱怨和哭诉我们的软弱无助?让我们做点什么吧!有些事非做不可!目前的局面必须得到遏制!"

"我从一开始就在说这个。"维兹米尔站起身,"我提议行动。"

"什么行动?"

"我们能做什么?"

沉默再次降临。狂风呼啸,窗扇在城堡的墙壁上不断摇晃。

"你们,"米薇突然说,"干吗都看着我?"

"我们在欣赏你的美貌。"亨赛特喝着杯里的酒,嘟囔道。

"同意。"维兹米尔附和道,"米薇,我们也都知道,没有你解决不了的问题。你有女性的直觉,你是位睿智的——"

"别再恭维我了。"莱里亚女王在膝盖上十指交扣,双眼盯着绘有狩猎场面的陈旧挂毯,那些皮绳牵引的猎犬正在一头逃窜的白色独角兽的侧翼追击。我从没见过活的独角兽,米薇心想。从来没有。也许这辈子都见不到了。

"目前的情况,"过了一会儿,她努力将视线从挂毯上挪开,"让我想起了利维亚城堡里的漫长冬夜。空气中始终有股悬而未决的气氛。我丈夫会考虑怎么把另一个侍女搞上床;元帅会研究怎么打一场让他成名的胜仗;巫师会想象自己就是国王;仆人不愿服侍主人;小丑悲伤、阴郁又无趣得要命;狗儿会忧郁地吠叫;猫儿只顾呼呼大睡,不关心老鼠会不会蹿上桌子。所有人都在等待。所有人都皱起眉头看着我。而我……于是我……会给他们展示,让他们明白我能做到什么:我能让城墙摇晃,让附近的灰熊从冬眠中惊醒。他们脑袋里那些愚蠢的念头顿时一扫而空。突然间,所有人都知道谁才是掌权者了。"

没人说话。风声更响了。屋外城垛上的守卫漫不经心地打着招呼。拍打在铅制窗框上的雨声变成了一连串疯狂的断音。

"尼弗迦德人正在观望、等待。"米薇摆弄自己的项链,缓缓续道,

"尼弗迦德人正在观察我们。空气中有股悬而未决的气氛,愚蠢的念头在许多人脑中萌生。所以,就让他们看看我们的能力吧。让他们知道,谁才是真正的君王。让我们摇晃这座陷入冬眠的城堡,让它的城墙为之震颤!"

"消灭松鼠党。"亨赛特飞快地说,"来一场庞大的联合军事行动。血洗非人种族。让精灵之血在庞塔尔、葛温里屈和布伊纳诸河流淌,从源头直至入海口!"

"派一支讨伐队,镇压多尔·布雷坦纳的自由精灵。"德马维皱着眉头补充道,"让调停部队开进玛哈坎。给维登的埃维尔一个机会,让他对付布洛克莱昂森林的树精。没错,准备血洗他们!至于幸存的那些——全都送去隔离区!"

"送克拉茨·安·奎特去尼弗迦德海岸。"维兹米尔接过话头,"让希达里斯王国舰队为他提供支援,让海盗从雅鲁加河一直抢掠到艾宾!展示力量——"

"还不够。"弗尔泰斯特摇摇头,"这些还不够。我们需要……我知道我们需要什么。"

"那就告诉我们!"

"辛特拉。"

"什么?"

"把辛特拉从尼弗迦德人手里夺回来。让我们跨过雅鲁加河,首先发起进攻。他们肯定毫无防备。让我们把尼弗迦德人赶回玛那达阶梯的另一边。"

"怎么做?刚刚才说到雅鲁加河是军队无法跨越的天堑……"

"对尼弗迦德人来说没错。但那条河在我们控制之下。河口和补给路线都在我们的掌控之中，侧翼还有史凯利格群岛、希达里斯和维登的要塞的保护。对尼弗迦德人来说，让四五万人过河是件相当费力的事，而我们能做的却不只是渡河。别这么吃惊，维兹米尔，你不是已经厌倦等待了吗？你不是想要大动作吗？不是想显示王者的力量吗？那就夺回辛特拉。辛特拉能让我们团结起来，因为她是个象征。别忘了索登！要不是辛特拉大屠杀，还有卡兰瑟的殉难，那场大胜根本不会到来。双方兵力相当，没人相信我们能打得他们落花流水，但我们的军队像恶狼和狂犬一样扑向他们的喉咙，只为替辛特拉的雌狮复仇。只是，泼洒在索登土地上的鲜血并不能平息所有人的怒火。想想'海上野猪'克拉茨·安·奎特吧！"

"说得没错。"德马维点头道，"克拉茨发下血誓，要向尼弗迦德人复仇。为在玛那达遇害的伊斯特·图尔塞克复仇，为卡兰瑟复仇。如果我们进攻河对岸，克拉茨会倾尽史凯利格群岛的兵力做我们的后盾。看在诸神的分上，这计划能成功！我支持弗尔泰斯特！别再等待了，让我们先发制人，让我们解放辛特拉，把那些狗娘养的赶出阿梅尔山口！"

"别这么着急。"亨赛特厉声道，"别忙着扯虎须，老虎还没死呢。而且，如果先发制人，我们就成了侵略者，会违反大家都盖过章的休战协议。聂达米尔及其军事联盟不会支持我们，伊斯特拉德·蒂森也不会援助我们。我不知道希达里斯的埃塞因王会有什么反应，但我们的行会、商贩及贵族肯定不会支持侵略战争……最重要的是，巫师也一定反对。别忘了那些巫师！"

"巫师肯定不会支持针对河对岸的军事行为。"维兹米尔赞同道，"休战协议正是洛格伊文的威戈佛特兹的杰作。众所周知，他的计划是让停战逐渐转变为持久的和平。威戈佛特兹不会支持战争。至于巫师会，相信我，他们对威戈佛特兹唯命是从。索登战役之后，他成了巫师会最重要的人物——不管其他巫师怎么说，威戈佛特兹已经是一把手了。"

"威戈佛特兹，威戈佛特兹。"弗尔泰斯特愤怒地说，"那个巫师的势力也太大了。处处受制于威戈佛特兹和巫师会的计划已经让我很恼火了——还都是我既不熟悉、也不理解的计划。但变通的法子还是有的，先生们。如果尼弗迦德人主动进攻呢？比如侵犯多尔·安格拉？攻打亚甸和莱里亚？这些我们可以安排……可以伪造一次小小的挑衅……比如他们引发的边境冲突？比如攻击边境要塞？当然了，我们会果敢地行动，而且会得到所有人的同情，包括威戈佛特兹和巫师会的全体成员。等恩希尔·瓦·恩瑞斯把目光从索登和河谷地区收回来时，辛特拉人——那些聚集在布鲁格的维赛基德旗下的移民和难民——又会要求收回国土。他们当中有武装的就将近八千人。还能有比他们更好的先头部队吗？那些人每天都盼望夺回辛特拉，回到被迫离开的祖国。他们渴望战斗，甚至已经准备好进攻河对岸了。他们要的只是一声战斗的呐喊。"

"战斗的呐喊。"米薇说，"还有我们援助的承诺。恩希尔在边境线有八千可调动的守军，有了这些兵力，他甚至连援兵都不用派。维赛基德很清楚这一点，所以弗尔泰斯特，除非你的大军外加瑞达尼亚的部队在雅鲁加河的左岸登陆，否则他不会有任何行动。最重要的是，维赛基德还在等待辛特拉的幼狮。这位王后的外孙女显然在大屠杀中逃过一劫，有人看到她出现在难民的队伍里，但那孩子神秘失踪了。辛特拉人一直在找她……他们需要王室血统坐上将要夺回的宝座。他们需要卡兰瑟的血脉。"

"都是胡说八道。"弗尔泰斯特冷冷地说,"已经两年多了,如果还不知道那孩子的下落,那她肯定死了。我们可以忘掉这些不着边际的想法了。卡兰瑟已经不在了,幼狮和王室血脉也已不复存在。辛特拉……不可能变回雌狮生前那样了。当然了,这些话不能告诉辛特拉人。"

"也就是说,你打算派辛特拉游击队去送死?"米薇眯起眼睛,"让他们上最前线?而且不会告诉他们,辛特拉哪怕重生,也只能成为你治下的附庸国?你要我们为了你的利益攻打辛特拉?你把索登和布鲁格收归己有,又在维登磨利了牙齿,现在还盯上了辛特拉,是这样吗?"

"承认吧,弗尔泰斯特。"亨赛特厉声道,"米薇说得没错。你煽动我们就为这个目的吧?"

"得了吧,"泰莫利亚的统治者蹙起尊贵的额头,愤怒地说,"别把我说成梦想建立帝国的征服者。你们究竟在说什么?索登和布鲁格?索登国王埃克哈德是我母亲同父异母的兄弟。在他死后,索登王国把王冠交给了他的亲人,也就是我。血浓于水!这有什么好奇怪的?没错,布鲁格的文斯拉夫作为臣属向我纳贡——但这不是强制性的!他这么做是为保护自己的王国,因为天气晴朗时,他甚至能看到雅鲁加河左岸挥舞的尼弗迦德长枪!"

"我们说的就是左岸,"莱里亚女王慢吞吞地说,"我们要攻打的左侧河岸。而左岸就是辛特拉,曾遭焚毁、荒废,经历了屠杀和入侵之劫的辛特拉……但它仍是辛特拉,辛特拉人不会把王冠交给你,弗尔泰斯特,也不会向你纳贡。辛特拉不会接受附庸国的地位。毕竟你和他们也不沾亲带故!"

"辛特拉,如果我们……等解放辛特拉,我们可以对它进行联合保护。"亚甸的德马维说,"辛特拉位于雅鲁加河口,那儿的战略位置太过重要,我们绝不能失去对它的控制。"

"辛特拉必须是自由的国家。"维兹米尔反驳道,"自由、独立而强盛的国家。能够成为钢铁大门,在尼弗迦德北方充当屏障,而不是一片让尼弗迦德骑兵纵马飞驰的焦土!"

"重建那样的辛特拉有可能吗?卡兰瑟已经不在了。"

"别激动,弗尔泰斯特。"米薇噘噘嘴,"我告诉你了,辛特拉人永远不会接受外来摄政者坐上他们的王位。强行统治只会逼他们倒戈。维赛基德会让部队再次准备作战,但这次是在恩希尔的指挥下。然后有一天,他们会和尼弗迦德大军一起攻击我们。就像你刚才生动描述的一样,他们会是先头部队。"

"弗尔泰斯特知道,"维兹米尔不屑地说,"所以他才这么拼命地寻找卡兰瑟的外孙女,那只'幼狮'。你还不明白吗?血浓于水,王冠可以借由通婚得到。等找到那个女孩,他会强迫她嫁给——"

"你疯了吗?"泰莫利亚国王气得几乎说不出话,"幼狮已经死了!我根本没找那个女孩,就算……我也从没想过强迫她做那种事……"

"你用不着强迫她,"米薇露出迷人的微笑,打断他的话,"你依然是个高大、健壮、英俊的男人,我的亲戚。而幼狮体内流淌着卡兰瑟的血。滚烫的血。我跟卡兰瑟从小就认识。只要见到喜欢的人,她就会激动得上蹿下跳,甚至能把脚下的枯枝点着。她女儿帕薇塔,也就是幼狮的母亲,跟她一模一样。不用说,幼狮跟她们也不会相差太远。只要一点点努力,弗尔泰斯特,那个女孩就会缴械投降。这就是你的打算,承认吧。"

"这当然是他的打算。"德马维笑出了声,"我们的国王早在心里打好了小算盘!我们去攻打左岸,弗尔泰斯特却会神不知鬼不觉地找到那个女孩,赢得她的芳心,然后让他的娇妻坐上辛特拉的宝座,而她的人民会为她的幸福欢天喜地。因为他们有了一位女王,一位骨和血都来自卡兰瑟的女王。不但有女王……还附赠一位国王。弗尔泰斯特国王。"

"无稽之谈!"弗尔泰斯特气得大吼,面孔白了又红,"你们有毛病吗?这些胡言乱语简直毫无意义!"

"意义大得很呐。"维兹米尔冷冷地说,"因为我知道,有人正急切地寻找那个孩子。弗尔泰斯特,那人是谁?"

"太明显了!是维赛基德和辛特拉人!"

"不,不是他们。至少不只是他们。还有其他人。那人所到之处总会留下尸体。那人会毫不犹豫地勒索、贿赂加拷问……说到这个,你们哪位麾下有个叫里恩斯的家伙?哦,我从你们的表情就看得出来,要么没有这回事,要么就是你们不想承认——结果都一样。我重复一遍:他在寻找卡兰瑟的外孙女,而寻找的方式让人对他的动机起疑。我想问,究竟谁在找她?"

"见鬼!"弗尔泰斯特一拳打在桌子上,"不是我!我从没想过靠跟小孩子结婚来换取王位!毕竟我……"

"毕竟你过去四年都在跟拉·瓦雷第男爵夫人偷情。"米薇再次微笑,"你们就像两只相爱的斑鸠,只等老男爵一命归西。你瞪我做什么?我们都知道这事。你以为我们雇探子是干吗的?不过考虑到辛特拉的王位,我的亲戚,很多国王都愿意为此牺牲个人的幸福……"

"等等，"亨赛特用力挠挠胡子，"说到很多国王，暂时先放弗尔泰斯特一马。有嫌疑的不止他一个。卡兰瑟在世时，曾想把外孙女嫁给维登国王埃维尔之子。埃维尔说不定也觊觎着辛特拉，而且不只是他……"

"唔……"维兹米尔低声自语，"的确。埃维尔有三个儿子……而眼下在场的人中，有男性后裔的都有谁呢？嗯？米薇？万一是你在蒙骗我们呢？"

"你们可以把我排除在外了。"莱里亚女王笑得更迷人了，"我的两个孩子仍在云游世界——这就是放纵的结果——即便他们还没上绞架，我也不觉得他们会突然冒出当国王的念头。他们从前没有这种想法，现在也不会有。那两个人比他们的父亲还要蠢。愿他安息，了解我亡夫之人应该会明白我的意思。"

"说得没错，"瑞达尼亚国王赞同道，"我了解他。你的两个儿子真的比他还蠢？见鬼，我以为他已经蠢到极限了……请原谅，米薇。"

"没关系，维兹米尔。"

"谁还有儿子？"

"你，亨赛特。"

"我儿子已经结婚了！"

"这算什么问题？有位睿智之人曾说，考虑到辛特拉的王位，很多国王都愿意为此牺牲个人的幸福。因为值得！"

"我不允许这样的诬蔑！别刁难我了！其他国王也有儿子！"

"亨弗斯的聂达米尔有两个儿子。他自己也是个鳏夫，年纪也没多大。也别忘了柯维尔的伊斯特拉德·蒂森。"

"我想他们也可以排除嫌疑了。"维兹米尔摇摇头，"亨弗斯联盟和柯维尔正在筹划彼此间的联合统治。他们对辛特拉和南方不感兴趣。唔……至于维登的埃维尔……辛特拉离他可不远。"

"有个人同样离辛特拉很近。"德马维突然开口。

"谁？"

"恩希尔·瓦·恩瑞斯。他尚未娶妻。而且他比你更年轻，弗尔泰斯特。"

"活见鬼，"瑞达尼亚国王皱起眉头，"如果真是这样……恩希尔不费吹灰之力就能挫败我们！很明显，辛特拉的人民和贵族会追随卡兰瑟的血脉。想想看吧，如果恩希尔得到幼狮，后果会怎样？见鬼，这可真是雪上加霜！辛特拉的女王，同时还是尼弗迦德帝国的皇后！"

"皇后！"亨赛特不屑地说，"你在夸大其词，维兹米尔。恩希尔要那女孩做什么？他干吗要跟她结婚？为了辛特拉的王位？恩希尔已经攻下了辛特拉！他征服了那个王国，让它成为了尼弗迦德帝国的行省！他早就大摇大摆坐在王位上了！"

"首先，"弗尔泰斯特说，"恩希尔是作为侵略者占领辛特拉的。如果他找到那个女孩，并与她结婚，就能合法地统治那里。你明白吗？与卡兰瑟血脉联姻的尼弗迦德帝国，将不再是令整个北方敌视的入侵者了。他会成为我们重视的邻国。面对这样的尼弗迦德帝国，你要怎么迫使他们退到玛那达阶梯的另一边，把他们赶回阿梅尔山口？你要怎么进攻由辛特拉雌狮的外孙女合法占据王位的辛特拉王国？见鬼！我不知道谁在找那个孩子，只能说不是我。但我宣布会从现在开始找她。我依然相信那个女孩已经死了，但我们不能冒险。现在看来，她实在太重要了。如果她幸存下来，我们必须找到她！"

"要不要先决定好，等找到之后让她嫁给谁？"亨赛特面露苦相，

"这事可不能听天由命。我们可以把她交给维赛基德的游击队,让她起到战斗旗帜的作用——他们可以在攻打左岸时让她率队冲锋。但想让光复后的辛特拉对我们有用……你们肯定明白我的意思!如果我们攻打尼弗迦德并收复了辛特拉,就可以让幼狮坐上王位。但幼狮只能有一个丈夫,那人要负责我们在雅鲁加河口的利益。在场有谁想自荐?"

"我就免了,"米薇开起了玩笑,"我放弃这个权利。"

"我没打算把不在场之人排除在外,"德马维严肃地说,"包括埃维尔、聂达米尔和蒂森家族。而且记住,维赛基德使用那面战旗的方式也许会出乎你们的意料。你们听过贵庶通婚的例子吧?维赛基德年纪大了,还丑得像坨牛粪,但只要喝下足够多的苦艾酒和春药,幼狮也许会出人意料地爱上他!我们的计划里包括维赛基德国王吗?"

"不,"弗尔泰斯特喃喃道,"我可没算上他。"

"唔……"维兹米尔犹豫起来,"我也一样。维赛基德只是件工具,不是合作伙伴,这就是他在我们攻打尼弗迦德的计划中扮演的角色——仅此而已。除此之外,如果努力寻找幼狮之人真是恩希尔·瓦·恩瑞斯,我们就不能冒这个险。"

"这是当然,"弗尔泰斯特附和道,"幼狮决不能落入恩希尔手中。她绝不能……活着落到任何……任何对我们不利之人手里。"

"你要杀了她?"米薇皱起眉头,"这手段太不光彩了,国王们。不值得。没必要这么极端。首先,让我们找到那个女孩——毕竟她还不在我们手里。等找到她,把她交给我。我会让她在山中某座城堡住上几年,再嫁给我手下某位骑士。等你们再见到她时,她会带着两个孩子,肚里还怀着一个。"

"如果我没算错,这代表未来起码会有三个可能的篡位者。"维兹米尔点点头,"不,米薇。这手段的确肮脏,但只要幼狮还活着,她就非死不可。事关国家利益啊,国王们!"

雨点不断敲打窗棂。狂风在哈吉要塞的塔楼间呼啸。

国王们陷入沉默。

◆―▶ ―◀―◆

"维兹米尔、弗尔泰斯特、德马维、亨赛特和米薇,"元帅复述道,"他们在庞塔尔的哈吉要塞密会。他们在私下会谈。"

"多有象征意义啊。"苗条的黑发男人头也不回地说,他的麋皮外衣上留有铠甲的压痕和锈迹,"不到四十年前,就在哈吉要塞,维尔福瑞尔击败了梅代尔的大军,加强了对庞塔尔山谷的掌控,确立了亚甸和泰莫利亚如今的边界。今天,维尔福瑞尔之子德马维邀请梅代尔之子弗尔泰斯特来到哈吉要塞,又找来了崔托格的维兹米尔、阿德·卡莱的亨赛特和莱里亚的风流寡妇米薇。所有人齐聚一堂,举行秘密商谈。库霍恩,你能猜到他们在谈什么吗?"

"能猜到。"元帅简短地回答,没再多说一个字。他知道,背对自己的那人痛恨任何人在他面前作多余的评价。

"他们没邀请希达里斯的埃塞因王。"身穿麋皮外衣的男人转过身,双手背在身后,从窗边缓缓走到桌边又走回去,"也没邀请维登的埃维尔王,更没邀请伊斯特拉德·蒂森和聂达米尔。这说明他们要么极度自信,要么缺乏自信。他们也没邀请巫师会的任何人,这不但有趣,而且意义重大。库霍恩,把密会的事告诉给巫师。让他们知道,他们的君王并不尊重他们。我相信,巫师们已经起疑心了。把消息散播出去。"

"遵命。"

"有里恩斯的消息吗?"

"还没有。"

那人在窗边停下脚步,伫立良久,看着沐浴在雨中的山丘。库霍恩在等待,手不安地攥紧剑柄圆头又放开。他担心自己又要被迫聆听一段漫长的独白。元帅知道,站在窗边的人把独白视为对话,又将对话看成特权和信任的证明。他深知这一点,但还是不喜欢聆听独白。

"总督大人,你觉得这个国家怎么样?你喜欢你的新行省吗?"

元帅吃了一惊,不由发起抖来。他没料到对方会提问,但也没思考太久就开口回答了。虚伪和犹豫意味着沉重的代价。

"不,陛下。不喜欢。这个国家……死气沉沉。"

"它过去可不是这样,"那人还是不回头,"将来也不会。等着瞧吧,库霍恩,你会看到一个美丽幸福的辛特拉。我向你保证。别难过,我不会让你在这儿久留,会有人来接替这个行省的总督之职。我要你去多尔·安格拉。等叛乱平息,你就会离开。我在多尔·安格拉的部队需要一位可靠的指挥官,不接受挑衅的指挥官。莱里亚的风流寡妇,还有德马维……随时会挑衅我们。你得管住那些年轻军官,让他们冲动的脑袋冷静下来。只有我给你命令时,你才能接下战书。在那之前,要按兵不动。"

"遵命!"

前厅传来武器和马刺的声音,还有响亮的说话声。有人敲了敲门。身穿麋皮衣的男人转过身,点头以示同意。元帅略鞠一躬,离开了房间。

那人回到桌边坐下,低头看着地图。他仔细看了很久,最后将额头靠在交扣的双手上。他的戒指上有颗硕大的钻石,在烛光中闪耀,仿佛一千团火焰。

"陛下?"房门嘎吱一响,库霍恩又回来了。

那人一动没动,但元帅注意到他的双手在抽搐。元帅是凭钻石的反光发现的。他小心翼翼地关上门,轻手轻脚走到那人身后。

"有消息吗,库霍恩?里恩斯的消息?"

"不是,陛下。但是有好消息。这个行省的叛乱已经平息。我们击溃了叛军,只有少数几个逃到维登。我们抓住了他们的首领,阿特里的温德罕公爵。"

"很好。"过了一会儿,那人说道,但仍没抬头,"阿特里的温德罕……砍了他的头。不……不砍头,用别的方式处决他。壮观、漫长而又残酷的方式。还得是公开处决,这个不用多说吧?杀鸡儆猴很有必要。这能吓住其他有心人。不过拜托,库霍恩,细节就不用烦我了。你用不着在报告里描述得细致入微,这不会给我带来丝毫乐趣。"

元帅点点头,用力咽了口口水。他也不喜欢这种事,半点都不喜欢。他打算把处决的准备和实施工作都交给手下的专家,不打算询问相关细节,甚至不准备到场。

"行刑时你要在场。"那人抬起头,从桌上拿起一封信,拆开封蜡,"作为官方代表。身为辛特拉行省的总督,你要代我到场。我可不想亲自观看。这是命令,库霍恩。"

"遵命!"元帅甚至不打算掩盖自己的困窘和不安。发号施令者不允许任何人向他隐瞒,而且鲜少有人能瞒过他。

那人瞥了眼摊开的信纸,几乎立刻把它丢进壁炉的火中。

"库霍恩。"

"陛下,有何吩咐?"

"我不想等里恩斯的报告了。叫巫师们开始工作,准备用魔法联络瑞达尼亚的联系人。把我的口头命令传达过去,立刻送到里恩斯那里。命令如下:不必再小心行事,也别再跟猎魔人玩什么游戏了,不然结果可能会很不妙。没人能愚弄那个猎魔人。我了解他,库霍恩,他很聪明,不可能让里恩斯找到女孩的踪迹。我重复一遍,里恩斯必须马上安排刺杀,叫猎魔人退出这场游戏。他要杀了猎魔人,然后彻底消失,等待时机和我的命令。在那之前,如果他发现了女术士的踪迹,别去管她。不准伤到叶妮芙一根头发。库霍恩,记住了吗?"

"记住了,陛下。"

"这条命令必须加密,严防任何魔法解译。提醒那些巫师,如果搞砸了,如果被外人得知我的命令,我唯他们是问。"

"遵命,陛下。"元帅清清嗓子,挺直背脊。

"还有事吗,库霍恩?"

"伯爵……已经到了,陛下。他遵照您的命令来了。"

"这就到了?"那人露出微笑,"速度值得钦佩。希望他没累坏让所有人羡慕的黑马。让他进来吧。"

"陛下,你们对话时,需要我在场吗?"

"当然需要,辛特拉总督大人。"

等候在前厅的骑士听到召唤,迈着响亮有力的步伐走进房间,黑色铠甲发出金属摩擦声。他停下脚步,自豪地挺直脊背,脱下泥泞潮湿的黑色斗篷,手按剑柄,把饰有猛禽羽翼的黑色头盔放到髋部。库霍恩看着骑士的脸。他看到了属于战士的自豪与狂傲不羁。这人被关押了三年——按当时的情形,他本该上断头台的——但从他脸上看不到一丝相关的痕迹。元帅唇边浮现一抹微笑。他知道,缺乏想象力的年轻人总会展现出对死亡的轻蔑,还有疯狂的勇气。他很清楚这一点,因为他自己也曾年轻过。

那人坐在桌边,下巴搁在交扣的手指上,目不转睛地打量着骑士。年轻人的背脊绷得活像收紧的琴弦。

"丑话说在前头,"桌边之人对他讲,"你要明白,我还没原谅你三年前在那城中犯下的错误。我只是再给你一次机会,再下道命令。我怎么决定你的最终命运,完全取决于你自己的表现。"

年轻骑士的表情毫无变化。装饰头盔的羽翼中也没有一根羽毛因此颤抖。

"我从不骗人,也不给任何人虚假的幻想。"那人续道,"所以你要明白,想保住项上人头,这次就不能再犯任何错误。你得到完全赦免的机会非常小,而你被我宽恕和遗忘的可能性……根本不存在。"

年轻的黑甲骑士依然一动不动,但库霍恩看到他眼里精光闪烁。他不相信这些话,库霍恩心想。他不相信,而且有自己的盘算。这可是个巨大的错误。

"我命令你集中全部注意力,"桌边那人续道,"还有你,库霍恩,因为我要下达的命令也跟你有关。不过稍等片刻,我要考虑一下内容和措辞。"

门诺·库霍恩元帅——辛特拉行省总督,未来的多尔·安格拉部队总指挥官——抬起头,立正站好,手握剑柄圆头。身穿黑色铠甲、手捧羽翼头盔的骑士也摆出同样的站姿。他们在等待。沉默地耐心等待。等待命令。而思考命令内容与措辞之人,正是尼弗迦德帝国的皇帝恩希尔·瓦·恩瑞斯，Deithwen Addan yn Carn aep Morvudd——"在敌人墓上起舞的白焰"。

◆━━━◆━━━◆

希瑞醒了。

她半躺半坐在床上，脑袋下垫着好几个枕头，头上的湿毛巾微微发热，几乎干透。她无法忍受那烦人的重量，还有贴在皮肤上的刺痛感，于是甩开毛巾。她觉得难以呼吸，喉咙发干，鼻孔里塞满瘀血。灵药和咒语起了作用——几个钟头前曾在她颅骨里炸开，令她视线模糊的痛楚已然消失不见，取而代之的是隐隐的抽痛，还有太阳穴上的压迫感。

她用手背小心地碰碰鼻子。血已经止住了。

真是个怪梦，她心想。许多天来的头一个梦。头一个我不害怕的梦。头一个与我无关的梦。我成了……旁观者。我从上方、从很高的地方看着一切……我好像是只鸟……一只夜行的鸟……

在梦中，我看到了杰洛特。

在梦中，时间是晚上。雨滴敲打运河水面，洒在木瓦和茅草屋顶上，在桥面的木板和船只的甲板上闪闪发光……杰洛特就在那儿。他不是独自一人，有个戴可笑羽毛帽的男人陪在他身旁，沾湿的羽毛有气无力地耷拉着。还有个穿绿色连帽斗篷的苗条女孩……三人缓慢而小心地走在一座潮湿的桥上……我在上方看着他们。我好像是只鸟……一只夜行的鸟……

杰洛特突然停下脚步。"还很远吗？"他问。"不远了，"苗条女孩答道，甩掉绿斗篷上的雨水，"就快到了……嘿，丹德里恩，别慢吞吞的，你会在死胡同里迷路的……见鬼，菲丽芭去哪儿了？我刚才还看见她在运河边上飞……天气太糟了……我们还是快走吧。"

"带路吧，夏妮。私下问一句，你跟那个江湖骗子是怎么认识的？你跟他发生了什么？"

"我有时会从学院工坊里偷些药剂卖给他。干吗用这种眼神看我？我继父光是帮我交学费就很勉强了……我有时手头会很紧……虽然那人是个江湖骗子，但他会拿真药去治疗别人……至少不会让他们中毒……好了，继续走吧。"

真是个怪梦，希瑞心想。可惜我醒了。我真想看看接下来会发生什么……我想知道他们在那儿干吗。他们要去哪儿……

隔壁房间传来说话声，就是这个声音吵醒了她。南尼克嬷嬷语速飞快，显然很是激动、焦虑又愤怒。"你辜负了我的信任，"她说，"我当初就不该答应。我早该猜到，你对她的厌恶会导致灾难。我不该同意你去——归根结底，我很了解你。你无情、冷酷，更糟的是，你还粗心、不负责任。你无情地折磨那孩子，强迫她去做根本不可能完成的事。你毫无同情心。真是铁石心肠，叶妮芙。"

希瑞竖起耳朵，想听听女术士的回答，听听她冰冷、无情而又悦耳的嗓音。希瑞想听到她的回应，想知道她会怎么嘲笑高阶女祭司，想知道她会如何奚落对方的过度保护。她想听女术士说平时的那些话——运用魔法可不是说笑，魔法不适合娇嫩脆弱的年轻女孩。但叶妮芙的回答很轻，轻到女孩连一个字都听不清。

我要继续睡觉，她想，小心地碰碰依然一摸就疼、且满是瘀血的鼻子。我要回到梦中。我要看看杰洛特在那儿，在雨夜的运河边做什么……

叶妮芙拉着她的手。她们沿一条细长黑暗的走廊往前走,两边是一根根石柱或雕像。深邃的黑暗中,希瑞看不清它们的外观,但她感觉有人藏在暗处,观察着经过的她们。她听到低语声,比风吹树叶的沙沙声还要轻。

叶妮芙拉着她的手,步伐轻快、坚定又果断,希瑞简直跟不上她的速度。门在她们面前接连打开。无数扇沉重而高大的门,在她们面前吱吱呀呀地开了。

黑暗更浓重了。希瑞看到前方又是一扇门。叶妮芙没有放慢脚步,但希瑞突然意识到,那扇门不会自行开启。她突然无比确信,这扇门绝不能打开,自己也绝不能穿过那扇门。因为门后,有个东西正在等她……

她停下脚步,想挣脱叶妮芙的手,可叶妮芙坚定有力、更加无情地拖着她往前。希瑞终于明白,她遭到了背叛、欺骗和出卖。从第一次见面起,从第一天起,自己就一直是个提线木偶。她更加用力地拉扯,终于挣脱开来。黑暗像烟雾一样起伏,黑暗中的低语渐渐止息。女术士向前一步,停了下来,转身看着她。

如果你害怕,那就回去吧。

这扇门绝不能打开。你知道的。

我知道。

可你还是带我来这儿。

如果你害怕，那就回去吧。你还有时间回去。还不晚。

那你呢？

对我来说，已经太迟了。

希瑞转回头。尽管黑暗无处不在，她却看到了她们刚刚穿过的门——还有一条长长的通道。在远处的黑暗中，她听到了……

马蹄声。黑色铠甲的摩擦声。猛禽羽翼的拍打声。还有说话声。微弱的话语钻进她的脑海……

你错了。你把投在湖面的倒影错当成了夜空的繁星。

她惊醒过来，猛地抬起头，弄掉了额上的毛巾——毛巾是新换上的，又湿又凉。她的衣服被汗水打湿，太阳穴又开始隐隐作痛。叶妮芙坐在床边，头转向一旁，希瑞看不到她的脸，只能看到她黑色的乱发。

"我做了个梦……"希瑞低声道，"在梦里……"

"我知道。"女术士用不属于自己的奇怪嗓音说，"所以我会在这儿。我就在你身边。"

窗外的黑暗中，雨水拍打树叶，发出沙沙的轻响。

◆━━━━━◆━━━━━◆

"见鬼，"丹德里恩甩掉帽檐上的雨水，愤怒地说，"这不是什么屋子，而是一座货真价实的要塞。那个骗子究竟害怕什么，要用这么厚的城墙保护自己？"

雨水拍打在河面上，停在码头的船只懒洋洋地摇晃着，不时相互碰撞，拴住船身的铁链咔嗒作响。

"这儿可是码头,"夏妮解释道,"附近从不缺暴徒和人渣,有本地的,也有路过的。不少人会带着钱去找麦尔曼……所有人都知道这事,而且他一个人住这儿,所以他做了万全的准备。你觉得很奇怪吗?"

"一点也不。"杰洛特看着建在木桩上的宅邸,而那些木桩插在距岸边近十码远的运河里,"我只想知道,怎样才能进到小岛一样的河间小屋。也许我们可以偷偷借条船……"

"没必要,"夏妮说,"那儿有座吊桥。"

"可你怎么说服那个江湖骗子放下吊桥?还有大门,我们可没带攻城槌……"

"交给我吧。"

一只硕大的灰色猫头鹰无声无息地落在码头的护栏上,拍拍翅膀,竖起羽毛,然后变成头发乱糟糟、身上湿淋淋的菲丽芭·艾哈特。

"我在这儿干吗?"女术士恼火地喃喃道,"见鬼,我跟你们来这儿干吗?踩在湿漉漉的木棍上……担着叛国罪的风险。如果迪杰斯特拉发现我在帮你们……最糟的是这下不完的毛毛雨!我恨雨中飞行。就是这儿?麦尔曼的住处?"

"对。"杰洛特确认到,"听着,夏妮,我们试试……"

他们躲进一栋小屋的芦苇屋檐下,凑在一起窃窃私语。运河对面的酒馆朝河面投下一条光带,歌唱声、欢笑声和叫喊声在周围回荡。三个船员跑上岸来,其中两个相互争吵、推搡,不断重复同一句脏话,却丝毫不觉无聊。第三个人靠着一根木桩,往运河里撒尿,嘴里吹着走调的口哨。

咚!有人敲敲拴在岸边的木杆上的铁皮,发出一声闷响。咚!

江湖骗子麦尔曼打开一扇小窗,往外观瞧。他手里的提灯反而让他什么都看不见,于是他把灯放到一边。

"活见鬼,谁这么晚了还来烦我?"他怒吼道,"没脑子的蠢货、人渣、废物,给我有多远滚多远!滚,现在就滚!我已经架好十字弓了!谁想要屁股上多几根箭?"

"麦尔曼大师!是我,夏妮!"

"啊?"江湖骗子把身子往外探探,"夏妮小姐?这么晚了,你来干吗?"

"放下吊桥,麦尔曼大师!我带了你要的东西!"

"非得晚上吗?你就不能白天带来?"

"白天人多眼杂。"身穿绿色斗篷的苗条轮廓出现在岸边,"如果被人看见,把这事传出去,我会被学院开除的。快放吊桥,我可不想在雨里站着,我都湿透了!"

"你不是一个人,小姐。"江湖骗子怀疑地说,"你平时都一个人来。谁跟你一起?"

"我朋友,跟我一样,是学生。难道我该一个人黑灯瞎火跑到这个偏僻角落?怎么,你觉得我不该重视自己的处子之身?让我进去,该死的!"

麦尔曼低声嘀咕着,放开绞盘上的搭扣,吊桥嘎吱嘎吱地垂下,落在岸边的木板上。老骗子迈着碎步走到门边,拉开门闩,打开门锁。他小心地向外看,但没放下手里的十字弓。

他没注意到裹在镶钉手套里、飞向他侧脑的拳头。尽管夜色昏暗,天上只有一轮新月,他却突然看到上万颗明亮的星星。

托布兰科·米舍莱让磨刀石再次磨过剑刃，全副心思都放在双手的动作上。

"也就是说，我们要帮你杀一个人。"他放开磨刀石，用一块浸过油的兔皮擦擦剑刃，仔细打量那把剑，"杀一个独自行走在牛堡街道上的普通人，他没有护卫，没有随从和保镖，甚至没有哪个无赖跟在他身边。我们也用不着爬进城堡、市政厅、豪宅或要塞去找他……尊敬的里恩斯阁下，是这样吗？我没理解错吧？"

面孔被烧伤毁容的男人点点头，微微眯起眼，脸上带着令人不快的表情。

"最重要的是，"托布兰科续道，"杀了那家伙之后，我们不用找个地方躲上半年，因为没人会追赶或寻找我们。没人会追捕我们，没人悬赏捉拿我们。我们也不会牵扯进什么世仇或宿怨。换句话说，里恩斯阁下，我们只要干掉一个对你来说半点也不重要的普通白痴？"

疤脸男人没答话。托布兰科看着静静坐在长椅上的弟兄们。里兹、弗莱维厄斯和洛多维科一如既往地沉默不语。在这支队伍里，他们负责杀人，托布兰科负责谈话，因为只有托布兰科去过神殿学校。他跟他的兄弟们同样擅长杀人，但他也擅长读写，以及谈话。

"为了干掉一个再普通不过的白痴，里恩斯阁下，你没随便找个老恶棍，却找上我们米舍莱兄弟？开价一百诺维格瑞克朗？"

"这是你们平时的价码，"疤脸男人慢吞吞地说，"没错吧？"

"有错。"托布兰科冷冷地反驳，"我们不杀普通白痴。如果真要杀……里恩斯阁下，那位你希望横尸街头的白痴也得值两百克朗。亮闪闪的两百克朗，没有切边，但要有诺维格瑞铸币厂的印记。知道为什么吗？因为这事没看起来那么简单，尊敬的阁下。你不用具体解释，我们应付得来。但你得付钱。我开价两百克朗。只要同意，这个不算你朋友的家伙就死定了；如果不同意，你就另请高明吧。"

散发着霉臭和酸酒味的地窖里，沉默突然降临。一只蟑螂轻快地挪动肢体，跑过泥泞的地面。弗莱维厄斯·米舍莱迅疾无比地动动脚，嘎吱一声踩扁了它——他几乎没挪动位置，表情更是毫无变化。

"同意，"里恩斯说，"酬劳是两百克朗。走吧。"

十四岁就成为职业杀手的托布兰科·米舍莱没露出内心的惊讶，甚至连眼皮都没眨一下。他本以为对方会砍到一百二十克朗，最多只会出一百五十。他突然确定了一件事：对于这份工作里隐藏的麻烦来说，他的开价还是太低了。

◆━━Ι━━◆

江湖骗子麦尔曼在自己房间的地板上苏醒过来。他躺在地上，被人五花大绑，后脑勺痛得要命，于是他想起自己摔倒时，脑袋撞到了门框上。被打中的太阳穴也很痛，但他没法动弹，因为一只穿着长靴的脚无情而沉重地踩着他的胸口。老骗子眯起眼睛，皱起脸往上看。靴子属于一个身材高大、发色雪白的男子。麦尔曼看不见他的脸——那张脸藏在桌上提灯无法照到的黑暗里。

"饶命……"他呻吟道，"饶了我吧，我向诸神发誓……我会给你钱……所有钱都给你……我带你去藏钱的地方……"

"麦尔曼,里恩斯在哪儿?"

江湖骗子听到声音,顿时发起抖来。他不是个胆小鬼:在这世上,他怕的东西并不多。但这白发男人的声音包含了他畏惧的一切,甚至还有超出。

恐惧在五脏六腑中蔓延,仿佛是一只活生生的虫子,他好不容易才将其压下。

"啊?"麦尔曼装出吃惊的样子,"什么?谁?你说什么?"

那人弯下腰,麦尔曼看到他的脸,看到他的双眼,心几乎沉到谷底。

"别再装傻了,麦尔曼,你已经露马脚了。"医学系学生夏妮的熟悉声音从阴影中传来,"我三天前来这儿时,这张桌子旁边的扶手椅里坐着一位阁下,斗篷用麝鼠毛皮镶边。当时他在喝酒,而你从不招待任何人——除了最好的朋友。他挑逗我,厚颜无耻地劝我去三只铃铛酒馆跳舞,还对我动手动脚。我打开了他的手,记得吗?然后你说:'放过她吧,里恩斯阁下,别吓唬她了,我得跟这些学生搞好关系,才能继续做生意。'然后你们两个都笑了,你,还有脸上有烫伤的里恩斯阁下。所以别再装傻了,你面对的人比你聪明得多。趁他现在还算客气,赶紧开口吧。"

哦,原来是你这自大的学生,江湖骗子心想。你这背信弃义的小人,你这红头发的骚货,我会找到你,让你付出代价……但我得先想办法脱身。

"什么里恩斯?"他连叫带扭,徒劳地想要挣脱踩在胸口的脚,"我不知道他是谁,也不知道他在哪儿!来这儿的人什么样都有,我怎么可能……"

白发男人凑得更近了，从另一只靴子里缓缓抽出匕首，踩住老骗子胸口的脚又加了些力气。

"麦尔曼，"他平静地说，"信不信随你的便，但你再不告诉我里恩斯在哪儿……再不说出怎么跟他联系……我就把你一片一片地喂给河里的鳗鱼，从耳朵开始。"

白发男人的声音有股魔力，让江湖骗子相信，他说的每个字都是实话。他盯着细长的刀刃，明白它比自己用来刺破溃疡和疖子的刀子锋利得多。他浑身发抖，就连踩在胸口的靴子也跟着动了几下。但他什么也没说。他什么都说不出来。现在还不行。如果里恩斯回来，问他为什么背叛自己，麦尔曼必须让他看到原因。*一只耳朵*，他心想，*至少等他割掉一只耳朵，我才能告诉他……*

"何必浪费时间，又何必见血呢？"一个柔和的女低音突然在昏暗中响起，"何必给他扭曲事实和撒谎的机会？让我想办法对付他。我只怕他说话太快，咬到自己的舌头。按住他。"

江湖骗子大吼一声，在绳索里拼命挣扎，但那白发男人用膝盖把他压在地上，又揪住他的头发，扭过他的头。有人跪在他们身旁。他闻到香水和潮湿的羽毛味，太阳穴感受到手指的触碰。他想尖叫，但恐惧让他难以出声——只能发出一声嘶哑的低呼。

"这就想尖叫了？"耳边的女低音发出猫一样的呼噜声，"太快了，麦尔曼，太快了。还没开始呢。但我这就开始。假如进化真在你的大脑表面留下过任何痕迹，我会把它犁得更深。到那时，你才会明白什么叫真正的尖叫。"

"也就是说，"听完报告后，威戈佛特兹说，"国王们开始独立思考了。他们开始自己制定计划，在短短的时间之内，他们的思考层次便由战术上升到了战略？有意思。不久之前，在索登，他们还只会策马奔驰、高呼进攻，甚至想不到回头看看自己的人马有没有掉队，有没有跑去完全错误的方向。而今天，他们聚在哈吉要塞——开始决定世界的命运。有意思。不过说实话，在我意料之中。"

"我们知道，"阿尔托·特拉诺瓦附和道，"我们也记得，你早就提醒过。所以我们才来告诉你。"

"幸好你们还记得。"威戈佛特兹笑道。蒂莎娅·德·维瑞斯突然觉得，刚才告诉他的每一件事，他肯定早就知道了。但她未置一词，只在扶手椅里坐直身子，正正袖口的蕾丝——左边跟右边形状不大一样。她感觉到特拉诺瓦不悦的目光，还有威戈佛特兹兴趣盎然的眼神。她知道，自己讲究到极致的性格不是惹恼别人，就是惹人发笑。但她半点也不在乎。

"巫师会有意见吗？"

"首先，"特拉诺瓦反驳道，"我们想听听你的意见，威戈佛特兹。"

"首先，"巫师笑道，"让我们找点吃的与喝的吧。既然时间足够，请允许我展示自己的待客之道。我看得出，你们远道而来，现在又冷又饿。冒昧问一句，你们用了几道传送门？"

"三道。"蒂莎娅·德·维瑞斯耸耸肩。

"我离得更近，"阿尔托补充道，"两道就够了。但我承认，还是挺麻烦的。"

"到处都是坏天气？"

"到处都是。"

"那就用上好的食材和希达里斯的陈年红酒御寒。莉迪亚，能劳驾一下吗？"

莉迪亚·凡·布雷德沃特，威戈佛特兹的助手兼私人秘书，像个虚无的幻影一样从帘布后走出，双眼含笑地看着蒂莎娅·德·维瑞斯。蒂莎娅控制着自己的表情，回以愉快的笑容，随即低下了头。阿尔托·特拉诺瓦站起身，毕恭毕敬地鞠了一躬。他也控制着脸上的神情。他认识莉迪亚。

两名女仆忙前忙后，衣裙沙沙作响，在桌上摆设各式餐具。莉迪亚·凡·布雷德沃特优雅地用拇指和食指变出一团火苗，点燃烛台上的蜡烛。蒂莎娅看到她手上残留着油彩的痕迹。她把这件事记在心里，准备等晚餐过后，再向年轻女术士要求欣赏她的最新作品。莉迪亚是位天资出众的画家。

晚餐在沉默中进行。阿尔托·特拉诺瓦毫不客气，伸手去拿食物——而且次数很频繁。没等主人开口，他就厚着脸皮拿过装着红酒的玻璃瓶，给自己倒酒。蒂莎娅·德·维瑞斯小口吃着，却把大部分精力放在对称地摆放碗碟、刀叉和餐巾上——在她看来，那些东西摆放的位置依然不够整齐，有损她的条理感和审美。她喝酒也很节制。威戈佛特兹的吃喝更加克制。至于莉迪亚，她连碰都没碰食物和酒。

金红相间的烛火摇曳不止。雨点叮叮当当敲打在彩窗玻璃上。

"好吧，威戈佛特兹，"特拉诺瓦终于开了口，同时用叉子在餐盘里寻找肥瘦适中的肉,"你对国王们的行为有何看法?亨·格迪米狄斯和法兰茜丝卡派我们来,是为了解你的观点。蒂莎娅和我也很感兴趣。巫师会希望所有成员在这件事上立场一致。如果展开行动,我们也希望所有人行动一致。所以,你有什么建议?"

"在这件事上,巫师会竟然唯我马首是瞻,"威戈佛特兹点点头,向给他添菜的莉迪亚表示感谢,"真让我受宠若惊。"

"没人这么说。"阿尔托又给自己倒了些酒,"等巫师会召开会议时,我们会集体决策。但我们希望每个人都能事先说出自己的想法,方便我们参考和决定。因此,我们想听听你的意见。"

既然晚餐已经吃完,不如我们到工作室去,莉迪亚眼带笑意,用心灵感应提议道。特拉诺瓦看着她的笑脸,飞快地喝光杯中之酒。一滴不剩。

"好主意,"威戈佛特兹用餐巾擦擦手指,"那儿坐着更舒服,反魔法窃听的手段也更强。走吧。你可以带上那瓶酒,阿尔托。"

"恭敬不如从命。我爱死它了。"

他们走进工作室。工作台上摆着沉重的曲颈瓶、坩埚、试管、水晶和许多魔法器具,蒂莎娅忍不住瞥了几眼。这一切都笼罩在屏障咒语里,但蒂莎娅·德·维瑞斯是位高阶女术士,没有她穿透不了的屏障——而且她对东西的主人最近的动向有些好奇。她只用片刻就认出了最近使用过的器具组合,该种咒语可以探测某人的下落,也可以藉由"水晶、金属、宝石"的方式开启心灵视域。那位巫师不是在寻找某个人,就是在解决某种假设的逻辑问题。洛格伊文的威戈佛特兹以热爱解决此类问题而闻名。

他们坐进雕花乌木扶手椅。莉迪亚瞥了眼威戈佛特兹,捕捉到他用眼神送出的讯号,立刻转身离去。蒂莎娅难以察觉地叹了口气。

人人都知道,莉迪亚·凡·布雷德沃特爱着洛格伊文的威戈佛特兹,她无声无息又坚持不懈地爱了他许多年。那位巫师清楚这一点,却佯装不知。莉迪亚也从未向他吐露过心迹——她从未迈出哪怕一小步,连最微不足道的举动也没有做出。她的思绪从未透露出类似的意思。即使她能说话,也一个字都不会提。她太骄傲了。威戈佛特兹也从未有过任何回应,因为他不爱莉迪亚。当然了,他完全可以让她成为他的情人,让她跟自己的关系更加亲密,而且谁知道呢,也许她会很开心。不少人如此建议,但威戈佛特兹不愿意。他也太骄傲了,太有原则了。因此,目前的状况无望却稳定,他俩显然也满足于此。

"这么说,"年轻巫师打破沉默,"巫师会正为如何应对国王们的计划而烦心?这毫无必要。只要忽略他们的计划就好。"

"抱歉,你说什么?"阿尔托·特拉诺瓦端着酒杯的左手和拿着酒瓶的右手停在半空,"我没听错吧?你要我们什么都不做?任由……"

"已经这样了。"威戈佛特兹打断他,"任何一位国王都没征求我们的许可,而且不会再来征求。我重复一遍,我们应该假装一无所知。这是唯一合理的做法。"

"他们的计划可能引发战争,还是大规模战争。"

"我们的情报不但不完整,还来自一个神秘且极度可疑的情报源。可疑到让'假情报'这个词在我脑海里挥之不去。即使是真的,他们的计划也还在规划阶段,而这个阶段会维持很长一段时间。就算真到下一个阶段……哦,我们到时再做应对也不迟。"

"你是说,"特拉诺瓦皱起眉头,"我们配合他们,把这支舞跳下去?"

"对,阿尔托。"威戈佛特兹看着他,双眼精光闪现,"你们要和着他们的节拍,把这支舞跳下去。不然就得离开舞池。因为管弦乐队的指挥台太高了,你们没法爬上去告诉乐师换首曲子。记住这一点。如果你们觉得还有别的解决方法,那就错了。你们把投在湖面的倒影错当成了夜空的繁星。"

巫师会将按他的指示去做,当然,指示伪装成了建议,蒂莎娅·德·维瑞斯心想。我们都是他棋盘上的棋子。他的实力日益增长,他的光辉令我们失色,让我们从属于他。我们是他的马前卒。而这棋局的规则,我们一无所知。

她左袖的蕾丝形状又跟右边不同了。女术士仔细调整一番。

"国王们的计划已到具体实施阶段。"她缓缓地说,"在科德温和亚甸,针对松鼠党的进攻已经开始。年轻精灵的鲜血正在流淌。针对非人种族的迫害和屠杀正在进行。据说他们还攻打了多尔·布雷坦纳和灰山的自由精灵。这是一场大屠杀。而你要我们转告格迪米狄斯和艾妮德·芬达贝[①]:你希望我们袖手旁观、坐视不理?装作我们什么都没看见?"

威戈佛特兹扭头看向她。你该改变战术了,蒂莎娅心想。你是个赌徒,你能听到骰子在桌上转动的声音。你会改变战术。你会收回刚才的指示。

威戈佛特兹直视她的双眼。

"你说得对。"他干脆地说,"说得对,蒂莎娅。这跟与尼弗迦德人的战争不同,我们不能眼睁睁看着非人种族遭受屠杀却袖手旁观。

[①] 艾妮德·芬达贝与前文提到的法兰茜丝卡是同一个人。

我建议召开一次大会，所有三级及以上的巫师和女术士都要参加，包括索登战役之后在王室议会任职的那些。在大会上，我们会说服他们，命令他们管住各自的君主。"

"我赞同。"特拉诺瓦说，"让我们召开一次大会，提醒他们最优先效忠的对象应该是谁。不过要记住，高阶术士评议会的某些成员如今也是国王的顾问。为国王效命的包括卡杜因、菲丽芭·艾哈特、费卡特、莱德克里夫、叶妮芙……"

最后一个名字触动了威戈佛特兹的思绪。而蒂莎娅·德·维瑞斯是位高阶女术士，她能感觉到，那股思绪由工作台和魔法器具转向桌上的两本书。两本书都隐形了，被魔法遮蔽。女术士集中思绪，穿透魔法屏障。

《Aen Ithlinnespeath》，精灵女先知伊丝琳妮·艾格里·爱普·艾维尼恩的预言。关于文明的末日，关于灭绝、毁灭和蛮荒时代的归来，伴随着从永恒冰封的疆域刮来的漫天冰雪。另一本书……十分陈旧……书页脱落……标题是《Aen Hen Ichaer》……上古之血……精灵之血？

"蒂莎娅？你怎么看？"

"我赞同。"女术士调整一下手上的戒指，"我赞同威戈佛特兹的方案。召开大会吧，越快越好。"

金属，宝石，水晶，她心想。你在找叶妮芙吗？为什么？她跟伊丝琳的预言有什么关系？跟精灵的上古之血又有什么关系？威戈佛特兹，你究竟想干什么？

抱歉，莉迪亚·凡·布雷德沃特用传心术说道，悄无声息地走进来。威戈佛特兹站起身。

"请原谅，"他说，"事出紧急。我从昨天起就在等这封信。请等我一分钟。"

阿尔托打个呵欠，忍住一声饱嗝，伸手去拿酒瓶。蒂莎娅看着莉迪亚。莉迪亚笑了，但笑意只在眼神里。她只能用这种方式微笑。

莉迪亚·凡·布雷德沃特的下半张脸只是个幻影。

四年前，在她的主人威戈佛特兹推荐之下，莉迪亚参与了一项实验，研究从古代墓地发掘出的一件工艺品。但那工艺品附有诅咒。它只启动了一次，就让参与实验的五位巫师中，三人横死当场，第四人失去了双眼和双手，然后发了疯。唯独莉迪亚幸存下来，代价却是重度烧伤、支离破碎的下巴及咽喉部位的变异，但她直到今天还在抗拒再生咒语。因此巫师对她施展了强大的幻术，免得有人看到莉迪亚的脸就吓昏过去。这个幻术十分强大，施法方式也很高明，就连最强大的巫师也难以看穿。

"唔……"威戈佛特兹把信纸放到一旁，"谢谢，莉迪亚。"

莉迪亚笑了。信使在等候回复，她说。

"没有回复。"

明白了。我叫仆人为您的客人们准备了房间。

"谢谢。蒂莎娅、阿尔托，抱歉耽误了你们的时间。继续吧。刚才说到哪儿了？"

哪儿也没说到，蒂莎娅·德·维瑞斯心想。但我正在留意你的话。因为你终究会提起自己真正感兴趣的事。

"呃，"威戈佛特兹慢吞吞地说，"我想起说到哪儿了。我在想术士评议会里资历最浅的成员：费卡特和叶妮芙。据我所知，费卡特效命于泰莫利亚的弗尔泰斯特王，他和特莉丝·梅利葛德都是国王的顾问。叶妮芙效力于谁？阿尔托，你说过，她也是效命于诸位国王的女术士之一。"

"阿尔托在夸大其词。"蒂莎娅平静地说，"叶妮芙住在温格堡，所以德马维有时会向她求助，但他们并不经常合作。还不能确定她在为德马维效命。"

"她的眼睛怎么样了？恢复正常了吧？"

"是的。一切正常。"

"很好。非常好。我还担心……你知道的，我本想联络她，却发现她离开了。没人知道她去哪儿了。"

宝石，金属，水晶，蒂莎娅·德·维瑞斯心想。叶妮芙佩戴的护身符只要启动，就不会被心灵视域找到。亲爱的，你用那种方法是找不到她的。只要叶妮芙不希望任何人知道她身在何处，就没有人发现得了。

"写信给她吧。"她整理着袖口，平静地说，"用普通方法把信寄出去。它会安然抵达。而叶妮芙无论身在何方，都会回复。她向来如此。"

"叶妮芙，"阿尔托补充道，"经常消失不见，有时甚至是几个月。而理由通常都微不足道……"

蒂莎娅看着他，抿住嘴唇。阿尔托沉默下来。威戈佛特兹无力地笑了笑。

"完全正确，"威戈佛特兹说，"我也这么想。有段时间，她跟一个……猎魔人很亲近。我没记错的话，他叫杰洛特。看起来，他们不是露水姻缘。看起来，叶妮芙对他相当动情……"

蒂莎娅·德·维瑞斯坐直身子，抓住椅子扶手。

"你提这个干吗?那是她的私事,跟我们无关。"

"当然,"威戈佛特兹看着丢在书桌上的信,"跟我们无关。但我说这些并非出于不恰当的好奇心,而是关心术士评议会成员之一的情绪状态。我很想知道,叶妮芙……对杰洛特死去的消息会有什么反应。我想,她应该会接受这个事实,而不是陷入沮丧或过度的悲伤,对吧?"

"毫无疑问,她会接受。"蒂莎娅冷冷地说,"其实嘛,她时不时就会听到类似的消息——而每次都是谣言。"

"没错。"特拉诺瓦确认道,"这个杰洛特,或者爱谁谁,知道怎么照顾自己。这有什么好惊讶的?他是个变种人,是台杀戮机器,接受的指令就是在杀戮的同时保住自己的命。说到叶妮芙,还是别夸大她所谓的感情吧。我们了解她。她从不感情用事,只是在玩弄那个猎魔人,就这样。她迷恋死亡,而死亡总是伴随那个猎魔人。等他最终把死亡带给自己时,一切就结束了。"

"眼下,"蒂莎娅·德·维瑞斯冷冷地说,"那个猎魔人还活着。"

威戈佛特兹笑了笑,再次看向放在面前的信。

"是这样吗?"他说,"我不这么认为。"

杰洛特的身体颤抖一下,重重地咽了口口水。饮用灵药后的初始影响已经过去,第二阶段的药效正在到来:在微弱却令人不快的晕眩感中,他的双眼适应了黑暗。

适应的过程很快。深沉的夜色变得苍白,周围的一切带上灰色的影子，那些影子起初模糊不清，随后渐渐清晰而鲜明。通往河堤的小巷片刻前还一片漆黑，仿佛焦油桶的内部，但眼下，杰洛特甚至能看到在下水道里漫步的老鼠，能看清墙壁上的凹陷和裂口。

在猎魔人灵药的作用下，他的听力也得到提升。片刻之前，这条荒废的小巷还只有雨点拍打下水道的声音，此刻却突然活了过来，各种声响充斥其间。他听到野猫打架的尖叫声、对岸狗儿的吠叫声、牛堡镇旅店里传来的欢笑和叫喊声、水手酒馆里的叫骂和唱歌声，还有远处一支长笛吹奏出的活泼音色。就连熄灭灯火的屋子也有了生命——杰洛特能听到沉睡之人的鼾声、围栏里一头牛的跺脚声，还有马厩里马匹的鼻息声。小巷远处的某栋屋子里，甚至传来正在做爱的女人压抑的呻吟声。

声音越来越多，越来越响亮。他现在能分辨出下流小曲的歌词，能听清那个女人在呻吟中呼唤的爱人的名字。从麦尔曼的运河小屋里，传来那个江湖骗子断断续续的胡言乱语——在菲丽芭·艾哈特的咒语之下，他已经陷入彻底且永久的弱智状态。

黎明即将到来。雨终于停了，刮起的风吹散了云团。东边的天空明显开始发白。

小巷里的老鼠突然不安起来，它们四散奔逃，躲进板条箱和垃圾堆。

猎魔人听到脚步声。四五个人的脚步声：他现在没法断定准确数字。他抬起头，菲丽芭却不见踪影。

杰洛特立刻改变战术。如果里恩斯也在来人当中，那么抓住他的希望就相当渺茫。杰洛特必须先跟里恩斯的护卫搏斗，而他不想这么做。首先，在灵药影响下，他没法手下留情。其次，这会让里恩斯有机会逃跑。

脚步声越来越近。杰洛特钻出阴影。

里恩斯出现在小巷里。尽管从没见过他，但猎魔人本能地认出了那个术士。那块烧伤，叶妮芙给他留下的记号，隐藏在兜帽的阴影下。

他孤身一人。护卫没现身，仍然藏在小巷里。杰洛特立刻猜到了原因。里恩斯知道有人藏在江湖骗子的屋子边等他。里恩斯猜到会遭遇伏击，但他还是来了。甚至在听到拔剑的微弱摩擦声之前，猎魔人便察觉到了他的理由。好吧，杰洛特心想。既然你决意如此，那便如你所愿。

"搜寻你真是件赏心乐事。"里恩斯轻声说道，"我希望你现身，你果然来了。"

"原话奉还。"猎魔人平静地反驳道，"你也出现了。我希望你来，你果然也来了。"

"你一定用了很厉害的手段逼供麦尔曼，他才会告诉你护身符的事、藏匿它的地方，以及启动护身符并送出信息的方法。但麦尔曼不知道，那个护身符在传递信息的同时，也能送出警告。就算你们把他放在火上烤，他也不可能告诉你这个。这种护身符我送出去许多，我知道你迟早会找到其中一个。"

小巷转角处走出四个人，步伐缓慢，灵巧无声。他们在暗影间穿行，握剑方式很小心，避免让剑身反光。虽然猎魔人看得一清二楚，但他没暴露自己的优势。很好，杀手，他心想。既然你想如此，我会让你心想事成。

"我恭候多时，"里恩斯站在原地继续说道，"你果然来了。我会让世界摆脱你这累赘，你这肮脏的换生儿。"

"就凭你？你太高估自己了。你只是个傻瓜而已。其他人雇来干脏活儿的傻瓜。你这走狗，谁雇了你？"

"你的问题太多了，变种人。你叫我走狗？你知道你自己是什么吗？路边一坨大便，必须清理，因为有人不想弄脏靴子。不，我不会告诉你那人的身份，虽然我知道是谁。但我会告诉你另一件事，让你在下地狱的路上不至于无聊。你照顾的小杂种，我已经知道她在哪儿了。我也知道该去哪儿找你的巫婆叶妮芙。我的雇主不在乎她，但我跟那婊子有私人恩怨。等解决掉你，我就去找她。我会让她后悔放那把火。哦，没错，她会后悔的。后悔很久，很久。"

"你不该说这些。"猎魔人感受到灵药挑起的战斗冲动和肾上腺素在相互作用，他恶狠狠地笑了，"在说这话之前，你还有机会活命。现在没了。"

猎魔人的徽章剧烈震颤，提醒他有人发动突然袭击。他跳向一旁，闪电般拔剑出鞘，用符文覆盖的剑身挡开并抵消掉能令人动弹不得的强劲魔法能量。里恩斯向后退去，抬起手臂想再做些什么，但在最后一刻，他突然吃了一惊，不再尝试施展第二个法术，而是迅速退进小巷深处。猎魔人没法追赶他——那四个自以为藏得很隐蔽的家伙纵身扑向他。剑光一闪。

他们很专业。一共四人，都是老练、娴熟、合作无间的专业人士。他们成对攻向他，两个攻左，两个攻右。他们两人一组——方便掩护彼此的后背。猎魔人选择了左边那两人。灵药挑起的冲动被狂怒取代。

攻向他的头一个恶棍右手虚晃一招，随即闪身避开，让身后之人刺出极具欺骗性的一剑。杰洛特转体避开，从他们身旁掠过，剑尖划开后面那人的枕骨、双肩和背脊。他异常愤怒，因此下手极重。鲜血飞溅到旁边的墙壁上。

前面那人以闪电般的速度后退,为下一对攻击者让出位置。那两人从不同的方向挥剑砍来,让对手只能挡住其中一剑,而另一剑必定会命中目标。杰洛特却没抬剑抵挡,而是旋身来到他们中间。为免撞到一起,他们只好打乱早已熟悉的节奏和步法。其中一人优雅如猫,做了个假动作,然后灵巧地向后跳开。但另一个就慢了。他失去平衡,踉跄着向后退去。猎魔人一个反向转体,利用惯性砍中对手的腰背。他很愤怒。他感觉到自己锋利的长剑斩断了对方的脊骨。骇人的哀号声在小巷中回荡。剩下两人立刻向他攻来,狂风骤雨般的攻势让他只能勉强招架。他再次转体,退出那片闪烁的剑幕。但他没有背靠墙壁防守,而是发起了攻击。

这一点出乎对方的意料,让他们没时间后退。其中一人作出反击,猎魔人旋身避开,同时反手一剑——他只靠风声就判明了对手的位置。他很愤怒。他的剑压得很低,对准腹部。剑刃正中目标。他听到一声压抑的痛呼,但没时间回头细看。最后一个恶棍已经攻到他的侧面,用第四式挥出一剑。杰洛特在最后一刻挡住对方的剑:他站在原地,没有转身,而是向右使出第四式。那个恶棍利用这次格挡的冲力,半转过身,挥出一记凶狠的斩击。但他用力过头了,杰洛特早已旋身避开。杀手的剑比猎魔人的剑沉重得多,剑刃劈开空气,也带动了杀手的身体,冲力导致他转了个圈儿。杰洛特转体半周,在杀手身边极近处停下。他看到一张扭曲的脸,还有惊恐的目光。他很愤怒,长剑刺出。短促、有力且坚决的一剑,正中对手双眼之间。

他听到夏妮惊恐的尖叫:她在江湖骗子家门前的吊桥上,正试图挣脱丹德里恩的手。

里恩斯退到小巷深处，抬起双臂，举到身前，指间涌出一道魔法光芒。杰洛特双手握剑，不假思索地朝他冲去。术士立刻吓破了胆。他没能念完咒语，拔腿就跑，嘴里还叫嚷着令人费解的字眼。但杰洛特明白，里恩斯是在喊人帮忙。或者说，求人帮助。

帮助随之赶到。耀眼的光芒照亮了小巷，一栋屋子破败脏污的墙壁上，现出一道闪光的椭圆形传送门。里恩斯纵身朝它扑去。杰洛特也纵身一跃。他很愤怒。

◆━━▌◆▐━━◆

托布兰科·米舍莱呻吟着缩起身子，捂住被劈开的腹部。他感觉到鲜血从指缝间飞快涌出。弗莱维厄斯躺在不远处，片刻前还在抽搐，此时已不再动弹。托布兰科闭紧双眼，又再次睁开。但蹲坐在弗莱维厄斯身旁的猫头鹰显然不是幻象——它并没有消失。他又呻吟起来，转过头去。

有个姑娘——从声音判断，还是个年轻姑娘——正在歇斯底里地尖叫。

"放开我！有人受伤了！我得过去……我是医学系学生，丹德里恩！放开我，你听到没？"

"你帮不了他们。"丹德里恩用沉闷的声音回答，"猎魔人的剑不留活口……千万别去，也别看……求你了，夏妮，别看。"

托布兰科感到有人跪在他身旁。他闻到香水和潮湿羽毛的味道。他听到一个声音，轻柔而令人安心。在那年轻姑娘恼人的尖叫和啜泣声中，他很难听清声音的内容。医学系……学生。如果那个学生正在尖叫，那跪在他身旁的人又是谁呢？托布兰科呻吟起来。

"……会好起来的。一切都会好起来。"

"那个……狗……娘……养的，"他嘟囔道，"里恩斯……说……只是个……普通的白痴……但……那是个……猎魔人！……去……找……找人帮……帮忙……我的……肠子……"

"安静，孩子。冷静点儿。没事了。已经不痛了。不痛了，对吧？告诉我，谁让你们来的？谁把你介绍给里恩斯的？谁推荐他？谁让你们蹚这摊浑水的？拜托，孩子，告诉我。然后一切都会好起来。你会好的。拜托，告诉我。"

托布兰科尝到嘴里的血。但他没力气吐出去。他的脸颊贴着潮湿的泥土，他张开嘴，鲜血泉涌而出。

他什么都感觉不到了。

"告诉我，"轻柔的声音还在重复，"告诉我，孩子。"

托布兰科·米舍莱，十四岁起就是职业杀手。他闭上双眼，染血的脸庞露出微笑。然后他轻声说出自己知道的事。

等睁开双眼，他看到一把细长的匕首，有着小巧的镀金握柄。

"别害怕。"刀尖触到他的太阳穴时，轻柔的声音说道，"不痛的。"

他的确没感觉到疼痛。

猎魔人在术士进入传送门前的最后一刻抓住了他。杰洛特早已丢开长剑，空出双手，然后在飞扑中伸出双手，抓住了里恩斯的披风边

缘。里恩斯失去平衡，这一拽令他身子后仰，迫使他蹒跚后退。他奋力挣扎，扯开一个个搭扣，终于挣脱了斗篷，但为时已晚。

杰洛特右手一拳打在他肩头，迫使他转过身，又立刻用左掌劈中他耳朵下方的脖颈。里恩斯头晕目眩，但没倒下。猎魔人轻巧地一跃，揪住他，拳头狠狠捣中他肋骨下方。术士呻吟一声，身子瘫软下去。杰洛特抓住他紧身上衣的前襟，把他甩在地上，然后用膝盖压住他。里恩斯伸出手臂，张嘴准备念咒，杰洛特攥紧拳头，狠狠一拳砸下，正中嘴巴。里恩斯的嘴唇像黑醋栗一样裂开。

"你已经收到叶妮芙的礼物，"他用沙哑的声音说，"现在该收我的了。"

他再次挥拳。术士脑袋弹起，鲜血喷洒在猎魔人的额头和脸颊上。杰洛特有些吃惊——自己没感觉到任何痛楚，但在战斗中，他无疑也受了伤。这是他自己的血。他没想过，也没时间察看并处理自己的伤口。他攥紧拳头，再次打在里恩斯身上。他很愤怒。

"谁派你来的？你的雇主是谁？"

里恩斯冲他喷出一口血。猎魔人又给他一拳。

"谁？"

椭圆形传送门闪着更加明亮的光，将整个小巷照得透亮。早在徽章剧烈震颤、发出警告之前，猎魔人就感觉了到门里涌动的魔力。

里恩斯也察觉到门里涌出的魔力，察觉到即将到来的援助。他尖叫挣扎，仿佛一条硕大的鱼。杰洛特用双膝紧紧压住术士的胸口，抬起手臂，手指画出阿尔德法印，对准仿佛正在熊熊燃烧的传送门。这是个错误。

没人走出传送门。只有魔力放射而出，而里恩斯接受了那股魔力。

术士伸展的指尖射出几枚六寸长的钢钉,伴着响亮的噼啪声,埋进杰洛特的胸口和肩膀。能量从钢钉上爆发出来,猎魔人在痉挛中往后一跃。冲击格外强烈,他感觉到强烈的痛楚,甚至听到自己牙齿碎裂的声音。至少有两颗。

里恩斯试图起身,却又立刻跪倒在地,只好朝传送门爬去。杰洛特艰难地喘着气,从靴子里抽出一把匕首。术士转头看了看,摇晃着站起身。猎魔人也步履蹒跚,但他动作更快。里恩斯又回头看了一眼,立刻尖叫起来。杰洛特攥紧匕首。他很愤怒。非常愤怒。

有什么东西从背后抓住他,制伏了他,令他无法动弹。脖子上的徽章剧烈悸动,肩膀的伤口也随之抽搐。

菲丽芭·艾哈特站在他身后约十步远,抬起的双臂各自放出一道暗淡的光——两道光照在他的背脊上,仿佛两只发光的铁钳,制住了他的双臂。他徒劳地挣扎,却无法动弹。他眼睁睁地看着里恩斯蹒跚走向传送门,后者闪烁着乳白色的光辉。

里恩斯不慌不忙地踏进传送门的光芒,仿佛海鸟沉入水中,身影模糊,随即消失。片刻后,传送门消失了,让小巷重新陷入伸手不见五指的浓重黑暗。

小巷某处传来野猫厮打的号叫声。杰洛特看着自己的剑刃——他正朝女术士走去,中途捡起了长剑。

"为什么,菲丽芭?为什么这么做?"

女术士后退一步。她还握着匕首,片刻前,她用它刺穿了托布兰科·米舍莱的颅骨。

"何必问这个？你很清楚答案。"

"是啊。"他说，"现在我清楚了。"

"你受伤了，杰洛特。你感觉不到疼痛，因为猎魔人的灵药麻痹了你的痛感，但瞧瞧你的血流得多厉害。如果你冷静下来，能不能让我看看你的伤？活见鬼，别用那种眼神看我！别再靠近了。再走一步，我就只能……别再靠近我！拜托！我不想伤害你，但如果你继续靠近……"

"菲丽芭！"丹德里恩抱着哭泣的夏妮，大喊道，"你疯了吗？"

"不，"猎魔人吃力地说，"她神志清醒。她很清楚自己在干什么，从始至终都知道自己在干吗。她利用了我们，背叛了我们，欺骗了……"

"冷静点儿。"菲丽芭·艾哈特重复道，"你不明白，也用不着明白。我做了该做的事。别叫我叛徒，因为我做这事，正是为了不背叛远远超出你想象的伟大事业。伟大而重要的事业。成大事者必须不拘小节。该死的，杰洛特，你还站在血泊中，我们却在东拉西扯。冷静下来，让夏妮好好看看你的伤。"

"她说得对！"丹德里恩大喊，"你受伤了，该死的！我们得给你包扎伤口，然后离开这儿！你们可以回头再争论！"

"你和你伟大的事业……"猎魔人不理吟游诗人，只顾蹒跚着往前走，"你伟大的事业，菲丽芭，还有你的选择，就是在受伤之人说出你想知道而我却不知情的事之后，冷酷地捅死他。你的伟大事业就是里恩斯，为了不让他泄露雇主的名字，你帮他逃脱，让他可以继续杀人。你的伟大事业就是本不该送命的满地尸体。抱歉，我的表达不够准确。

他们不是尸体，只是无关紧要的小节！"

"我就知道你不明白。"

"没错，我不明白。我永远不会明白。但我明白这一切的目的。你们的伟大事业、你们的战争、你们拯救世界的努力……你们的目的能为你们的手段正名……竖起耳朵听好了，菲丽芭。你能听见号叫声吗？那是野猫为了它们的伟大事业厮打的声音。为了独享一堆垃圾的所有权。我不是在说笑——那边正鲜血四溢、猫毛横飞。那是一场战争。但我懒得关心这所谓的战争，无论是猫的还是你们的。"

"你想得倒美。"女术士嘶声道，"这一切很快就要跟你扯上关系了——比你想象的更快。你也要面临一场抉择。亲爱的，你与命运的纠葛比你自以为的深得多。你以为你接纳的只是个孩子，是个小女孩。可你错了。你接纳的，是随时可以点燃整个世界的火焰。我们的世界。你的、我的，还有其他人的世界。你必须做出选择。就像我。就像特莉丝·梅利葛德。选择吧，因为你的叶妮芙也必须选择。叶妮芙已经做出了选择。你的命运掌握在她手里，猎魔人。是你亲手交到那双小手里的。"

猎魔人的身体摇晃起来。夏妮尖叫一声，挣脱了丹德里恩。杰洛特伸出手，示意她不要靠近。他站直身体，直视菲丽芭·艾哈特的黑色双眸。

"我的命运，"他费力地说，"我的选择……我告诉你，菲丽芭，我已经做出选择了。我不会允许你们用肮脏的诡计把希瑞牵连进去。我警告你。谁敢伤害希瑞，谁就会跟躺在这儿的四个人一样，落得同样下场。我不打算发誓，也没有可以发誓的对象。我只是在警告你。你指责我是个糟糕的监护人，说我不知道如何保护那个孩子。但我会保护她。尽我所能。我会杀人。我会无情地杀掉——"

"我相信你。"女术士笑道,"我相信你会的。但不是今天,杰洛特,更不是现在。因为你很快会因失血过多而昏迷。夏妮,你准备好了吗?"

没有人生来就是巫师。我们仍对基因和遗传机制知之甚少。我们花费在相关研究上的时间和精力也太少。不幸的是，我们总在尝试，这么说吧，以自然的方式传承魔法能力。我们进行了可悲的实验，实验"成果"在城镇的下水道和神殿之中十分常见。我们经常遇见处于癫狂状态的男男女女，滴着口水、大小便失禁的先知、女先知、乡村神谕者及奇迹施展者，由于继承了失控的魔力，这些白痴的大脑发生了退化。

而这些弱智和白痴仍能产生后代，能力仍能遗传，但会进一步退化。谁能预见并描述出这种退化的最终结果会是什么样子？

大多数巫师失去了生育能力，原因是肉体的变化和脑下垂体的机能障碍。某些巫师——尤其是女性——在操控魔力的同时，仍能维持性腺的正常功能。她们还能怀孕，也能生产——并厚颜无耻地认定这是种幸福，是上天的眷顾。但我要重复一遍：没有人生来就是巫师。也不该有人生来就是！我明白这些道理的重要性，并在希达里斯召开的集会上回答了相关提问。我再次重申：我们每一位都要决定好，你究竟想成为什么——是一名女术士，还是母亲？

我要求所有学徒必须结扎。无一例外。

——《被毒害的源头》

蒂莎娅·德·维瑞斯　著

第七章

"告诉你一件事,"爱若拉二世突然开口,她把装麦粒的篮子放上膝盖,"就要打仗了。公爵的仆人拿奶酪时说的。"

"打仗?"希瑞拨开额前的头发,"跟谁?尼弗迦德人?"

"这我没听到,"爱若拉二世说,"但那仆人讲,公爵接到弗尔泰斯特王亲自下发的命令。他下令召集部队,现在每条路上都挤满了士兵。哦,天哪!接下来会发生什么?"

"如果真要打仗,"尤妮德说,"那肯定是跟尼弗迦德人。还能有谁?又来了!哦,诸神啊,太可怕了!"

"说成战争是不是太夸张了,爱若拉?"希瑞撒了一把谷子,让小鸡和母珍珠鸡叽叽喳喳围拢过来,"说不定只是对松鼠党的又一次搜捕?"

"南尼克嬷嬷也这么问,"爱若拉二世大声说,"但那仆人说不是,这次跟松鼠党没关系。城堡和要塞都收到了储备给养,以防有人攻城。但精灵只在森林里打游击,从不攻打城堡!那个仆人问神殿能不能多给些奶酪，还有别的东西，作为城堡储备。他还要鹅毛，说需要许多鹅毛做箭用。用弓射出去的箭，明白吧？哦，诸神啊！我们要忙得不可开交了！你们等着瞧吧！我们会有干都干不完的活儿！"

"有些人不用。"尤妮德尖刻地说，"有些人不会弄脏小手。有些人一周只干两天活儿。她们没时间干活，据说是要学魔法。可实际上呢，她们只是在公园里闲逛，无所事事地拿棍子抽打稻草。你知道我在说谁，对吧，希瑞？"

"希瑞肯定会参战的。"爱若拉二世吃吃地笑，"毕竟她是骑士的女儿！她自己也是拥有宝剑的强大战士！她要砍的东西终于从荨麻换成人头了！"

"不，她是个强大的女术士！"尤妮德皱起小巧的鼻子，"她会把敌人全变成田鼠。希瑞！表演几个神奇的魔法嘛！让你隐形，让胡萝卜快点成熟，或者随便什么，让这些鸡自己喂自己。好啦，别逼我们求你！施个咒看看嘛！"

"魔法不是用来表演的。"希瑞生气地说，"魔法不是集市上的把戏。"

"当然，当然。"尤妮德说，"不是用来表演的。对吧，爱若拉？听起来就像老巫婆叶妮芙的口气！"

"希瑞越来越像她了。"爱若拉评价道，重重地哼了一声，"味道也跟她一样。哈，肯定是用曼德拉草或龙涎香做的魔法香水。你用魔法香水了，希瑞？"

"没有！我用肥皂！你们看不上眼的肥皂！"

"哦，不，"尤妮德撇撇嘴，"听听她说话的口气，多尖酸啊？"

"她过去可不这样。"爱若拉二世嘟起嘴，"自从跟那女巫混熟开始,她就渐渐变成这样了。她俩一起吃,一起睡,形影不离。她几乎不去神殿上课,也没时间陪我们!"

"我们还得替她干活儿!又是厨房又是花园!爱若拉,瞧瞧她那双小手!像个公主!"

"世界就是这样!"希瑞尖声道,"有些人有脑子,所以有书看!有些人满脑子鸡毛,只配拿扫帚!"

"你也得骑着扫帚飞,不是吗?可悲的女巫!"

"你是笨蛋!"

"你才笨!"

"不,我不笨!"

"不对,你就是笨!走,爱若拉,别管她。女术士跟我们不是一路人。"

"当然不是!"希瑞尖叫起来,把装麦粒的篮子丢到地上,"小鸡才跟你们一路!"

两个女孩轻蔑地哼了一声,穿过咯咯叫的家禽,走远了。

希瑞大骂一声,又重复一遍维瑟米尔的口头禅,尽管她并不完全理解。她又加上几句从亚尔潘·齐格林那儿听来的词,尽管其含意对她来说还是个不解之谜。她一脚踢散围住地上麦粒的鸡群,捡起篮子,倒光剩下的麦粒,做了个猎魔人的原地转体,像掷铁饼一样把篮子丢过鸡舍的茅草屋顶。她转过身,朝神殿公园飞奔而去。

她步履轻盈,娴熟地调整呼吸。每经过一棵树,她就会做一次灵巧的转体半周跳,用想象中的长剑劈砍,然后像训练时那样,闪避、佯攻。她敏捷地跃过围墙,弯曲膝盖,稳稳当当地落在地上。

"雅尔!"她大喊道,转头看向塔楼石墙上的一扇窗户,"雅尔,你在吗？喂！是我！"

"希瑞？"男孩探出身子，"你来这儿干吗？"

"我能上去找你吗？"

"现在？呃……好吧，没事……上来吧。"

她像一阵飓风，飞快地跑上楼梯，发现学徒正背对着门。他转过身，手忙脚乱地整理几下衣服，顺手把桌上几张羊皮纸塞到纸堆下面。雅尔用手指理了理头发，咳嗽一声，尴尬地鞠了一躬。希瑞把大拇指塞进腰带，甩甩淡灰色的刘海。

"大家都在说什么战争，那是怎么回事？"她急切地问，"我想知道！"

"请坐吧。"

她扫视整个房间。这儿有四张大桌子，堆满卷轴和大部头书籍。只有一把椅子，上面也堆满了书。

"战争？"雅尔喃喃道，"对，我也听到谣言了……你感兴趣？一个女……别，拜托，别坐桌子，我刚整理好文献……坐椅子吧。稍等一下，我把书挪开……叶妮芙女士知道你要来吗？"

"不知道。"

"呃……南尼克嬷嬷呢？"

希瑞拉长了脸。她明白他这话的意思。十六岁的雅尔是高阶女祭司的监护对象，女祭司打算让他将来当牧师或编年史学家。他住在城里，是市法庭的抄写员，但他在梅里泰莉神殿待的时间更久，经常整个白天都在神殿图书馆研究、抄写、修订书籍和文献，有时甚至工作一整晚。希瑞从没听南尼克亲口说过，但大家心知肚明，高阶女祭司不希望雅尔在她那些女学徒身边转悠。反过来也一样。但女学徒们经常偷偷打量雅尔，然后快活地谈论：这家伙不穿裙子，却屡屡出入于神殿，这样下去会不会发生许多故事？希瑞对此很吃惊，因为在她眼里，雅尔跟"有魅力的男性"半点也不沾边。据她回忆，在辛特拉，有魅力的男子脑袋要能碰到天花板，肩膀要跟门口一样宽，骂起人来要像矮人，怒吼起来要像水牛，无论白天黑夜，三十步开外就要散发出马匹、汗水和啤酒的味道。对卡兰瑟王后的女仆来说，不合以上标准的男人根本不值得为之饶舌。希瑞也见过不少截然不同的男性：睿智和蔼的安格林德鲁伊、高大阴郁的索登移民，还有凯尔·莫罕的猎魔人。而雅尔跟这些男人都不一样。他瘦得像只竹节虫，笨手笨脚，穿着过大的衣服，身上发出墨水和灰尘的味道，下巴总有油腻腻的软毛，但不是胡楂——其中有七八根特别长，还有大概半数长在一只肉疣上。实际上，希瑞也不明白雅尔的塔楼为何这么吸引她。她喜欢跟他说话。男孩很博学，她能跟他学到很多东西。不过最近，他看她时，眼里总带着一种古怪、茫然又甜得发腻的神情。

"好了，"她有点不耐烦了，"你到底想不想告诉我？"

"没什么可说的。战争打不起来。一切都是谣言。"

"啊哈！"她嗤之以鼻，"这么说，公爵召集部队只是闹着玩？军队在大路上行军只因无聊？别歪曲事实，雅尔。你经常去城里和城堡，你肯定知道些什么！"

"你干吗不问叶妮芙女士呢？"

"叶妮芙女士有更重要的事要操心！"希瑞愤愤地说，细想之后又改了主意。她露出亲切的笑容，扑闪着眼睫毛，"哦，雅尔，拜托告诉我吧！你那么聪明！那么有学问，语言又那么优美，我能听你讲上几个钟头！雅尔，拜托！"

男孩脸红了，目光也变得茫然而朦胧。希瑞悄然叹了口气。

"呃……"雅尔变换双脚重心，犹豫不决地动动手臂，显然已经不知所措，"我能告诉你什么呢？的确，城里有很多流言蜚语，因多尔·安格拉发生的事件而激动不安……但战争不会来的，这点可以肯定。你可以相信我。"

"当然可以。"她哼了一声，"但我更想知道你如此断言的理由。据我所知，你不是公爵议会的成员。如果你昨天加入了议会，那就告诉我吧，我会恭喜你的。"

"我研究过历史上的和约。"雅尔涨红了脸，"这里头的学问比议会里多得多。我读了佩里格兰元帅的《战争史》、德·鲁伊特公爵的《战略论》、布罗尼伯的《瑞达尼亚勇猛骑兵之凯旋事迹》……再加上对目前政局的了解，足以让我通过类比得出结论。你知道类比是什么吗？"

"当然知道。"希瑞在撒谎。她弯下腰，摘掉靴带扣里的一根野草。

"拿过往的战争史，"男孩看着天花板，"比较当今的政局，那你很容易就能看出：边疆地区的小规模事件，比如多尔·安格拉那些，通常都是偶然且无关紧要的。毫无疑问，作为魔法的研习者，你肯定很了解目前的政治格局吧？"

希瑞没有回答。她一边沉思，一边浏览桌上的羊皮纸卷，又翻开那本皮革封面的大部头看了几页。

"别碰那个，千万别。"雅尔担心地说，"那本著作很珍贵，还是孤本。"

"我又不会吃了它。"

"你的手很脏。"

"比你干净。喂，你这儿有地图吗？"

"有，不过都在箱子里。"男孩飞快地回答，但看到希瑞拉长的脸，他叹了口气，从箱子里拿出一卷羊皮纸，开始翻找。希瑞在椅子上扭动身子，晃着双腿，继续翻看那本书。书里突然掉出一张纸，上面画着个全身赤裸、留着长卷发的女子，正跟一个同样全身赤裸的大胡子男人抱在一起缠绵。希瑞吐了吐舌头，拿起那张蚀刻画颠来倒去地看，不知道哪边才是正面。她终于发现画上最关键的细节，吃吃地笑起来。雅尔夹着一捆硕大的卷轴走过来，一下子满脸通红，一言不发地从她手里夺过那张蚀刻画，藏到桌上的纸堆下面。

"十分珍贵的孤本。"她嘲笑道，"这就是你要研究的类比？里面还有类似的画吗？有意思，这本书叫《治疗与护理》。我很好奇，这种方法能治什么病？"

"你认识原初符文？"男孩吃了一惊，尴尬地清清嗓子，"我都不知道……"

"你不知道的事多着呢。"她把鼻子翘得老高，"你觉得呢？我可不是只会喂下蛋鸡的女学徒。我是个……女术士。好吧，继续。让我看看地图！"

他们两个跪在地板上，双手双膝压住僵硬的地图——后者顽固地试图再次卷起。最后希瑞用椅子腿压住地图一角，雅尔用一本名为《伟大国王拉多维德生平事迹》的厚书压住另一角。

"唔……这地图也太乱了！完全看不懂……我们在哪儿？艾尔兰德在哪儿？"

"在这儿，"他伸手一指，"这片土地是泰莫利亚。这儿是维吉玛，弗尔泰斯特王的首都。这儿是庞塔尔山谷。艾尔兰德公国在这儿。这儿……没错，这里是我们的神殿。"

"这是什么湖？周围明明没有湖。"

"那不是湖。是一块墨渍……"

"哦。那这儿……这儿是辛特拉，对吧？"

"对。在河谷地区和索登的南边。这里流淌的是雅鲁加河，汇入辛特拉那边的海洋。不知你是否清楚，这个王国如今在尼弗迦德人的支配下……"

"我很清楚，"她攥紧拳头，打断他的话，"再清楚不过。尼弗迦德帝国在哪儿？地图上看不到这个国家。你这张地图太小放不下是吗？找张大的来！"

"唔……"雅尔挠了挠下巴上的疣，"我没有更大的地图了……但我知道，尼弗迦德在南方更远处……差不多在这儿。我想。"

"这么远？"希瑞盯着雅尔指着的那块地板，吃惊地说，"他们大老远跑到这儿来？路上还征服了其他国家？"

"嗯，没错。他们征服了麦提那、梅契特、那赛尔和艾宾，总之是所有阿梅尔山口以南的王国。那些国家就像辛特拉和上索登一样，如今被尼弗迦德人称为'行省'。但他们没能支配下索登、维登和布鲁格。在这儿，雅鲁加河边，四大王国的联军挡住了他们，并在战斗中击败他们……"

"我知道，我学过历史。"希瑞用手掌拍拍地图，"好了，雅尔，跟我讲讲那场战争。我们膝盖下面就是当前的政局。通过类比或随便什么方法，得出你的结论吧。我洗耳恭听。"

男孩涨红了脸，用鹅毛笔尖指着对应的地区，开始解释。

"眼下，我们和尼弗迦德帝国控制的南方之间有一条边界，如你所见，就是雅鲁加河，一道难以逾越的天险。河面罕有冻结之时，一到雨季还会洪水泛滥，河面有将近一里宽。而在这部分河段，两岸则是玛哈坎山脉险峻的山崖……"

"就是矮人和侏儒住的地方？"

"没错。因此要横渡雅鲁加河，只能从下游河段的索登，及中游河段的多尔·安格拉山谷……"

"而那起……事件……就发生在多尔·安格拉？"

"等等。我刚刚解释了，目前没有任何军队能横渡雅鲁加河。这两座可以过河的山谷边，几个世纪以来都有重兵把守，既有我们，也有尼弗迦德人。看看地图。看上面有多少要塞。你看，这儿是维登，这儿是布鲁格，这儿是史凯利格群岛……"

"这儿呢？这是哪儿？这块很大的白色标记？"

雅尔凑近些。她能感觉到他膝盖的温暖。

"布洛克莱昂森林。"他说，"那儿是禁区。森林树精的王国。布洛克莱昂森林也会保护我们的侧翼。树精不准任何人通行，无论是尼弗迦德人，还是……"

"唔，"希瑞探出身子，打量地图，"这儿是亚甸……还有温格堡……雅尔！你给我停下！"

男孩忙将嘴唇远离她的头发，脸红得好比甜菜根。

"我不希望你对我做这种事！"

"希瑞，我……"

"我来找你是为正经事。是女术士来请教学者。"她的语气冰冷而庄严，是她跟叶妮芙学来的，"所以，请端正你的举止！"

"学者"的脸更红了，脸上傻乎乎的表情让"女术士"忍不住想大笑。他朝地图弯下腰。

"从你的政局里,"她续道,"我看不出你是怎么得出那个结论的。你一直跟我讲雅鲁加河如何难以逾越,可尼弗迦德人成功渡过一次河。现在阻止他们进攻的又是什么?"

"那时,"雅尔咳嗽一声,擦擦突然冒出额头的汗珠,"跟他们对抗的只有布鲁格、索登和泰莫利亚。而现在,我们结成同盟,就像索登战役时一样。四大王国:泰莫利亚、瑞达尼亚、亚甸、科德温……"

"科德温!"希瑞自豪地说,"是啊,我知道那同盟是什么样。科德温国王亨赛特秘密为亚甸国王德马维提供了一批援助物资。物资装在桶里。但其实亨赛特怀疑有人叛变,所以桶里装的都是石头,这是个陷阱……"

她突然想起,杰洛特不准她提及科德温发生的事,连忙住口。雅尔怀疑地看着她。

"真的?你怎么知道的?"

"我在佩利坎元帅的书里读到的。"她哼了一声,"那是很久以前的事了。告诉我,多尔·安格拉发生了什么。不对,先告诉我,它在哪儿?"

"在这儿。多尔·安格拉是道宽阔的山谷,从南方经由它可以直达莱里亚与利维亚联合王国,直达亚甸,以及更远的多尔·布雷坦纳和科德温……再经过庞塔尔山谷,就能抵达我们这儿,还有泰莫利亚。"

"那儿发生了什么?"

"表面看是武装冲突。我所知不多,但听说发生在城堡边上。"

"如果发生冲突,"希瑞皱起眉头,"那战争也快来了!所以你到底想说什么?"

"那儿不是第一次发生冲突了。"雅尔解释道，但女孩看得出，他已经越来越没信心了，"在边境，这类事件层出不穷，而且无关紧要。"

"为什么呢？"

"因为双方兵力相当。我们和尼弗迦德人都不会有什么大动作。双方也不会给对手留下口实……"

"留下什么？"

"就是开战的理由。明白吗？所以多尔·安格拉的武装冲突只是意外，多半是有强盗袭击，或跟走私者的交火……不可能有正规军参与，我们和尼弗迦德人都不会……因为这会成为宣战的口实……"

"啊哈。雅尔，告诉我……"

她突然住口，抬起头，手指飞快地揉了揉太阳穴，然后皱起眉头。

"我得走了。"她说，"叶妮芙女士在叫我。"

"你能听见她叫你？"男孩好奇地问，"隔那么远？怎么……"

"我得走了。"她重复道，站起身，拍掉膝盖上的灰，"听着，雅尔。我要跟叶妮芙女士出去办些重要的事，不知道什么时候回来。我得提醒你，这是机密，只有巫师才能知道，所以别问我任何问题。"

雅尔也站起身，正正衣服，双手却不知该怎么放才好。他的眼神呆滞得令人厌恶。

"希瑞……"

"什么？"

"我……我……"

"我不知道你想说什么。"她不耐烦地说，用翡翠色的大眼睛回瞪着他，"显然你自己也不知道。我要走了。保重，雅尔。"

"再见……希瑞。一路平安。我会……想你的……"

希瑞叹了口气。

"我来了,叶妮芙女士!"

她像投石机的石弹一样冲进房间,房门砰的一声撞到墙上。一把凳子原本会绊倒她,却被她敏捷地一跃而过。她在空中优雅地转体半周,假装挥出一剑,这把戏成功地把她自己逗笑了。尽管跑得很快,她却一口气都没喘,呼吸平稳又安静。她早就学会了完美地掌控呼吸。

"我来了!"她又喊一声。

"终于来了。脱衣服,进澡盆。快。"

女术士没回头,也没在桌边转身,只是看着镜子里的希瑞。她缓缓地梳着潮湿的黑色卷发,后者在梳子的压力下拉直,又迅速恢复成富有光泽的大波浪。

女孩飞快地解开靴带,把靴子踢到一旁,脱光衣服,哗啦一声跳进澡盆。她抓起肥皂,精神饱满地擦洗着手臂。

叶妮芙坐在那儿一动不动,盯着窗户,把玩手里的梳子。希瑞哼哧一声,吐出几口口水,因为肥皂沫钻进了她的嘴。她思绪徜徉:有没有一种咒语,可以不用水和肥皂,也不必浪费时间就能洗澡?

女术士把梳子放到一旁,一边沉思一边看着窗外成群的乌鸦和渡鸦:它们难听地嘎嘎叫着,朝东方飞去。在梳妆台上,在镜子和数量惊人的护肤品旁边,放着几封信。希瑞知道叶妮芙早就在等这些信,而她们离开神殿的日子也取决于什么时候收到信。尽管希瑞跟雅尔说了那些话,但女孩并不知道她们要去哪儿,也不知道为什么要离开。

不过那些信……

她假装用左手拍水,右手偷偷打个手势,集中精神,双眼盯着那些信,放出一股魔力。

"你好大胆子。"叶妮芙头也不回地说。

"我以为……"她清了清嗓子,"会有杰洛特寄来的……"

"如果有,我早就给你看了。"女术士在椅子里转身面对她,"你还要洗多久?"

"已经洗完了。"

"那就请出来吧。"

希瑞照做。叶妮芙微微一笑。

"哟!"她说,"你已经告别童年了。该发育的部位也发育了。把手放下,我对你的胳膊肘不感兴趣。好了,好了,别脸红,别扭怩。这是你自己的身体,是这世上再自然不过的东西。事实上,你的发育也很自然。如果你的命运不是现在这样……如果不是那场战争,你早该成为某个公爵或王子的老婆了。你明白的,对吧?我们就你的性别详谈过多次,足以让你明白你已经长成女人了。可惜只是身体方面。你肯定没忘我们谈过什么吧?"

"嗯,我没忘。"

"那你去雅尔那儿时,记忆也没出问题喽?"

希瑞垂低目光,但只是片刻。叶妮芙没有笑。

"擦干净,过来。"她冷冷地说,"拜托,别把水溅出来。"

希瑞裹着毛巾,坐在女术士面前的小凳子上。叶妮芙梳理女孩的头发,不时用剪刀剪去一撮不听话的头发。

"你生我的气吗?"女孩犹豫地问,"因为……因为我去了塔楼?"

"没。但南尼克不会喜欢,你知道的。"

"可我没有……我一点也不在乎雅尔。"希瑞有点脸红,"我只是……"

"没错,"女术士喃喃道,"你只是去看看他。但我提醒你,别装小孩了,你已经是个大人了。那男孩一见到你就语无伦次、口水横流。你看不见?"

"那又不是我的错!我能怎么做?"

叶妮芙停下给希瑞梳头的手,用紫罗兰色的深邃眸子打量着她。"最起码,别玩弄他。"

"我没玩弄他!我只跟他聊聊天!"

"我希望,"女术士拿起剪刀,又剪掉一撮怎么也不肯听话的头发,"跟他聊天时,你还记得我的要求。"

"我记得,记得!"

"他的头脑很聪明。哪怕一两句不经意的闲话,也有可能让他发现线索,知道他不该知道的事。不能让任何人知道你是谁,绝对不能。"

"我记得。"希瑞重复一遍,"我没跟任何人提过一个字,这点你放心。告诉我,这就是我们突然离开的原因吗?你担心有人发现我在这儿?是因为这个吗?"

"不。因为另一些理由。"

"因为……要打仗了?所有人都在谈论战争!所有人,叶妮芙女士。"

"的确。"女术士冷冷地确认,剪刀从希瑞耳朵上方掠过,"战争的话题没完没了,永无休止。无论过去还是现在,人们都会谈论战争,将来也一样。而且不是没有理由,因为战争永远不会彻底结束。

低头。"

"雅尔说……我们不会跟尼弗迦德人开战。他提到什么类比……还给我看了地图。我现在脑子乱糟糟的。我不知道什么是类比,也许只有特别聪明的人才会懂……雅尔常读很多难懂的书,他无所不知,可我觉得……"

"觉得什么?我开始好奇了,希瑞。"

"在当时的……辛特拉……叶妮芙女士,我外婆比雅尔聪明多了。伊斯特国王也很聪明。他经常出海,见多识广,连独角鲸和大海蛇都见过。我敢打赌,他肯定知道什么叫类比。但那又怎么样?尼弗迦德人突然出现……"

希瑞抬起头,话语哽咽。叶妮芙把她搂进怀里,紧紧抱住。

"太不幸了。"她轻声说道,"太不幸了。你说得对,我的丑丫头。如果参考历史并得出结论的能力真能受到重视,我们早就忘了战争是个什么东西。但渴望战争之人,绝不会因过去的教训和前人的经验而罢手,将来也不会。"

"这么说……是真的?真要打仗了?所以我们要离开?"

"先不谈这个。现在还不用操心。"

希瑞吸了吸鼻子。

"我见识过战争,"希瑞轻声道,"不想再见识一场。永远不想。我不想再孤单一人。我不想担惊受怕。我不想再像当时一样失去一切。我不想失去杰洛特……还有你,叶妮芙女士。我不想失去你。我想陪着你,还有他。永远。"

"你会的。"女术士声音微颤,"我也会陪着你,希瑞。永远。我保证。"

希瑞又吸吸鼻子。叶妮芙轻咳一声,放下剪刀和梳子,站起身,走向窗户。飞往群山的渡鸦仍在嘎嘎乱叫。

"我刚到这儿时,"女术士突然用平时那悦耳而略带讽刺的语气说,"我们初次见面时……你并不喜欢我。"

希瑞沉默不语。我们的初次见面,她心想,我还记得。我跟其他女孩在石窟里,赫罗斯维莎教我们识别植物和药草。爱若拉一世跑进来,在赫罗斯维莎耳边嘀咕一句。女祭司厌恶地皱起眉头。爱若拉一世朝我走来,脸上带着奇怪的表情。"打起精神,希瑞。"她说,"快去食堂,南尼克嬷嬷找你。有人来了。"

古怪而意味深长的目光。兴奋的眼神。还有窃窃私语。叶妮芙。"女术士叶妮芙。快点,希瑞,快。南尼克嬷嬷在等你。女术士也在等你。"

我一眼就认出了她,希瑞心想。因为我见过她。我在前一晚见过她。在我梦里。

她。

那时我还不知道她的名字。她在我的梦里,什么也没说,只是看着我。我在她身后的黑暗里,看到一扇关闭的门……

希瑞叹了口气。叶妮芙转过身,脖子上的黑曜石星星闪烁出一千种光华。

"你说得对。"女孩严肃地承认,直视女术士紫罗兰色的双眼,"我当时并不喜欢你。"

"希瑞，"南尼克说，"走近点儿。这位是温格堡的叶妮芙女士，一位魔法大师。别害怕，叶妮芙女士知道你是谁，你可以相信她。"

女孩鞠了一躬，十指交扣，摆出毕恭毕敬的姿势。女术士走上前，黑色长裙沙沙作响。她捏住希瑞的下巴，用力抬起她的头，转向左又转向右。女孩只觉一股愤怒和抗拒的情绪在心头涌起——她不习惯被人这么对待。同时，她又感到一阵嫉妒。叶妮芙真美。与希瑞每日得见的纤细、苍白且清秀的女祭司及女学徒相比，这位女术士散发出一股清晰的、甚至是刻意展现出来的魅力，每个细节都经过强调和凸显。她洒落在肩头的黑色长发富有光泽，反射着孔雀羽毛般的光芒，随着她的每一个动作蜷曲起伏。希瑞突然觉得羞愧，为自己擦破的手肘、开裂的手掌皮肤、破损的指甲、发黏的淡灰色头发而羞愧。突然间，她无比渴望拥有叶妮芙的一切——裸露的美丽脖颈，上面系着一条可爱的黑丝绒缎带，缎带上有块可爱的星形装饰。炭笔涂黑的整齐眉毛、长长的眼睫毛、自豪的嘴唇，还有随着呼吸上下起伏、包裹在黑色布料和白色蕾丝里的高挺双峰……

"这位就是著名的意外之子？"女术士略微撇撇嘴，"看着我的眼睛，孩子。"

希瑞突然浑身发抖，耸起双肩。不，她并不嫉妒叶妮芙的眼睛——她不想拥有那双眼睛，甚至不愿与之对视。那对眸子呈紫罗兰色，深邃有如无底之湖，透着诡异的光泽，冷漠而凶恶，十分吓人。

女术士转过头，看着身材壮实的高阶女祭司，颈上的星星反射着照进食堂窗户的阳光。

"是的，南尼克。"她说，"毫无疑问。只要看着这双绿眼睛，就能知道她藏着什么秘密。高高的额头、整齐的眉弓、双眼间距大得迷人。小鼻子、细手指、罕见的发色。显然她有精灵血统，虽然所占比例并不大。她的祖父或祖母应该是个精灵。我没猜错吧？"

"我不了解她的家谱。"高阶女祭司平静地回答，"我不感兴趣。"

"以她的年龄，个子还挺高。"女术士说道，继续审视希瑞的双眼。愤怒和恼火在女孩心中翻涌，她奋力压住强烈的冲动：她想挑衅地尖叫，叫到声嘶力竭，她想跺跺脚，然后跑到公园去，一路故意碰倒桌上的花瓶，再摔门而去，把天花板的灰泥都震落下来。

"发育也不错。"叶妮芙的双眼仍未离开她，"她小时候得过传染病吗？哈，当然，你没问过。她来这儿以后生过病吗？"

"没有。"

"偏头痛呢？头晕？有没有风寒的征兆？或者痛经？"

"没有。除了做梦。"

"我知道。"叶妮芙拂开脸颊上的头发，"他在信里提到了。从信中看，他们在凯尔·莫罕没对她做过那些……试验。这一点看来是真的。"

"是真的。他们只给她服用过天然激发剂。"

"激发剂没有天然的！"女术士抬高嗓门，"从来没有！正是他们的激发剂加剧了她的症状……见鬼，没想到他竟然这么不负责！"

"冷静。"南尼克冷冷地看着她，目光里突然敬意全无，"我说过，成分是天然的，而且很安全。请原谅，亲爱的，但这方面我比你权威得多。我知道你很难接受他人的权威，但这事我必须实话实说。当然，这个话题还是到此为止吧。"

"如你所愿。"叶妮芙抿起嘴唇,"好了,来吧,孩子。我们没多少时间。再浪费可就是罪过了。"

希瑞几乎压抑不住双手的颤抖。她用力咽了口口水,询问地看向南尼克。高阶女祭司表情严肃,似乎带着悲伤。面对希瑞不言而明的疑问,女祭司的回答只是一个虚伪到令人不快的微笑。

"你要跟叶妮芙女士一起住。"她说,"她会暂时照看你。"

希瑞低下头,咬紧牙关。

"你一定很困惑,"南尼克续道,"为什么一位魔法大师突然要照顾你。但你是个通情达理的女孩,希瑞,你能猜到原因。你从祖先那里继承了一些……特质。你知道我在说什么。做过那些梦之后,夜里在宿舍引发骚动之后,你经常来找我。我没法帮你,但叶妮芙女士……"

"叶妮芙女士,"女术士插嘴道,"会鼎力相助。走吧,孩子。"

"去吧。"南尼克点点头,想让自己的笑容显得更自然,可惜只是徒劳,"去吧,孩子。记住,能让叶妮芙女士照看你,可是件了不起的事。别让神殿和我们这些导师蒙羞。要听话。"

我今晚就逃跑,希瑞拿定主意。回凯尔·莫罕。我会去马厩偷一匹马,他们以后再也见不到我了。我会逃得远远的!

"你当然会。"女术士压低声音说。

"抱歉?"女祭司抬起头,"你刚才说什么?"

"没什么,没什么。"叶妮芙笑道,"你听错了。看看这个孩子,南尼克。她凶得像只猫,眼里能迸出火星,再等一会儿就要嘶嘶叫了。要是真是猫的话,她这会儿耳朵都要贴上头皮了。猎魔人女孩!我得把她牢牢抓在手里，锉掉她的爪子。"

"体谅她吧，"女祭司的表情突然严肃起来，"请对她多些仁慈和体谅。她不是你以为的那样。"

"这话什么意思？"

"她不是你的竞争对手，叶妮芙。"

有那么一会儿，女术士和女祭司面对面，彼此打量。希瑞觉得连空气都在颤抖，某种陌生而可怕的力量在她们中间增长。但这局面只持续了几分之一秒，力量随即消失。叶妮芙大笑起来，笑声愉快而甜美。

"我都忘了，"她说，"你一直站在他那边，对吧，南尼克？你一直替他操心。就像他未曾谋面的母亲。"

"而你永远站在他的对立面，"女祭司露出微笑，"一如既往，将强烈的情感施加给他。你还奋力为自己辩护，只为给这情感换个名字。"

希瑞又一次感到愤怒在心中涌起，怨恨和叛逆让她的太阳穴狂跳不止。她想起来了，她曾无数次——在各种情况下——听过这个名字。叶妮芙！这是个会引发不安，象征某种邪恶秘密的名字。她能猜到那是什么秘密。

她们当着我的面，毫无顾忌地谈论这些，她心里想着，双手因愤怒而颤抖。她们根本不在乎我的感受。完全忽视我。好像我还是个孩子。她们当着我的面谈论杰洛特。她们本不该这么做，因为我……我是……

我是谁呢？

"一如既往，南尼克，你自己的消遣，"女术士反驳道，"不也是分析他人的情感、然后按自己喜欢的方式去解读吗?"

"外加干涉别人的私事?"

"我不想这么说。"叶妮芙甩甩黑色的长发,她的头发闪烁微光,像蛇一样盘卷扭动,"我要多谢你为我促成这事。还是换个话题吧,当前这个太蠢了——还会让我们的年轻学徒颜面无光。你要我体谅……我会的。不过仁慈嘛……这点恐怕就有问题了,因为众所周知,我不具备那种情感。但我们可以想办法。是不是啊,意外之子?"

她冲希瑞微笑。尽管愤怒又恼火,希瑞还是不由自主地回以笑容。因为女术士的微笑意外地友善、亲切而又真诚。而且,非常非常美丽。

◆━━━━◆━━━━◆

神殿墙边有丛蜀葵。叶妮芙说话时,希瑞故意转过身去,装作全神贯注看着一只黄蜂在蜀葵丛中飞舞。

"都没人问过我。"她嘟囔道。

"没人问你什么?"

希瑞转体半周,狠狠一拳打向蜀葵。黄蜂愤怒而凶狠地嗡嗡叫着,飞走了。

"没人问我想不想让你教!"

叶妮芙双手叉腰,眼中精光闪现。

"真巧啊。"她嘶声道,"想想看——也没人问过我想不想教。不过,这跟想不想没关系。我从不收学徒,你也不例外。只是有人要我查看你的状况,调查你体内的那股力量,确认它会给你带来什么危害。我得说,我答应得相当勉强。"

"可我还没同意呢!"

女术士抬起手,打个手势。希瑞突然太阳穴直跳,耳朵里嗡嗡作响,那声音像是吞口水,但要响亮得多。她感到昏昏欲睡,还有种无法抗拒的虚弱感。疲惫让她脖子僵硬,双膝发软。

叶妮芙垂下手,那种感觉立刻消失了。

"仔细听好我的话,意外之子。"她说,"我随手就能对你施法,催眠你,或让你陷入恍惚。我可以麻痹你的身体,强迫你喝下药剂,然后剥光你的衣服,把你放到桌上检查几个钟头,中间还能抽空休息、吃饭,而你只能躺在那儿看着天花板,连眼珠子都动不了。对付鼻涕小鬼,我会这么做的。但我不想这么对你,因为所有人一眼就能看出,你是个聪明又骄傲的女孩,很有个性。我不想让你或我自己丢脸。我不能愧对杰洛特。因为正是他求我查看你的能力,好帮你应付那种能力。"

"他求你?为什么?他连一个字都没对我讲!他没问过我……"

"别总说同样的话。"女术士打断她,"没人问你的意见,没人费心确认你想要什么、不想要什么。喜欢唱反调,顽固又长不大——还不是因为你给人留下了这个印象,所以他们才懒得问你?但我会迁就地问你一个问题:你愿意接受检查吗?"

"检查什么?要做什么测试?为什么要做……"

"我已经解释过了。如果你还不明白,那就太糟了。我不打算改善你的理解力,或帮你增强智力。不管你是聪明女孩还是蠢女孩,对检查都没影响。"

"我不蠢!我什么都懂!"

"这可再好不过。"

"但我不是当女术士的料!我没有一丁点儿魔法能力!我不可能、也不愿意当个女术士!我命中注定是杰洛特的……我命中注定要当个猎魔人!我只是来这儿暂待一段时间!很快还要回凯尔·莫罕……"

"你一直盯着我的领口。"叶妮芙冷冷地说,眯起紫罗兰色的双眼,"你是看到了不寻常的东西,还是单纯出于嫉妒?"

"那颗星星……"希瑞嘟囔道,"是用什么做的?那些宝石移动和发光的样子好奇怪……"

"它们在脉动。"女术士笑着说,"是嵌在黑曜石里的活化钻石。你想靠近点儿看看吗?想摸摸吗?"

"想……不,不想!"希瑞后退几步,愤怒地摇摇头,试图摆脱叶妮芙身上那股淡淡的丁香和醋栗的味道。"我不想。我干吗要看?我对它不感兴趣!一点也不!我是个猎魔人!我没有任何魔法能力!我不是做女术士的料,这很明显,因为我是……总之……"

女术士坐在墙边一张石制长椅上,专心看着自己的指甲。

"……总之,"希瑞总结道,"我得考虑一下。"

"过来。坐我旁边。"

她听话地照办。

"我得花点时间考虑。"希瑞犹豫不决地说。

"说得对。"叶妮芙点点头,依然盯着手指甲,"这很重要。需要再三考虑。"

两人沉默了好一阵儿。在公园里闲逛的女学徒投来好奇的目光。她们交头接耳,不时笑出声来。

"怎么样?"

"什么怎么样?"

"你考虑得怎么样？"

希瑞跳了起来，喷着鼻息，跺了跺脚。

"我……我……"她大口喘气，愤怒得难以呼吸，"你在取笑我吗？我需要时间！我需要时间思考！更多时间！一整天……加一整晚！"

叶妮芙看着她的双眼，希瑞不由发起抖来。

"常言道，"女术士缓缓地说，"想破头不如睡一觉。不过对你来说，意外之子，睡眠只会带来另一场噩梦。你会在痛苦中尖叫着醒来，发现自己全身是汗。你会再次感到畏惧，畏惧见过的事，畏惧记不起来的事。那晚剩下的时间，你不会再入睡，只剩恐惧，直到黎明到来。"

女孩颤抖着低下了头。

"意外之子，"叶妮芙的语气稍稍改变了些，"相信我吧。"

女术士的肩头很温暖，黑色丝绒衣裙柔软而顺滑，丁香和醋栗的味道也令人陶醉。她的拥抱令人安心而放松，平息了希瑞的激动、愤怒和抗拒。

"你会接受测试的，意外之子。"

"我会。"希瑞回答。但她知道，自己其实不必回答。叶妮芙也不是在提问。

———◆—◆———

"我已经糊涂了。"希瑞说，"你先是说我有魔法能力，因为我做了那些梦。可你又想做测试和检查……到底怎么回事？我到底有没有魔法能力?"

"测试可以回答这个问题。"

"测试,又是测试。"她拉长了脸,"我告诉你,我真没什么能力。如果有,我早就知道了,不是吗?好吧……如果我碰巧真有魔法能力,然后怎样?"

"有两种可能性。"女术士冷冷地说,打开窗户,"要么我必须设法消除你的能力,要么你必须学会控制它。如果你有天赋,又愿意学,我可以教你些基础的魔法知识。"

"'基础'是什么意思?"

"就是最简单的。"

她们坐在图书馆旁边闲置的大房间里,这是南尼克给女术士安排的住处。希瑞知道,这个房间通常给客人用。她还知道,杰洛特探访神殿时也会住在这儿。

"你真想教我吗?"希瑞坐在床上,手摸鸭绒被的锦缎被面,"你真要带我离开这儿?可我不想跟你走!"

"那我就独自离开。"叶妮芙冷冷地说,解开行李袋,"而且我保证,我不会想你的。我已经说过了,除非你愿意,否则我什么都不会教。如果真要教,在这儿就可以。"

"那你打算……教我多久?"

"你想多久就多久。"女术士身子前倾,打开五斗橱,取出一只老旧的皮革包、一条腰带、两只毛坯内衬的靴子,还有个装在柳条篮里的大黏土瓶。希瑞听到她低声笑骂一句,又把那些东西放回五斗橱。她猜到了它们的所有者。那个把东西留在这儿的人。

"我想多久就多久?什么意思?"希瑞问,"如果我厌倦了,或者不喜欢……"

"那就结束。你只要告诉我就好,或者表现给我看。"

"表现给你看?怎么表现?"

"如果你答应学,我会要求你绝对服从。重复一遍:绝对服从!如果你厌倦了,只要不服从就够了。你的课程会立刻中止。我说得够清楚吗?"

希瑞点点头,用绿色的眸子悄悄看了女术士一眼。

"另外,"叶妮芙一边说,一边取出她的行李,"我还要求你绝对真诚。你不能向我隐瞒任何事。任何事!如果觉得课程上够了,你只要撒谎、伪装、弄虚作假或言不由衷就行了。如果我问你什么,你却没据实回答,这也意味着课程结束。你明白吗?"

"明白。"希瑞喃喃道,"那,这种……真诚……是双向的吗?我也能……问你问题吗?"

叶妮芙看着她,嘴唇扭曲成奇怪的形状。

"当然。"她过了一会儿才回答,"这点毫无疑问。这将是我给你知识和保护的基础。真诚是双向的。你也可以问我问题。什么时候都行。我会回答,真诚地回答。"

"什么问题都可以?"

"都可以。"

"现在就能问?"

"对。现在也行。"

"叶妮芙女士,你跟杰洛特是什么关系?"

话才出口,希瑞便为自己的鲁莽感到提心吊胆。之后的沉默更叫她不寒而栗。

女术士缓缓朝她走来，双手按在她肩头，近距离看着她的双眼——直视她的双眼。

"渴望。"她严肃地回答，"悔恨。希望。还有恐惧。没错，我相信没遗漏什么。好了，可以开始测试了，你这绿眼睛的小毒蛇。看看你是不是这块料。在你提问之后，我对答案又多了几分信心。开始吧，我的丑丫头。"

希瑞生气了。

"干吗这么叫我？"

叶妮芙的唇角露出微笑。

"我答应过，要真诚。"

———◆ ┃ ◆———

希瑞恼火地坐直身子，在硬木椅上扭动几下。她已经坐了几个钟头，背痛得要命。

"不会有结果的！"她大吼道，在桌上擦拭沾满炭灰的手指，"做了这么多测试，还是……什么结果都没有！我不是当女术士的料！从一开始我就知道，可你不听我的！你根本听不进去！"

叶妮芙扬起眉毛。

"你说我不听你的？这可有意思了。别人对我说的每句话，我都会专心聆听并牢记在心。前提是那句话至少得有一丁点儿意义。"

"你总嘲笑我。"希瑞咬着牙，"可我只想告诉你……好吧，关于那些能力。你要知道，在凯尔·莫罕，在群山里……我连最简单的猎魔人法印都施展不出。一个都不行！"

"我知道。"

"你知道?"

"我知道。但这说明不了什么。"

"怎么会?对了……还不止如此!"

"我洗耳恭听。"

"我不是这块料。你还不明白吗?我……年纪太小。"

"我初学魔法时,年纪还没你大。"

"但我敢说你不是……"

"丫头,你想说什么?别吞吞吐吐的!拜托,把话说完整。"

"因为……"希瑞低下头,涨红了脸,"我跟爱若拉、米尔菈、尤妮德和凯蒂吃晚饭时,她们都笑话我,说我学不会魔法,说我没法使用魔法。因为……因为我是……是处女,意思是说……"

"我知道处女是什么意思,不管你相不相信。"女术士打断她,"你肯定又把这当成了恶毒的嘲讽,但我真心告诉你,这完全是胡说八道。继续测试吧。"

"我是处女!"希瑞挑衅地重复一遍,"干吗还要测试?处女学不会魔法的!"

"看来没别的法子了。"叶妮芙靠向椅背,"如果你真这么在意,出去找个男人破身算了。但麻烦你动作快点儿。"

"你又取笑我!"

"你发现了?"女术士无力地笑笑,"恭喜,你通过了洞察力方面的初步测试。现在该做真正的测试了。集中精神。你看:这张画上有四棵松树,每棵都有好几根树枝。请在空白处画上第五棵,让它与前四棵相衬。"

"画松树实在太蠢了。"希瑞吐了吐舌头,开始用炭笔描画一棵略显歪斜的树,"而且无聊!我真不明白,松树跟魔法有什么关系?说嘛,叶妮芙女士!你答应回答我的问题的!"

"太不幸了。"女术士叹了口气,拿起那张纸,挑剔地打量希瑞的画,"我已经后悔做出那个承诺了。松树跟魔法有什么关系?完全没有。但你画得没错,速度也挺快。说实话,对处女来说相当出色。"

"又在笑我!"

"不,我很少取笑人。只有特别好的理由才能让我发笑。专心看下一页,意外之子。这上面画着成排的星形、圆形、十字和三角形,每一排里每种形状的数量都不一样。思考,然后回答:最后一排应该有几个星形?"

"蠢星星!"

"几个?"

"三个!"

叶妮芙很长时间一言不发,只是盯着衣柜雕花门上只有她自己才知道的细节。希瑞唇上的淘气笑容渐渐退去,直至消失得无影无踪。

"毫无疑问,"女术士缓缓地说,目光不离衣柜,"你想知道没有意义且愚蠢的回答会有怎样的后果。你觉得我不会发现,因为我半点也不在乎你的答案?你错了。或者你认为,我会因此相信你很蠢?你又错了。如果你厌倦了测试,想要反过来测试我……那你成功了,不是吗?总之,测试到此结束,把卷子交上来。"

"对不起,叶妮芙女士。"女孩垂下头,"最后一行应该只有……一颗星星。我很抱歉。请别生我的气。"

"看着我,希瑞。"

女孩吃惊地抬起目光。女术士还是头一回叫她的名字。

"希瑞，"叶妮芙说，"你要知道，尽管从外表看不出来，但我同样很少生气。我没生你的气。不过你能道歉，说明我没看错你。拿好下一张测试卷。你能看到上面有五栋房子，画出第六栋……"

"又来？我真不明白为什么……"

"第六栋房子！"女术士的声音变得十分吓人，双眼也闪现出紫色的光，"画在空白处。拜托，别让我再重复一遍！"

苹果、松树、星星、鱼儿和房子之后，接下来是一幅迷宫，而她必须快速找出离开路线；然后是弯曲的线条和斑点，看起来像踩扁的蟑螂；再然后是马赛克图案，把她看得头晕目眩；接着是一颗穿在细绳上的闪亮小球，她必须盯着它看上很久，而盯着它就像盯洗碗水一样无趣，希瑞忍不住打瞌睡。出人意料的是，叶妮芙却没计较——几天前，希瑞看着蟑螂斑点睡着了，结果被叶妮芙狠狠骂了一顿。

接连不断的测试让她脖颈和背脊酸痛，且每一天都痛得更厉害。她怀念运动和新鲜空气。因为要真诚，她立刻把想法告诉给叶妮芙。女术士没反对，好像她早就料到了似的。

接下来两天里，她们一起在公园跑步，跳过沟渠和栅栏。女祭司和女学徒看着她们，有的跟着快活地大笑，有的投来怜悯的目光。她们在环绕果园和农房的围墙上行走，练习平衡。与凯尔·莫罕的训练不同，跟叶妮芙练习总会伴之以理论。女术士教希瑞如何呼吸，教她如何使用肺部和隔膜。她会解释运动的方式，告诉她肌肉和骨骼的作用，还演示怎么休息能更好地缓解压力、放松身体。

有一次休息时，希瑞在草地上伸着懒腰，盯着天空，终于问出一直困扰她的问题。"叶妮芙女士，我们什么时候才能结束测试？"

"你这么讨厌测试吗？"

"不是……但我想知道我是不是当女术士的料。"

"你是。"

"你早就知道了？"

"一开始就知道。很少有人察觉到我的黑曜石星星会动。非常少。而你一眼就看出来了。"

"那测试呢？"

"结束了。我已经知道想知道的东西了。"

"但有些测试……结果不太理想。你亲口说的……你真能肯定吗？你没弄错？你肯定我有魔法能力？"

"我肯定。"

"可……"

"希瑞，"女术士的表情既高兴又不耐烦，"从我们躺到草地上开始，我就没用过嘴巴跟你说话。记住，这叫心灵感应。你肯定也注意到了，你我之间的交流没有一丁点困难。"

◆━━◆━━◆

"魔法，"叶妮芙的双眼直视山顶之上的天空，双手按在马鞍桥上，"在某些人眼里，是混沌的体现，是开启禁忌之门的钥匙。那扇门里潜藏着噩梦、恐惧和难以想象的灾厄。敌人等待在门后——那是毁灭性的力量,纯粹而邪恶的力量,不但会消灭开门之人,还将毁灭整个世界。但想开门之人永远都不缺,且总有一天,一定有人会犯下错误,因此世界的灭亡在所难免。换句话说,魔法便是混沌的武器和复仇工具。事实上,自从天球交汇,人类学会魔法,世界便受到了诅咒。世界必将崩溃,人类也将灭亡。事实的确如此,希瑞。那些相信魔法即是混沌之人,他们没说错。"

女术士踢踢马腹,黑色壮马长嘶一声,缓缓走进石楠丛。希瑞催马跟在叶妮芙坐骑身后,尽可能跟上她的速度。长长的石楠叶碰到她们的马镫。

"魔法,"过了一会儿,叶妮芙续道,"在另一些人看来,却是种艺术。伟大而卓绝的艺术,能创造出美丽而非凡的事物。魔法是只有少数人才能拥有的天赋。至于没有才能之人,只能满眼羡慕和嫉妒,看着艺术家的杰作,欣赏他们完成的作品,同时心中感叹:如果没有这些创造,没有这样的天赋,世界将会多么乏味。事实上,自从天球交汇,自从少数人发现自己拥有的天赋和体内蕴含的魔力,他们便相信自己找到了艺术,相信自己受到了祝福。事实也的确如此。那些相信魔法即是艺术之人,他们也没错。"

沿着石楠丛再往前走,有片长长的、光秃秃的山坡,看起来像头匍匐在地的猛兽的脊背。山坡上有块巨石,由几颗较小的岩石作支撑。女术士策马朝巨石的方向走去,但讲述并未停止。

"还有些人认为,魔法是种科学。想要掌控魔法,光有天资和先天能力还不够,多年的潜心学习和艰苦研究才至关重要,忍耐力及自制力亦不可或缺。如此获取的魔法等同于知识和学识,聪明而健全的头脑,加上经验、试验和练习,便可拓展其局限。如此获取的魔法更意味着进步。它是耕田的犁、是织布机、是水车、是熔炉、是绞盘和滑轮。它是进步、是演化、是改变。我们跟随它不断地前行。向上。向着更好的世界。向着群星进发。我们在天球交汇后发现了魔法，而终有一天，它会引领我们抵达群星。下马吧，希瑞。"

叶妮芙走向巨石，手掌按住粗糙的石面，小心翼翼地拭去上面的灰尘和枯叶。

"那些相信魔法即是科学之人，"她续道，"他们也没错。记住这一点，希瑞。现在过来，到我身边来。"

女孩咽了口口水，走近些。女术士伸手搂住她。

"记住，"她重复道，"魔法是混沌、是艺术，也是科学。它是诅咒、是祝福，也是进步。一切都取决于使用魔法之人、使用的方式，还有使用的目的。而且魔法无处不在，充斥于我们周围，触手可及。只要伸出一只手就够了。看到了吗？我伸出手。"

巨石明显震颤起来。希瑞听到远处传来一声闷响，地下也发出隆隆声。石楠丛起伏不定，又被突然刮过山坡的狂风压倒。天空骤然转为黑色，浓云布满，并以惊人的速度掠过天幕。女孩发现有雨点落到她的脸上。她眯起眼睛，看着突然划过地平线的闪电。她不由依偎在女术士身边，紧贴着对方散发出丁香与醋栗味道的黑色长发。

"我们脚下延展的大地；熊熊燃烧、不曾熄灭的火焰；滋养万物、孕育生命的流水；还有我们呼吸的空气。只要伸出手，你就能掌控它们，令它们臣服。魔法无处不在。它在地、气、水、火之中。它藏在天球交汇后对我们关闭的大门之内。在那扇封闭的门后，魔法有时会向我们伸手，召唤我们。这些你都知道，对不对？你已经感觉到魔法的碰触，来自门后那只手的触摸。与之相触令你满心恐惧。与之相触会让任何人满心恐惧。因为在我们心中，有混沌与秩序的对立，有善与恶的争锋。但操控魔法完全有可能，且完全有必要。这点你必须明白。你肯定会明白，希瑞。所以我才带你来这儿，来到这块石头面前：它从远古便伫立于此，伫立在魔法脉络的交汇处。这里有魔力的搏动。碰碰它。"

巨石在摇晃，在震颤。整座小山都随之摇晃、震颤。

"魔法正在向你伸手，希瑞。朝你这个非凡的女孩、意外之子、上古血脉之子、精灵血脉的后裔伸手。你是个非凡的女孩，变革和改变与你交织，毁灭和重生与你相连。接受你的宿命和命运吧。魔法在紧闭的大门后向你伸手，在命运的沙钟里为你携出一粒沙。混沌也朝你伸出利爪，但它不确定你会成为它的工具，还是它前进路上的绊脚石。所以混沌向你展示的梦境充满了不确定。混沌畏惧你，命运之子，它也希望你畏惧它。"

闪电划破天空，继而是漫长而沉闷的雷声。希瑞在寒冷和恐惧中瑟瑟发抖。

"混沌无法将现实展示给你，只好为你展现未来，让你看到将会发生之事。它希望你对未来充满恐惧，进而害怕自身的转变，如此一来，你的至亲好友便会左右你的行动，直至彻底剥夺你的自由。这便是混沌让你做梦的原因。现在你要做的，就是让我看看你的梦里有什么。你会感到害怕，但也会忽略并掌控自己的恐惧之心。看着我的黑曜石星星，希瑞，不要移开目光！"

闪电。还有隆隆的雷声。

"说话！我命令你！"

鲜血。叶妮芙嘴唇开裂，破碎不堪。她的嘴唇无声地翕动，鲜血暴烈喷出。白色的石块从旁掠过，而她身在飞奔的马背上。马匹嘶鸣，纵身跃起。山谷。深渊。尖叫。飞翔，永无止境地飞翔。深渊……

深渊底部冒出烟雾。有台阶通往下方。

Va'esse deireadh aep eigean……有些事情即将结束……是什么？

Elaine blath, Feainnewedd……上古血脉之子？叶妮芙的声音仿佛从远处传来，恍如潮湿石墙间低沉而惊人的回声。Elaine blath……

"说话！"

紫罗兰色的双眼光芒乍现，在憔悴而干瘪的脸上熊熊燃烧，那张脸因苦难而发黑，被肮脏凌乱的黑发遮盖。黑暗。潮湿。恶臭。石墙冷得令人难以忍受。还有手腕和脚踝上冰冷的铁……

深渊。烟雾。通向下方的台阶。她必须沿阶而下。她必须这么做，因为……因为有些事情即将结束。因为 Tedd Deireadh，终结的时代，寒狼风雪之纪元即将到来。白霜与白光之时……

幼狮必须死！事关国家利益！

"走吧。"杰洛特说，"走下台阶。我们必须下去。必须这么做。没有别的方法。只能走台阶。下去吧！"

他嘴唇不动。他双唇发青。血，到处都是血……整段台阶覆盖着鲜血……绝不能滑倒……因为对猎魔人来说，失足即是死期……剑光闪过。尖叫。死亡。向下。走下台阶。

烟雾。火焰。疯狂的疾驰，马蹄声如雷鸣。到处都是熊熊火焰。"抓紧了！抓紧，辛特拉的幼狮！"

黑马嘶鸣，人立而起。"抓紧！"

黑马跃起。饰有猛禽羽翼的头盔上开着一条口子，她看到一双闪烁而无情的眼睛。

一把阔剑反射着火光，伴着嘶嘶声劈落。闪避，希瑞！佯攻！转体！招架！闪避！闪避！太慢——了！

那一击的闪光令她目不能视，令她浑身颤抖。痛楚让她的身体麻痹了片刻，迟钝和麻木过后，又突然以可怕的程度爆发出来。痛楚如残忍而锋利的尖牙，埋进她的脸颊，渗入她的身体，继而扩散到她的脖颈、双肩、胸口、肺部……

"希瑞！"

她的背脊和后脑靠在粗糙、冰凉而令人不快的岩石上。她不记得自己什么时候坐了下来。叶妮芙跪在她身旁，温柔但坚决地抚平她的手指，将她的手从脸颊上拿开。她的脸因痛楚而抽搐、悸动。

"妈妈……"希瑞呻吟道，"妈妈……好疼！妈妈……"

女术士摸摸她的脸。她的手冷得像冰。痛楚立刻消失了。

"我看到了……"女孩低声说道，闭上双眼，"我看到了在梦里见过的东西……黑骑士……杰洛特……还有……你……我看到你了，叶妮芙女士！"

"我知道。"

"我看到你……我看到你……"

"不会有下次了。你再也不会看到那些。你不会再梦到它了。我会给你力量，帮你赶走那些噩梦。所以我才带你来这儿，希瑞——向你演示这股力量。明天，我会把它传授给你。"

接下来是漫长而艰苦的日子，每天都有繁重的学业和让人精疲力

竭的工作。叶妮芙很严格,经常可谓严厉,有时甚至专横得可怕。但她从不无聊。希瑞早先上神殿学校的课程时,光是睁开眼睛就很费力了,有时直接会在课堂上睡着——南尼克、爱若拉一世、赫罗斯维莎及其他老师单调而温柔的声音总令她昏昏欲睡。但在叶妮芙面前,这根本不可能。不单因为女术士的音质很特别,使用的语句短促有力,更重要的因素是课程的内容。魔法课程令她激动,让她着迷,引人入胜。

希瑞白天基本都跟叶妮芙待在一起,直到深夜才回宿舍,像木头一样瘫在床上,立刻就能睡着。女学徒抱怨她打呼太响,想把她叫醒,但只是徒劳。

希瑞睡得很沉。

且一夜无梦。

◆━━━◆━━━◆

"哦,诸神啊,"叶妮芙无奈地叹口气,用双手揉乱黑发,低下头,"这已经很简单了!如果你连这个动作都掌握不了,以后更难的怎么办?"

希瑞扭过头,用沙哑的声音嘟囔了句什么,揉揉自己僵硬的手。女术士又叹了口气。

"再看看蚀刻画。看看手指该怎么伸。留心上面的说明箭头,还有解释具体做法的符文。"

"这张画我都看一千遍了!我懂那些符文!Vort, caelme. Ys, veloe。缓缓伸向前方。迅速向下。手势……像这样?"

"还有小指呢？"

"如果不同时弯曲无名指，根本打不出那种手势！"

"把手给我。"

"哎呀呀呀！"

"别这么大声，希瑞，不然南尼克又该跑来了，以为我在活剥你的皮，或把你丢进了油锅。保持手指位置别动。现在换成施法手势。转，转动手腕！很好。甩甩手，放松一下手指。重复一遍。不对，不对！知道你在干什么吗？如果你真这样施展咒语，你的手就得上一个月的夹板！你的手是木头做的吗？"

"我的手已经习惯握剑了！所以才这么硬！"

"胡说八道。杰洛特用剑用了一辈子，可他的手指既灵活，又……嗯……特别温柔。继续，我的丑丫头，再试一次。看到没？想做就能做到，只要你愿意尝试。再来一次。很好。甩甩手。再来一次。很好。累了吗？"

"有点儿……"

"让我帮你揉揉手掌和胳膊。希瑞，干吗不用我给你的油膏？你的手粗得像鳄鱼皮……这是什么？戒指印，我说的对吧？我不是禁止你佩戴任何首饰吗？"

"这是我玩陀螺时从米尔菈那儿赢来的！只戴了半天……"

"半天也够久了。拜托，以后别再戴了。"

"我不明白，为什么我不能……"

"你用不着明白。"女术士打断希瑞，但语气里没有怒意，"我要你别再佩戴这类饰物。如果真想戴，你可以往头发里插枝花，或给自己编个花冠。但你不能佩戴金属、水晶和宝石。这很重要，希瑞。等时候到了,我会解释原因。至于眼下,相信我,照我说的做。"

"可你都戴着星星、耳环和戒指!我就不行吗?是因为我是……处女吗?"

"丑丫头,"叶妮芙笑着摸摸她的头,"你还在烦心这个?我都解释过了,跟你是不是处女没关系。一点都没有。明天洗个头吧,看起来该洗了。"

"叶妮芙女士?"

"嗯?"

"你……答应过要真诚的……那我能不能问个问题?"

"可以啊。不过看在诸神的分上,别再问处女的事了。"

希瑞咬住嘴唇,沉默良久。

"太糟糕了。"叶妮芙叹了口气,"算了,想问就问吧。"

"因为,你知道的……"希瑞涨红了脸,舔了舔嘴唇,"宿舍的女孩总在闲聊各种话题……关于五月节庆典什么的……她们还说我是个鼻涕小鬼,因为我早该到了……叶妮芙女士,到底该怎么做?怎么才能知道什么时候该……"

"……跟男人上床?"

希瑞的脸更红了。她沉默很久,终于抬起目光,点点头。

"很容易啊。"叶妮芙用理所当然的语气说,"既然你开始想了,说明时候已经到了。"

"可我不想啊!"

"又不是强制性的。如果你不想,那不用做。"

"哦。"希瑞又咬住嘴唇,"还有……那个……男人……我怎么知道谁才是合适的……"

"……上床对象?"

"嗯嗯。"

"如果你有得选,"女术士扭动嘴唇,露出一个微笑,"却又没什么经验,那你最先要评估的应该是床。"

希瑞的绿眼睛瞪得像个茶碟。

"为什么是……床?"

"就是床。连床都没有的人,可以立刻排除。有床的那些,床铺肮脏邋遢的也可以排除。床铺干净整洁的人中,选择你认为最有吸引力的一个。不幸的是,这种方法并非百分之百可靠。你还是会犯下严重的错误。"

"你在说笑吗?"

"不,不是说笑,希瑞。从明天起,你来跟我一起睡。带上你的东西。从我听到的内容判断,你在宿舍的时间大都浪费在闲言碎语上了,而这些时间本应用来睡觉和休息。"

掌握了基本的手势、动作和姿态之后,希瑞开始学习魔法及其对应的咒语。咒语要简单些,它们用上古语写成,而女孩早就熟练掌握了上古语,记忆起来毫不费力。练习发音时,复杂的声调对她也不成问题。叶妮芙显然很满意,因此一天比一天愉快,也一天比一天耐心。课间休息时,她们闲谈的时间也越来越多,并以取笑那些"老家伙"为乐。南尼克经常来"观摩"她们的课程和练习,因此也遭到她们私下的嘲笑:说她怒气冲冲,趾高气扬,像只孵蛋的老母鸡,随时想把

希瑞保护在羽翼之下,让她摆脱女术士的"严酷无情"和"非人课程的折磨"。

按照叶妮芙的指示,希瑞搬来跟她同住。这下不光白天,就连晚上她们也在一起。有时晚上也要学习——因为某些动作、魔法和咒语无法在阳光下演示。

女术士对女孩的进展很满意,于是放慢了教学速度。她们有了更多闲暇时间,开始利用夜晚时光读书,有时一起,有时各看各的。希瑞费力地读完了斯丹莫福德的《关于魔法本质的对话》、詹巴迪斯塔的《元素之力》,还有里克特与蒙克合著的《自然魔法》。有些著作她没法啃完,只是浏览了一下,比如詹·贝克尔的《隐形世界》、格兰维尔的艾格尼丝的著作《秘中之秘》等。她还略微翻阅了书页发黄的古籍《米尔瑟法典》、《Ard Aercane》,以及臭名昭著的《Dhu Dwinmmermorc》,里面满是恐怖的蚀刻画。

她还接触了与魔法完全无关的书,比如《世界历史》和《关于生命的论述》。神殿图书馆里不怎么艰深的书籍也没遗漏。她红着脸读完了拉·克里亚米侯爵的《嬉戏》、安妮·蒂勒的《国王的女士们》。她读了著名吟游诗人丹德里恩的诗歌集《爱的困境》和《月亮时代》,还为艾希·达文细腻而充满神秘感的歌谣落泪——她的作品收录在一本小册子里,装订十分精美,标题是《蓝珍珠》。

她经常利用自己的特权提问,也会得到回答。然而最近,她受到的询问越来越多了。一开始,她的命运、她在辛特拉的童年,还有后来在战争中的遭遇,叶妮芙似乎完全不感兴趣。但到后来,叶妮芙的问题越来越具体。希瑞只能不情不愿地回答,因为女术士每提出一个问题,都会打开一扇她向自己发誓绝不开启、永远锁闭的记忆之门。

自从在索登遇见杰洛特,她便相信自己开始了"另一段人生",而原本的人生——在辛特拉的人生——将无可避免地消失。凯尔·莫罕的猎魔人从没问过她任何事。来神殿之前,杰洛特也曾警告她,不要跟任何人提起她过去的身份。当然了,南尼克知道一切,但她向其他女祭司和女学徒保证,希瑞是个再普通不过的孩子,是骑士和农妇的私生女,无论在父亲的城堡还是母亲的茅屋都没有容身之处。梅里泰莉神殿的半数女学徒都是类似的出身。

现在叶妮芙也知道她的秘密。她是"可信"之人。叶妮芙问起她的过去,问起辛特拉。

"你是怎么逃出城的,希瑞?怎么躲过尼弗迦德人的?"

希瑞不记得了。一切都支离破碎,笼罩在昏暗与烟雾之中。她记得敌方攻城,记得与外婆卡兰瑟王后道别。她记得辛特拉雌狮重伤垂死,贵族和骑士们只好把她从王后床边强行拖走。她记得自己在燃烧的街巷间疯狂逃亡,记得血腥的战斗和倒地的战马。她记得头盔饰有猛禽羽翼的黑骑士。

但只有这些。

"我不记得了。我真不记得了,叶妮芙女士。"

叶妮芙没有追问。她开始问别的问题,语气温柔,提问方式也很巧妙,让希瑞越来越放松。最后,希瑞不再等待提问,而是自己主动讲起她在辛特拉和史凯利格群岛的童年。讲述她如何了解到意外律,如何得知命运将她交给了利维亚的杰洛特、那位白发猎魔人。她讲述那场战争、在河谷地区森林里的流浪、在安格林的德鲁伊陪伴下度过的日子,还有乡间的时光。她讲述杰洛特如何找到她,把她带去猎魔人的要塞凯尔·莫罕,为她的人生开启了新的篇章。

有天晚上,她向女术士主动讲述了她和猎魔人在布洛克莱昂森林的初次相遇,讲述了那些绑架她、想强迫她留下的树精。讲述这些时,她欢快而轻松,还添油加醋了不少细节。

"哦!"叶妮芙听着她的故事说,"真想看看那一幕——我是说杰洛特。我在想:在布洛克莱昂森林,当他发现命运为他准备的意外时,脸上会是什么表情?他发现你的身份时,表情一定很有趣!"

希瑞吃吃地笑起来,翡翠色的双眼闪着淘气的光。

"哦,没错!"她哼了一声,"那表情绝了!你想看吗?我来表演一下。看!"

叶妮芙放声大笑。

◆━━◆━━◆

她的大笑,希瑞看着成群的黑鸟飞向东方,心里想道,正是她的大笑,诚挚而由衷的笑声,让我们的心融化在一起。我们明白——她和我都明白——我们可以谈论杰洛特,一起笑出声来。突然间,我们两个变得亲近,尽管我很清楚,是杰洛特让我们相遇,也是他将让我们分开。人生就是这样。

我们的笑声让我们更加亲近。

正如两天后发生的事。在森林里,在小山上,她教我如何寻找……

"我不明白为什么要找这些……我又忘了它们叫啥了……"

"交汇点。"叶妮芙提示道。她伸出手,摘去穿过灌木丛时粘在袖子上的芒刺,"我在教你怎么寻找交汇点,因为在那儿可以汲取魔力。"

"我已经知道怎么汲取魔力了!而且你说过,魔力无处不在,我们干吗要在丛林里转悠?说到底,神殿那里就有很多魔力!"

"是啊,没错,那儿的魔力相当多,所以神殿才会建在那儿。也正是这个原因,在神殿里,你汲取魔力才会那么轻松。"

"我腿疼!能不能坐下歇一会儿?"

"好吧,我的丑丫头。"

"叶妮芙女士?"

"干吗?"

"为什么我们只能从地下水脉里汲取魔力?魔法能量不是无处不在吗?泥土里应该也有吧?还有空气和火?"

"确实有。"

"泥土……这儿有很多泥土,就在我们脚下。空气也到处都是!如果想要火,只要点堆篝火,然后……"

"你力量太弱,不能从泥土里汲取魔力。你对魔法了解有限,也没法汲取空气中的魔力。至于火,我严正警告你不准玩火。我已经告诉过你,无论什么情况,不准你接触火之魔力!"

"别嚷嚷了。我记得。"

她们默默无言,坐在一根倒下的枯树上,听着风吹过树梢的沙沙声,听着啄木鸟在附近敲打树干。希瑞饥肠辘辘,嘴巴发干,但她知道抱怨也无济于事。一个月前,她抱怨过,但叶妮芙却发表了一通枯燥无味的演说,大讲特讲如何控制这种原始本能;再后来,女术士干脆用轻蔑的沉默忽略她。她的抗议既得不到回应,也没法改变结果。就像叶妮芙叫她"丑丫头",她再生气也毫无意义。

女术士摘掉袖子上最后一根芒刺。她又要问我问题了,希瑞心想,我能听见她的想法。她又要问我我不记得、也不想记起的事。不,这没有意义。我不会回答。一切都过去了,而且没人能回到过去。她自己也这么说。

"跟我讲讲你的父母,希瑞。"

"我想不起他们了,叶妮芙女士。"

"努力想想。"

"我真不记得我爸爸了……"她屈服于命令,轻声说道,"除了……还是什么都不记得。我妈妈……妈妈,我记得。她有一头长发,有这么长……她还总是说……我记得……不,我不记得了……"

"拜托,回忆一下。"

"我想不起来!"

"看着我的星星。"

◆━━━◆━━━◆

海鸥鸣泣,从渔船间俯冲直下,啄食人们从板条箱里倒出的谷糠和小鱼。微风轻拂,战舰降下了船帆,细雨绵绵,烟雾飘浮在栈桥上空。一艘艘辛特拉的三层划桨战船驶入码头,蓝色旗帜上闪烁着金色雄狮图案。克拉茨叔叔站在她身边,他的手——大如熊掌的巨手——按在她肩头。克拉茨突然单膝跪倒。士兵们排列成行,用剑有节奏地敲打着盾牌。

卡兰瑟王后,她的外祖母,沿着跳板朝他们走来。在史凯利格群岛,她的正式称呼是"阿德·蕾娜",即至高王后。克拉茨·安·奎特叔叔,也就是史凯利格群岛伯爵,依然单膝跪地,垂着头,用非官方、但岛民更加看重的头衔称呼辛特拉雌狮。

"向您致敬,大君。"

"公主殿下,"卡兰瑟看都没看伯爵一眼,只用威严而冰冷的声音说,"过来。到我这儿来,希瑞。"

外祖母的手坚定有力,像男人的手。她的戒指冷得像冰。

"伊斯特在哪儿?"

"国王陛下……"克拉茨吞吞吐吐地说,"在海上,大君。他在寻找残骸……和尸体。自从昨天……"

"他怎能允许这种事发生?"王后吼道,"他怎能允许他们出海?克拉茨,你怎能允许?你是史凯利格伯爵!没有你的许可,没有一艘战舰可以离港!克拉茨,你为什么会同意?"

克拉茨叔叔的头垂得更低了。

"备马!"卡兰瑟说,"去要塞。明天黎明我就出海。我要带公主回辛特拉。我不允许她继续留在这里。至于你……你还欠我很大一笔债,克拉茨。有朝一日,我会来讨还的。"

"我明白,大君。"

"就算我不向你讨还,她也会的。"卡兰瑟看着希瑞,"你会偿还给她,伯爵。你知道怎么偿还。"

克拉茨·安·奎特站起身，挺直脊背，饱经风霜的脸上露出坚定的神情。他飞快地从剑鞘里拔出一把式样简朴、没有任何装饰的钢剑，挽起左衣袖，露出布满白色疤痕的胳膊。

"用不着这么夸张，"王后不屑地说，"省省你的血吧。我是说有朝一日。记住！"

"Aen me Glaeddyv, zvaere áBloedgeas, 阿德·蕾娜, Lionors aep Xintra！"史凯利格群岛伯爵克拉茨·安·奎特抬起双臂，晃晃手中的剑。士兵齐声嘶吼，用剑敲打盾牌。

"我接受你的誓言。带我们去要塞吧，伯爵。"

希瑞记得伊斯特国王归来的样子，他的表情苍白而冷漠。王后也一言不发。她也记得那场阴郁而可怕的宴会，群岛海狼们留着大胡子，在骇人的沉默中将自己慢慢灌醉。她记得他们的窃窃私语。"Geas Muire…Geas Muire！"

她还记得泼到地上的黑啤酒，记得在突然爆发的绝望、无助和愤怒中砸碎在墙上的号角。"Geas Muire！帕薇塔！"

辛特拉公主帕薇塔，还有她丈夫多尼王子——希瑞的双亲——都死了。遇难了。是 Geas Muire——大海的诅咒——害死了他们。没人想到他们会卷入一场暴风雨里。一场本不该刮起的暴风雨……

◀━━▶

希瑞转过头，不让叶妮芙看到她眼中的泪水。为什么？她心想。为什么要问？为什么让我回忆这些？没人能回到过去。我的家人都不在了。爸爸、妈妈，还有外婆，曾是阿德·蕾娜的辛特拉雌狮，都不在了。克拉茨·安·奎特叔叔无疑也死了。我没有亲人,连我自己也变了个人。已经回不去了……"

女术士沉默不语,陷入深思。

"你的梦是从那时开始的?"她突然问。

"不。"希瑞思忖道,"不是那时。还要往后。"

"那是什么时候?"

女孩皱起鼻子。

"是夏天……就是……战争开始前一年……"

"啊哈。也就是说,从你在布洛克莱昂森林遇见杰洛特开始?"

她点点头。我不会回答下一个问题了,她拿定主意。但叶妮芙什么都没问。她迅速起身,看着太阳。

"好了,休息够久了,丑丫头。天色也晚了。继续找吧。把你的手举在身前,放松,手指不要绷紧。往前走。"

"往哪儿走?什么方向?"

"哪儿都行。"

"因为水脉无处不在?"

"差不多。你要学会在户外寻找并识别交汇点的位置。那些地点的标志是干枯的树,或者粗糙多瘤的植物,所有动物都会避开那种地方,除了猫。"

"猫?"

"猫喜欢在交汇点休息、睡觉。很多故事讲过有魔力的动物,但实际上,除了龙,猫是唯一能汲取魔力的生物。只是没人知道猫为什么会汲取魔力,或用魔力做了什么……怎么了?"

"哦哦……这边。是这个方向!我觉得那边有东西!那棵树后面!"

"希瑞,别胡思乱想。只有站在交汇点上方,你才能感觉到它们的存在……嗯……有意思。我得说了不起。你真感觉到吸引力了?"

"真的!"

"那就走吧。有意思,有意思……好了,确认它的位置。指给我看。"

"这儿!就在这儿!"

"做得好。非常好。你感觉到食指的轻微抽搐了?看到它往下弯了?记住,这就是征兆。"

"我能汲取魔力了吗?"

"等等,让我确认一下。"

"叶妮芙女士?汲取魔力的原理是什么?如果我把魔力吸到身体里,下面剩下的也许就不够了。这么做真的好吗?南尼克嬷嬷教过我们,不该没什么理由就拿走一切。就连树上的樱桃,也该给鸟儿留下一些。"

叶妮芙搂住希瑞,温柔地亲亲她的鬓角。

"真希望其他人也能听听你这番话。"她喃喃道,"威戈佛特兹、法兰茜丝卡、特拉诺瓦……他们都相信自己对魔力享有特权,可以毫无节制地使用。真希望他们能听听梅里泰莉神殿这个睿智丑丫头的话。别担心,希瑞。你能这么想是件好事,但相信我,这儿的魔力太多了,你用都用不完。你汲取一次魔力,只相当于在大果园里摘下一颗小樱桃。"

"我可以汲取魔力了吗?"

"等等。哦,这儿的魔力非常强,还在猛烈地搏动。慢慢来,丑丫头,千万小心。"

"我才不怕！呸呸！我是个猎魔人！哈！我感觉到了！我感觉……哎哟哟哟！叶……妮……芙……女士……"

"见鬼！我提醒你了！我告诉你了！抬头！我说抬头！拿着这个，塞到鼻子里，不然你全身都是血了！冷静，冷静，小家伙，别晕过去。我在这儿呢。我就在你身边……好孩子。拿好手帕。我变些冰出来……"

这点血却引发了一场大骚动。接下来一个星期，叶妮芙和南尼克都没说过话。

那个星期，希瑞彻底放松下来，整天除了读书就是发呆，因为女术士暂停了她的课程。女孩好几天没见着她——叶妮芙总是早出晚归，还用古怪的目光看着她，沉默不语。

一个星期后，希瑞受够了。等女士晚上回来，希瑞一言不发地走到她面前，用力抱住她。

叶妮芙沉默很久。她用不着开口，攥紧女孩肩膀的手指替她说出了心声。

第二天，高阶女祭司和女术士握手言和。她们长谈了几个小时。

一切都恢复了正常，令希瑞满心欢喜。

"看着我的眼睛，希瑞。变出一道微光。咒语是？"

"Aine verseos!"

"很好。看着我的手。用同样的动作消散空中的光源。"

"Aine aen aenye!"

"非常好。接下来是什么手势？没错，就是这样。很好。加力，开始汲取。继续，继续，别停下！"

"呃，啊啊……"

"挺直脊背！手臂放在身侧！两手放松，手指别做多余的动作。任何动作都可能增强效力。你难道想炸出一团火吗？我说了，加力，你还在等什么？"

"呃啊啊，不……我没法……"

"放松，别再发抖了！汲取！你在干吗？好，这样好些了……意志要坚定！太快了，你换气过度了！没必要这么激动！放慢速度，丑丫头，冷静。我知道这样不舒服。你会习惯的。"

"我肚子……好疼……下面……"

"你是女人，这是正常反应。只要多多磨炼就能承受住了。既然要磨炼，你就必须在不用止痛手段的情况下练习。这真的很必要，希瑞。别担心，我时刻留意着你，我会保护你。你不会出意外的。但你必须忍住痛苦。平稳呼吸。集中注意力。拜托，记住手势。好极了。接受那股力量，汲取它，吸进来……很好，很好……再来一点……"

"呃……呃……啊啊啊！"

"好了，看到没？只要愿意，你就能做到。现在，看着我的手。当心。再做一遍同样的动作。注意手指！手指，希瑞！看着我的手，别看天花板！好，很好，对，非常好。结束了。这次把顺序颠倒过来，释放魔力，变出明亮的光源。"

"咿……咿呀……呃啊……"

"别哼哼了!控制好!只是抽筋而已!很快就没事了!手指分开,放出魔力,归还回去,从你身体里释放出去!慢点儿,该死的,不然你的血管又该爆了!"

"咿呀!"

"太快了,丑丫头,还是太快了。我知道魔力会猛烈喷出,但你必须学会控制它。不能让刚才的爆发再次发生。要不是我施展了魔法屏障,你会引发一场灾难的。好,再来一次。从头开始。做出动作,然后念咒。"

"不!别来了!我不行!"

"放慢呼吸,别再发抖了。你在耍小孩子脾气,你骗不了我。控制好,集中精神,开始。"

"不,求你了,叶妮芙女士……好疼……我好难受……"

"别哭鼻子,希瑞。没有比女术士哭鼻子更叫令人反胃的了。也没有比这更可悲的了。牢记这一点,永远别忘。再来一次,从头开始。咒语、手势。不,不,这次别模仿我。你要自己来。凭你的记忆来!"

"Aine verseos……Aine aen aenye……呃,啊啊啊!"

"不行!太快了!"

◆━━━◆━━━◆

魔法像支利箭,嵌进她的身体,让她痛楚难当。但那痛苦却又带着怪异的狂喜。

为了放松身心，她们又一次来公园散步。叶妮芙说服了南尼克，让希瑞带上她的剑，这样一来，女孩就能练习步法、闪躲和攻击了——当然是私下练习，免得被其他女祭司和女学徒看到。魔法无处不在。希瑞学会了简单的咒语，学会了意志控制法，用以放松肌肉、缓解痉挛、控制肾上腺素分泌、掌控听觉中枢和神经系统、放慢或加速脉搏，并在短时间内闭气等。

女术士对猎魔人的剑和"舞步"的了解多得惊人。她也知道凯尔·莫罕的许多秘密：毫无疑问，她去过要塞。她认识维瑟米尔和艾斯卡尔。但她没见过兰伯特和柯恩。

叶妮芙过去常去凯尔·莫罕。希瑞猜到了原因：每当她们说起猎魔人要塞，女术士的目光就会变得温暖，眼神里的愤怒、冷漠和难以捉摸也会随之消失。如果要用一句话来形容叶妮芙，希瑞会说她"神思恍惚，陷入个人的思绪"。

希瑞猜得到原因。

有个话题，女孩会本能且谨慎地避开，可有一天，她一不小心说漏了嘴。她提到了特莉丝·梅利葛德。接着，叶妮芙用漫不经心的语气，问了几个乍看起来很平常的问题，就让希瑞说出了一切。女术士的眼神立刻强硬得令人费解。

希瑞猜得到原因。但神奇的是，她不再感到恼火了。

魔法会令人平静。

"希瑞，所谓阿尔德法印，是种非常简单的法术，属于心灵传动魔法，其原理是向指定的方向释放一股推力。推力大小取决于使用者意志力集中的程度，还有释放的魔力多寡。其效果相当可观。猎魔人学会了这种法术，因为它无须念咒，只要保持专注、打出正确的手势就能施展。这也是他们称其为'法印'的原因。至于名字的由来，我并不清楚，也许来自上古语——如你所知，'ard'的词意是'山'、'上'或'至高'。如果真是如此，那这个名字就很有误导性，因为你很难找到比它更简单的心灵传动魔法。当然，我们不会把时间和精力浪费在初级的猎魔人法印上。我们要学习真正的心灵传动魔法。就拿……啊，就拿苹果树下的篮子练习吧。集中精神。"

"准备好了。"

"动作很快嘛。提醒你一句：控制好魔力的流动，需要多少就释放多少。就算你只多释放一丁点儿，身体也会因此受损，你可能会昏迷，极端情况下甚至会送命。另一方面，如果你一次性放出所有，就失去了重复利用魔力的机会，你还得重新汲取。你也知道，汲取魔力没那么容易，而且痛苦。"

"喔喔，我知道了！"

"你必须保持专注，不能有丝毫放松，否则魔力会自行流失。我的老师过去总说：释放魔力就像在舞会上喝倒彩，要温和、节制，不能失控。这一来，周围的人就不会注意到你。明白吗？"

"明白！"

"站直。不许笑。我提醒你,法术是很严肃的事。施法要优雅、自豪。动作要流畅、张弛有度。仪容端庄,别拉长一张脸,别皱眉头,也别吐舌头。你要运用自然的力量,对大自然尊重点儿。"

"好的,叶妮芙女士。"

"小心,这次我不会用防护咒语。你要单独施法。这是你的首秀,丑丫头。看到五斗橱里的大酒瓶没?如果你成功了,为师今晚就喝光它。"

"你一个人喝?"

"只有合格的学徒才有资格喝酒。你还得等等。你很聪明,可能只须再等十年,不会更久。没错。开始吧。摆好手势。左手呢?别晃来晃去!要么垂下,要么叉腰。手指!很好。来吧,放。"

"啊啊……"

"我没让你发出这么可笑的声音。释放魔力。别出声。"

"哈哈——哈!它动了!篮子动了!你看到了吗?"

"只是抖了一下。希瑞,节制不代表软弱无力。施展心灵传动时,脑海里必须有明确的目标。使用阿尔德法印的猎魔人能将对手击倒在地,而你释放的力量连他们的帽子都打不掉!再来一次,这次多用点力。开始!"

"哈!飞起来了!这次没问题了吧,叶妮芙女士?"

"嗯……回头你去一趟厨房,弄块奶酪来给我们下酒……这次还行。但还差点儿。再多用点力,丑丫头,别害怕。把篮子举到空中,狠狠砸到那间棚屋的墙上,弄点动静出来。别要死不活的!抬头!优雅,还有自豪!看看,看看!哦,活见鬼!"

"哦,天啊……对不起,叶妮芙女士……我大概……大概用力过猛了……"

"是有一点。别担心。过来。过来吧,小家伙。"

"那……那间棚屋怎么办?"

"已经这样了,别放在心上。总的来说,你的首秀算成功了。你说棚屋?本来就挺难看的,我想没人会怀念它。等等,女士们!冷静,冷静,别大吵大闹的,没什么大不了的!别激动,南尼克!真的,没什么大不了的!只要清扫一下这些碎木板,当柴火很合适!"

那段日子,温暖而平静的午后,空气中洋溢着花草的清香。一切都宁静祥和,只有蜜蜂和大甲虫不时嗡嗡飞过。这样的午后,叶妮芙会把南尼克的藤椅搬进花园,坐在椅子里,双腿在身前伸展。有时她会读书,有时会读奇怪的信使——通常是鸟儿——送来的信。有时她只是坐在那儿,凝视着远方。她会一边沉思,一边用一只手揉乱光泽的黑发,另一只手抚摸着希瑞的头——女孩坐在草坪上,依偎着女术士温暖而结实的大腿。

"叶妮芙女士?"

"我在,丑丫头。"

"告诉我,魔法真的无所不能吗?"

"不是。"

"但魔法能办很多事,我说得对吗?"

"说得对。"女术士闭上眼睛,手指轻抚眼皮,"很多事。"

"有些事很了不起……有些事很可怕!非常可怕,对吗?"

"有时比你想象的更可怕。"

"嗯……我能不能……我什么时候能做到那样的事？"

"我不知道。也许永远不能。我更希望你永远不用做出那种事。"

沉默。无言。热浪。花草的香气。

"叶妮芙女士？"

"丑丫头，又有什么事？"

"你是几岁当上女术士的？"

"你问通过初步测试的年纪？十三。"

"哈！跟我现在一样大！那……那你是几岁……不，还是不问这个了……"

"十六。"

"啊哈……"希瑞的脸微微发红，假装对神殿塔楼上方一朵奇形怪状的云突然来了兴趣，"那你是几岁……遇见杰洛特的？"

"在那以后，丑丫头。很久之后。"

"你还叫我丑丫头！你知道我不喜欢，干吗还这么叫？"

"因为我很恶毒。女术士一向恶毒。"

"可我不希望……不希望自己丑。我希望自己漂亮。非常漂亮，就像你，叶妮芙女士。我将来能不能用魔法变得跟你一样漂亮？"

"你……其实用不着……你不用借助魔法。你还不知道自己有多幸运。"

"可我希望自己非常漂亮！"

"你已经非常漂亮了。你是非常漂亮的丑丫头。我的漂亮丑丫头……"

"哦，叶妮芙女士！"

"希瑞,我的腿快被你抱肿了。"

"叶妮芙女士?"

"说。"

"你在看什么?"

"看树。那棵椴树。"

"它很特别吗?"

"不。我只是在欣赏它。我为我……能看到它而高兴。"

"我不明白。"

"这就对了。"

沉默。无言。潮湿的空气。

"叶妮芙女士!"

"又怎么了?"

"有只蜘蛛爬向你的腿!瞧瞧它多吓人!"

"只是蜘蛛罢了。"

"弄死它!"

"我懒得弯腰。"

"那就用魔法弄死它!"

"在梅里泰莉神殿?好让南尼克把咱们轰出去?不,还是算了。安静点儿。我要思考。"

"你这么认真是在思考什么?唔。好吧,我不问了。"

"我现在心情很好。我只是怕你再问一个高深到吓人的问题。"

"为什么不呢?我喜欢你高深到吓人的回答!"

"你越来越放肆了,丑丫头。"

"我也是女术士。女术士既恶毒又放肆。"

无言。沉默。沉寂的空气。潮湿得仿佛风雨将至。而这一次,远方的渡鸦和乌鸦的啼叫打破了沉默。

"鸟越来越多了。"希瑞仰起头,"它们飞啊飞……像是秋天……怪吓人的……女祭司说这是个坏兆头……某种征兆什么的。叶妮芙女士,征兆是什么意思?"

"去《Dhu Dwimmermorc》里面查。有一整个章节都在讲征兆。"

沉默。

"叶妮芙女士……"

"哦,见鬼。又什么事?"

"都这么久了,为什么杰洛特……还不来?"

"他肯定忘掉你了,丑丫头。他找到个更漂亮的姑娘。"

"哦,不!我知道他没忘!他不可能忘掉!我知道,我敢肯定,叶妮芙女士!"

"知道就好。你这幸运的丑丫头。"

◆━━━◆━━━◆

"我当时并不喜欢你。"她重复道。

叶妮芙站在窗边,背对希瑞,双眼凝视东方黑压压的山岭。山岭上方,成群的乌鸦和渡鸦将天空染成黑色。

她马上就要问我为什么不喜欢她了,希瑞心想。不,她太聪明,不会问我这种问题。她只会无趣地注意到我的语法,问我是从什么时候开始用过去式的。我会告诉她。我会模仿她枯燥无趣的语气,让她明白,我也能装出冷淡、无情、漠不关心的样子,将自己的感受和情绪封闭起来。我会告诉她一切。我想告诉她、也必须告诉她一切。离开梅里泰莉神殿之前,我希望她知道一切。在我们终于离开,去见我和她都思念的那人之前。那人毫无疑问也思念着我们。我想告诉她……

我会告诉她的。只要她开口提问。

女术士在窗边转过身,露出微笑。她什么也没问。

她们在第二天清晨离开。两人都穿着男式的旅行装束,披着斗篷,用帽子和兜帽遮住头发。她们都带了武器。

只有南尼克为她们送别。她同叶妮芙轻声交谈好一会儿,然后她们——女术士和女祭司——像男人一样用力握手。希瑞攥紧斑纹灰母马的缰绳,想用同样的方式道别,但南尼克不同意。她拥抱了希瑞,把她搂进怀里,吻了她一下。女祭司的眼里泛出泪花。希瑞也一样。

"好了。"女祭司用长袍的袖子擦擦眼睛,说道,"你们该走了。亲爱的,愿伟大的梅里泰莉保佑你们的旅途。但女神要看顾的人太多,所以你们也要照顾好自己。照顾好她,叶妮芙。保证她的安全,把她当作你最重要的人。"

"我也这么希望。"女术士无力地笑笑,"希望我能保护她的安全。"

成群的渡鸦掠过天空,朝庞塔尔山谷的方向飞去,发出响亮的嘎嘎声。南尼克没有抬头去看。

"保重。"她说,"艰难的时代近了。伊丝琳妮·爱普·艾维尼恩的预言也许是真的。剑与斧的时代近了。轻蔑的时代，寒狼风雪之纪元。照顾好她，叶妮芙。别让任何人伤害她。"

"我会回来的，嬷嬷。"希瑞跳上马鞍，"我一定会回来的！很快！"

她不知道自己错得有多厉害。

卷三完

北方诸国与国王们

柯维尔与波维斯联合王国
（包括纳洛克、维尔哈德和塔尔哥）
首都：朗·爱塞特、庞德·维尼斯
国王：以伊斯特拉德·蒂森为首的蒂森家族

亨佛斯联盟
（由坎恭恩、克雷伊登和玛琉尔组成）
首都：亨佛斯
国王：聂达米尔

瑞达尼亚
首都：崔托格
国王：维兹米尔

科德温
首都：阿德·卡莱
国王：亨赛特

泰莫利亚
首都：维吉玛
国王：弗尔泰斯特

玛哈坎
（矮人与侏儒聚居地）
统治者：弗尔泰斯特

亚甸
首都：温格堡
国王：德马维

莱里亚与利维亚联合王国
首都：莱里亚、利维亚
女王：米薇

史凯利格群岛
国王：布兰

希达里斯
首都：希达里斯
国王：埃塞因

布洛克莱昂
（树精禁地）
圣地：杜恩·卡纳尔
统治者：树精女王艾思娜

维登
首都：纳史特洛格
国王：埃维尔

布鲁格
首都：布鲁格
国王：文斯拉夫（臣属于弗尔泰斯特）

索登地区
统治者：弗尔泰斯特

辛特拉
首都：辛特拉
国王：伊斯特·图尔塞克
王后：卡兰瑟（辛特拉的实际统治者）

多尔·布雷坦纳
（自由精灵聚居地，又称"百花之谷"）
精灵首领：菲拉凡德芮·艾恩·菲达尔